秋霧の街

私立探偵　神山健介

柴田哲孝

祥伝社文庫

目次

プロローグ

風は夜半から、海風に変わった。

湿気を含む、肌に粘《ねば》りつくような、重い風だった。

風は、海から霧を運んできた。霧は静かに、地を這《は》うように港から街へと浸透していく。やがて、すべての風景が白濁《はくだく》した闇の中に呑《の》み込まれていく。

深夜の国道一一三号線は、閑散としていた。片側三車線の広大な港湾道路に、ほとんど車は走っていない。時折、深い霧の中を、コンテナを積んだ大きなトレーラーが走り過ぎていくだけだ。

乙川麻利子《おとがわまりこ》は自分の軽自動車を運転しながら、一瞬、ここがどこだかわからなくなった。ライトの明かりの中に続く白い車線を目で追いながら、左側の路肩に沿《そ》ってゆっくりと走る。前方に、ぼんやりと光る信号機が見えた。光は霧の中で、緑から黄色、さらに赤へと変わった。

車を停め、ナビの画面を見た。地図の左手に、新潟東港を示す暗く広大な空白があった。この辺《あた》りだ……。

信号が緑に変わるのを待って、麻利子はまた車を走らせた。信号以外に何も目印のない広いT字路を左折し、東港区へと入っていく。街灯もない暗い道に、金網のフェンスが延々と続いていた。

五十嵐《いがらし》君は、なぜ私をこんな所に呼び出したのだろう……。

ふと、そんなことを思った。だが、二年振りに連絡を取ってきたのだから、何か事情があるに違いない。

麻利子は、車をゆっくりと奥へと進めた。右手にはコンテナや輸入材木が高く積まれ、道に影が迫っていた。左手の空地の先には港湾の漆黒《しっこく》の水面が広がり、対岸のバースの巨大なガントリークレーンが外国船籍の貨物船にコンテナを積み込んでいた。

前方の彼方《かなた》の石油コンビナートには煌々《こうこう》とした光が不夜城のように輝き、火力発電所の煙突が天空に聳《そび》えていた。だが、すべての風景は、霧の中の幻想のようにぼんやりと霞《かす》んでいた。

麻利子は、また思う。

五十嵐君はなぜ、私をこんな所に呼び出したのだろう……。

道はやがて、正面のフェンスで海に突き当たった。そこを、右に曲がる。左手に、小さな漁港が見えた。ここだ。麻利子は車を路肩に寄せ、ライトを消した。

周囲の風景が、すべて霧と闇の中に消えた。急に恐ろしくなり、体が震えだした。高校時代の友人に呼び出され、深夜にこんな所にきてしまったことを少し後悔した。

五十嵐君は、本当にくるのだろうか……。

その時、前方で何かが光った。光は、二つ。車のライトだ。ライトの光がゆっくりと、こちらに向かってくる。麻利子は息を殺し、何が起きるのかを見守った。

霧の中に、白い大きな乗用車の影が浮かび上がった。乗用車は反対車線を通り過ぎてターンすると、麻利子の車の後ろに付けて停まった。ライトは、点《つ》いたままだ。

その時、携帯が鳴った。開く。五十嵐からのメールだった。

〈――前の車にいるの、麻利子だよね――〉

ひと言、そう書いてあった。

〈――たぶん、そうだと思う。後ろの白い車に乗ってるの、五十嵐君？――〉

麻利子は、そう返信した。

〈――そう、おれ。いま降りてから――〉

バックミラーの中で、車のライトが消えた。右側のドアが開き、男が降りてきた。暗くて、顔が見えない。だが麻利子は、エンジンを止めて自分も車を降りた。

「五十嵐君……久し振り……」

歩み寄りながら、いった。だが目の前まできた時に、相手の顔が見えた。

五十嵐君じゃない……。

立ち止まった。男の顔の影の中で、口元だけが笑った。

「乙川麻利子だな」

男が、低い声でいった。

「そうですけど……」

「お前が、そうか……」

相手が何をいっているのかわからなかった。

男が背後を振り返り、右手を上げた。次の瞬間、麻利子は異様な光景を目にした。乗用車の助手席と後部のドアが開き、男が二人、降りてきた。

プロレスラーのように大柄《おおがら》な男と、背が低く肩幅の広い男。だがその中に、五十嵐の姿はなかった。

「五十嵐さんは、どこにいるんですか」

麻利子が、後退《あとじさ》りながら訊《き》いた。だが二人の男が足早に麻利子の背後に回った。

「何が五十嵐さんだよ。自分の〝オトコ〟のくせに、よくいうぜ」

男が、右手に拳《こぶし》を握った。いきなり顔を、殴《なぐ》られた。

「ぎゃ！」

頭の中に、火花が飛んだ。

後ろによろけたところを、他の男に羽交締《はがいじ》めにされた。

「おれに逆《さか》らったらどうなるか、たっぷりと教えてやるぜ」

逆う？

教えてやる？

いったいあなたは、誰なの？

腹に、男の靴の爪先が減《め》り込んだ。口から、何かを吐いた。前屈《まえかが》みになったところを、
また殴られた。

ぐしゃ！

鼻か、頬骨《ほおぼね》が折れたのがわかった。

麻利子は、濡れたアスファルトの上に崩れ落ちた。

なぜ私が、こんな目に遭《あ》わなくちゃいけないの……。

「免許証でこの女の名前を確認しろ。終わったら始末して、あの車の荷台に放り込め」

麻利子は闇に落ちていく意識の間《はざま》で、男の冷酷な声を聞いた。

第一章　生《い》け贄《にえ》

1

その男から連絡があったのは、九月の第三週の月曜日だった。

半年ほど前に一度、家出人の捜索の件で仕事を引き受けた新潟市在住の弁護士からの紹介だった。神山《かみやま》の携帯に直接、電話が掛かってきたが、特に最初は急いでいる様子もなかった。時間が空《あ》いた時にでも、自宅まで話を聞きにきてほしいという。

相談の内容は、〝二年前に死んだ娘の件〟だった。その時の電話では、それ以上詳しくは訊《き》かなかった。何か、電話では話しにくい事情があるようだった。

元来、私立探偵稼業《かぎょう》などはそれほど実入りのいい商売ではない。特に神山は福島県の白河《しらかわ》市という地方都市で開業していることもあり、浮気調査、素行調査、結婚調査、身元調査などを六時間以内の行動監視付きで一律七万円の定料金で引き受けている。他に家出人の捜索、企業の信用調査、ストーカー対策などは個別に見積りを出すが、これも手間が掛かるばかりで利益は薄い。

しかも二〇〇七年の六月に『探偵業法』（探偵業の業務の適正化に関する法律）が施行《しこう》されてからは、警察の私立探偵に対する締め付けは一層厳しくなった。探偵業の開業には公安委員会への届出が必要になり、さらに『個人情報保護法』の足枷《あしかせ》をはめられた。しかも一件の事案に対して依頼者と直接面談し、権利と義務、調査内容を説明した上で同意を確認し、契約書を作成しなくてはならなくなった。一件の事案にそんなに時間と手間を掛けていたら、事業としての私立探偵などは成り立たなくなる。

生き残る道は、二つだ。盗聴器探しや逃げた犬捜しなどの雑用を引き受け、何でも屋に成り下がるか。まあ、神山自身もその手の仕事を引き受けることはあるが。もしくは、弁護士事務所の下請けとして、割のいい――多少の危険は伴《ともな》うが――仕事を引き受けるかだ。

男からの電話の依頼は、そうした〝割のいい〟仕事のひとつだった。しかも紹介者の大《おお》河《が》原《わら》誠《まこと》という初老の弁護士は名前のとおり誠実な男で、自分は一切、間には入らないという。以前の家出人の捜索――新潟から白河まで、出会い系サイトで知り合った男を追い掛けてきた女子高生を連《つ》れ戻す仕事だった――よりは手間取りそうだが、最初は特に危険な臭いはしなかった。それに何よりも、提示されたギャラが破格だった。

一〇月の第三週の週末、神山は新潟に向かった。それまで係《かか》わってきた二件の浮気調査にけりがつき、仕事が途切れたこともあったが、久し振りに夜の古町《ふるまち》を飲み歩きたくなったというのが本音だった。これから寒くなるにつれて、ノドグロやヤナギガレイが旨《うま》くなる季節でもある。

どうせ、急ぐ旅でもなかった。神山はポルシェ・ＣＡＲＲＥＲＡ４に数日分の着替えを放り込み、愛犬のカイを薫《かおる》の実家に預け、午前中の遅い時間に西白河郡西郷村真芝《ましば》の事務所を発《た》った。東北道から磐越《ばんえつ》自動車道へと迂回《うかい》するルートは使わずに、国道二八九号線を那須《なす》連山へと登っていく。甲子《かっし》峠から、南会津《あいづ》の下郷《しもごう》町へと抜けるルートだ。ポルシェに乗るようになってから、神山は心地好《よ》いコーナーの連続するこの峠道を気に入っていた。

三・四リットル水平対向六気筒のエンジン音をしばらく堪能《たんのう》した後、昼過ぎに会津若松《わかまつ》市に入った。これも、計算どおりだった。久し振りに、以前の仕事の依頼人——調査費を女としての魅力で精算してくれた素晴しい依頼人だった——の池野弘子《いけのひろこ》に連絡を入れてみた。彼女はいま、小学生の娘と二人でこの町に住んでいる。

市内の『桐屋《きりや》・権現亭《ごんげんてい》』という蕎麦《そば》屋に呼び出すと、弘子は二つ返事でやってきた。会津ならではの高地で収穫された玄《げん》蕎麦と、シャモ料理で知られた老舗《しにせ》だ。

「どうしたの、いきなり呼び出してさ……」

奥のテーブルで待っていた神山の前に座り、弘子がはにかむようにいった。

「別に。特に理由があったわけじゃない」

三年振りに会う弘子は少しやつれていたが、相変わらず男心をくすぐるような女だった。

名物の一番粉を使った手打ち蕎麦を楽しみながら、しばらくは近況を報告し合った。男と女とは不思議なもので、こうして昼食でも共にしながら話をしていると、三年の空白などは一瞬の内に消え失《う》せてしまう。お互いの体の温《ぬく》もりを、昨日のことのように思い出す。

だが、あれから弘子にも、いろいろなことがあったようだ。前の亭主との間にできた娘は、もう小学校の六年になる。あの時、これからは母親になるといって白河を去ったものの、結局は女の部分を捨て去ることはできなかった。この三年間で二人の男と付き合い、そのうちの一人とはいまもどろどろの関係が続いている。

「私も、もう三七だからね……」

弘子が、疲れたようにいった。

蕎麦を食い終えて、二人で裏の駐車場まで歩いた。弘子が、さりげなく腕を組んだ。

「へえ……。健介《けんすけ》さん、ポルシェなんだ。かっこいいね……」

その時だけは、弘子が少女のような笑顔を見せた。弘子の車は以前のマスタングではなく、スズキの軽だった。

「それじゃあ、またな」

車に乗ろうとする神山を、弘子が引き留めた。

「ちょっと待って……」

「どうしたんだ」

弘子が、不安そうな目で神山を見た。

「本当は、なぜ私を呼び出したの。何か、理由《わけ》があったんでしょう」

そういわれても、何も思い当たることがなかった。

「本当に、何もないさ。ただ新潟に行く途中でここを通ったから、顔を見ていこうと思っただけだ」

「それならいいんだけど……」

弘子がふと息を抜き、目を逸《そ》らした。

「どうしたんだ。変だぞ」

「別に……。でも、ちょっと嫌な予感がしたの……」

「はっきりいえよ」

だが、弘子が首を横に振った。

「わからない。でも、なぜだか、もう二度とあんたに会えないような気がしたの……」

神山は、弘子の〝女の勘〟に何度も振り回されたことを思い出した。

「馬鹿なことをいうな。夕方までに、新潟に着かなくちゃならない。もう行くぞ」

「わかった……」

弘子が背伸びをし、神山の唇を吸った。久し振りの弘子の肌の感触が、かつての記憶を呼び覚《さ》ます。柔らかく、そして心の隙間《すきま》に染《し》み入るように温かかった。

「じゃあな」

神山はポルシェに乗り込み、エンジンを掛けた。駐車場を出て走り去る神山を、弘子がバックミラーの中で、いつまでも見守っていた。

会津若松市の市街地を抜けて、磐越自動車道に乗った。郡山《こおりやま》と新潟を結ぶ国道四九号線、旧越後《えちご》街道と並行して走る高速道路だ。蕎麦も食い終えたことだし、この先はあえてのんびりと行く理由もない。

だが、磐越自動車道は、ほとんどが片側一車線の山越えの道だ。道幅は狭く、トンネルも多い。結局は、大型トラックやタンクローリーの後ろについてのんびりと走らされる羽目になった。

その分、道すがらの風景を楽しむ余裕はあった。西会津の側から眺める車峠《くるま》や黒森山《くろもり》の山肌は、もうかすかに秋の色に染まりはじめていた。

依頼人の男は、新潟市の新津《にいつ》に住んでいた。以前は新津市というひとつの市として独立していたが、二〇〇五年三月に新潟市と合併し、現在の秋葉《あきは》区の一部に編入された地域だ。会津から磐越自動車道を新潟に向かっていくと、北陸自動車道と合流する手前に〝新津〟というインターがあった。

インターを降りると、辺りの風景が一変した。新津は、阿賀野《あがの》川流域の平野部に広がる豊かな田園の町だった。街道沿いにはどこにでもあるような大型店が並び、信越本線の新津駅を中心にして古い街並の市街地がある。周囲には広大な農地が広がり、その処々《ところどころ》に肩を寄せ合うような住宅地が点在していた。

依頼人の名は、乙川義之《よしゆき》といった。詳しい素性《すじよう》は知らされていないが、娘の死に係わる件の調査となれば、ある程度の年齢には達しているだろう。電話で話した限りでは口調は穏《おだ》やかで、理知的な印象を受けた。

乙川の家は、すぐに見つかった。最近はナビに電話番号さえ入力すれば、目的地に車が連れていってくれる便利な時代だ。田園風景を見下ろす小高い丘の斜面に、肩を寄せる新興住宅地の中に乙川の家はあった。周囲の家と比べても、特に変哲もない建売住宅のように見えた。

インターフォンのボタンを押し、名を告《つ》げた。最初に初老の女が出てきて、中に通された。乙川という男の、妻だろうか。

暖房の利《き》いた応接室で、乙川は待っていた。部屋に入って初めて、乙川がなぜ調査依頼のために神山を自宅まで呼んだのかが理解できた。皮膚《ひふ》を弛緩《しかん》させるような淀《よど》む空気の中に、甘いような、病人独特の臭いが籠《こも》っていた。窓際のソファーに、膝掛《ひざか》けを掛けた老人──確かに老人に見えた──が座っていた。

顔色が悪い。おそらく深刻な病状であることが、見ただけでわかった。襖《ふすま》を隔《へだ》てた隣の和室には、病床もそのままになっている。だが、表情は穏やかだった。

「申し訳ありません。私が先日お話しした乙川です。何分《なにぶん》にもこのような体ですので、遠方まで御足労をお掛けしました……」

だが、声は低く、まだ目の中に意志の強さのようなものが燻《くすぶ》っていた。

「神山です。私も仕事ですので、お気遣いには及《およ》びません」

神山がそういって、乙川の前に座った。名刺を差し出す。乙川は老眼鏡を掛けてしばらくそれを見つめ、やがて納得したように小さく頷《うなず》いた。

先程の初老の女が、コーヒーを持って部屋に入ってきた。だが、コーヒーはひとつだけだ。そのカップを神山の前に置き、何もいわずに立ち去った。

「最近、全身に癌《がん》が転移してましてね。コーヒーのような刺激の強いものは、もう体が受け付けんのですよ……」

何も訊かぬ前に、乙川がいった。

「いまの方は、奥様ですか」

「いえ、私の姉です。看護師の資格を持っているものですから、介護役を頼んで同居してもらっています。妻には、五年ほど前に先立たれました……」

「余計なことかもしれませんが、入院はなさらないのですか」

「いや、無駄なんです。無理に生きても、あと三カ月か四カ月でしょう。どうせならこの家で死にたいし、まだやり残したこともありますので……」

乙川がそういって、おっとりと笑う。その口調はあくまでも穏やかで、物静かだった。

「それで、調査の件です。少しお話をお聞かせ願えますか」

「ああ、そうでしたね……」

「二年前に亡くなった娘さんについての調査でしたね」

「ええ、娘です。まだ二六でした……」

乙川はその時、初めて少し淋《さび》しそうな顔をした。

「まず、なぜ亡くなられたのか。その経緯《いきさつ》を伺えますか」

神山は何らかの事故、もしくは自殺の疑いという事情を予想していた。実際に私立探偵に調査が依頼される事案には、その手のものが最も多い。それに最初に電話で話した限りでは、切迫した様子はなかったからだ。

だが乙川は、静かに首を横に振った。

「娘は、殺されたんです……」

乙川がそういって、テーブルの上のスクラップブックを神山の方に押した。開く。見たことのある新聞記事の見出しが、神山の目に飛び込んできた。

〈――乙川麻利子殺害事件――〉

二年前、新聞やテレビのニュースでも連日報道された有名な事件だった。

2

新潟市は、大河信濃《しなの》川の河口部に発展した水の都である。

人口は、約八一万人（二〇一〇年現在）。新潟県の県庁所在地であると同時に、本州日本海側で唯一の政令指定都市でもある。

その美しく、巨大な地方都市を震撼《しんかん》させる猟奇的な事件が起きたのは、ちょうど二年前の秋のことだった。

新潟県警『新潟西部警察署』に最初の通報があったのは、二〇〇八年一〇月一七日の朝と記録されている。日本海夕日ラインに面した四ツ郷屋《よつごうや》浜の駐車場に、数日前から不審な車が放置されているという。通報してきたのは、犬の散歩で毎朝この浜を歩く近隣の住民だった。

署員が現場に赴《おもむ》き、通報者の立会いの下でその車が確認された。車は新潟ナンバーの白のホンダ・ライフで、季節外《はず》れで店を閉めている海の家の駐車場に放置されていた。インパネなどに多数の縫《ぬ》い包《ぐる》みなどが飾《かざ》られていたことから女性の車であることがわかったが、車内に人の気配はなかった。

グローブボックスに残されていた車検証とナンバープレートから、すぐに所有者が確認された。新潟市秋葉区新津在住の、乙川麻利子という女性だった。照会してみると、三日前の一〇月一四日付で父親の乙川義之から『新津東署』に捜索願が提出されていたことが判明した。

西部署の捜査課は事件性ありとみて、即時捜査を開始した。失踪《しっそう》した乙川麻利子は当時年齢二六歳、職業は地元の『新津東図書館』の職員。素行にも特に問題や前歴がなかったことから、当初は北朝鮮による拉致《らち》説まで噂《うわさ》されたほどだった。

警察は迅速に捜査を展開した。西部署は警察犬三頭を捜査に投入し、四ツ郷屋浜の全域を捜索。翌一八日に駐車場から五〇メートルほど離れた砂防堤付近の砂の中から、乙川麻利子の遺体を発見した。

死因は、頭蓋骨《ずがいこつ》骨折と内臓破裂によるショック死と推定。死亡推定時刻は一三日夜から一四日の午前中にかけて。西部署はこれを他殺と断定し、『新津市二六歳女性殺人死体遺《い》棄《き》事件』として副署長の板場正則《いたばまさのり》を本部長に捜査本部を開設した。

以後も、捜査はすみやかに進展した。被害者の車の荷台から、本人の血痕《けっこん》と大量の毛髪を発見。これにより乙川麻利子は別の場所で殺害され、自分の車で四ツ郷屋浜まで運ばれて遺棄されたものと推定された。

殺害現場も、間もなく判明した。被害者の車の中に、乙川麻利子名義の携帯電話が落ちていた。そのメールボックスの中に、決定的な受信記録が残されていた。事件が起きる五日前から、被害者はある特定の男と数回にわたりメールで連絡を取り合っていた。

男の名は、五十嵐佳吾《けいご》。乙川麻利子とは、高校時代の同級生だった。そして事件が起きたと思われる一〇月一三日、五十嵐が麻利子を新潟東港に呼び出すメールが残されていた。さらにほぼ待ち合わせの時刻に、麻利子と五十嵐がお互いにメールでやり取りした交信記録もある。発信の基地局は、いずれのメールも新潟東港に近い新発田《しばた》市であったことも明らかになった。

西部署の捜査課は、新潟東港を捜索した。その結果、同港湾部の路上から被害者と同一の血液型の血痕を発見。後にＤＮＡ鑑定により、被害者のものと確認。同地東港四丁目付近を乙川麻利子殺害現場と特定した。

同時に西部署は、五十嵐佳吾（当時二六歳・新潟市東《ひがし》区在住）を重要参考人として全国に指名手配。だが五十嵐は、事件から二年が過ぎたいまも逃走を続けている。一方で、すでに自殺しているという噂もある。

事件の資料のスクラップに目を通しながら、神山は乙川義之の言葉に耳を傾《かたむ》けていた。だが、事件とその報道については特に疑問は感じなかった。もし殺害の動機が痴情の縺《もつ》れだとすれば、むしろよくありがちな事件ではある。

だが、神山は訊いた。

「この事件に関して、私は何を調べればいいのですか。もしこの〝犯人〟の五十嵐佳吾という男を捜し出してほしいというのであれば……」

「いえ、そうではありません」

乙川が、即座に否定した。

「と、いいますと……」

神山は、首を傾《かし》げた。

「五十嵐佳吾君は、娘を殺した〝犯人〟ではないと思います」

乙川は、そう断言した。殺人事件の遺族――しかも娘を殺された父親――が、犯人として追われている男を擁護《ようご》するのはきわめて珍しい。

「なぜそう思うのか。理由を聞かせてもらえますか」

「彼は、娘に限らず人を殺すような人間ではありません……」

乙川は、高校時代から五十嵐をよく知っていたという。麻利子の同級生でも特に仲のよいグループの一人で、この家にもよく遊びにきていた。元来が明るい性格の少年で、高校を卒業してから新潟の中心地の方に移り住んだと聞いたが、二年前にもちょっとしたことで顔を合わせていた。

「五十嵐という男について、よく知っているんですね」

「ええ……。実は私は、地元の新津東高校の教師をやっていたんですよ。まあこのような田舎町《いなかまち》ではよくあることなんですが、娘も五十嵐君も私の教え子だったんです。だから、彼の親御さんもよく知っています」

　それで乙川が五十嵐を庇《かば》う理由が納得できた。

「二年前に、顔を合わせたというのは」

「別に、大したことではありません。実はその頃、私が最初の癌の手術をして入院してましてね。それを彼が誰かから聞いて、見舞いにきてくれたんですよ。まあ、ちょっと不良っぽいところもあるんですが、元来は優しい子なんです」

「何紙かの新聞には、娘さんとの〝痴情の縺れ〟というようなことが書いてありましたね」

　率直に、訊いた。だが乙川は、おっとりと笑う。

「まさか。あの二人には、そんなことはありません。父親の私が見ればわかります。それに五十嵐君には、他に彼女がいたと思いますよ」

　だが、それはあくまでも乙川の個人的な感情だ。五十嵐という男が〝犯人ではない〟と断定する根拠にはならない。

「週刊誌の記事の切り抜きには、もう五十嵐が生きていないと書いてあるものもありますね。自殺したとか」

「ああ、その記事ですか。それも奇妙なんですがね……」

　五十嵐佳吾も、麻利子と同じ一〇月一三日の午後から行方《ゆくえ》を絶《た》っていた。最後に会ったのは、同居する母親だった。

事件後、最初に五十嵐の消息らしきものが摑《つか》めたのは、麻利子の遺体が発見された当日の一八日だった。西部署が重要参考人として手配を掛けると、『新潟中央署』の管内の県民会館の駐車場に、五十嵐が所有する車——一九九五年型の黒のセドリック——が乗り捨てられていたことがわかった。車がこの場所にあったのは四日前の午後からで、付近を調べると、近くの信濃川に架《か》かる昭和《しょうわ》大橋の歩道上で五十嵐のものと思われる靴が見つかった。さらに車の中には、遺書らしきメモを書き込んだ携帯電話も残っていた。警察は自殺の可能性を考えて信濃川の下流を捜索したが、遺体は発見されていない。

「それで自殺という噂が立ったわけですか……」

だが、不自然だ。

「そうです。しかし警察は、五十嵐君の偽装工作だとみているようですね」

乙川は一貫して五十嵐の名前に〝君〟を付ける。

「つまり、生きているという前提で手配を続けているわけですね」

最近は、テレビの公開捜査番組まで使って手配していたのを見た覚えがある。

「しかし、どうでしょうか。五十嵐君が、本当に生きているのかどうか……」

「どういうことですか。自殺しているという意味ですか」

「いえ、そうではないんです。彼は、自殺するような子ではありません」

「それなら……」

「いや、私にもよくわからんのですよ。しかし彼の性格からして、もし生きていれば私や親しい友人には連絡を取ってくると思うんです。自分は、犯人ではないと。少なくとも、母親には……」

乙川のいっていることにも一理ある。だが、すべて感情論だ。理論ではない。やはり高校教師だった男でも、自分の娘の死ともなると冷静には考えられないものなのか。

それに乙川は、体力的にも話すのが辛《つら》そうだった。時間が経《た》つうちに、落ち窪《くぼ》んだ双眸《そうぼう》から少しずつ光が失われはじめていた。結論を急いだ方がいいかもしれない。

神山は、冷《さ》めたコーヒーを飲み干《ほ》した。

「ところで、話を元に戻しましょう。乙川さんは、私に何を調べてほしいのですか」

乙川は、しばらく考えていた。痩《や》せた胸が喘《あえ》ぎ、大きく息をついた。そして、かすかに頷く。

「娘は、誰かに殺されるような人間ではなかった……」

乙川の目に、涙が光った。

「わかります。しかし……」

「難しいことはわかります。しかし、麻利子はなぜ殺されたのか。その理由だけでも知りたいんです……」

乙川の声は、震えていた。

神山は、何もいえなかった。

「麻利子を助けてやってください。そうでないと私は、死んでも死にきれない……」

乙川の痩せた頰《ほお》に、大粒の涙が伝った。

3

新潟の市街地に入る頃には、すでに夜になっていた。

車の流れに押し流されるように、国道四九号線から七号線へと合流する。新潟駅を左手に見て西へと進むと、前方に万代《ばんだい》シティ・レインボータワーが聳《そび》える。さらにその後方には総合商業施設のＮＥＸＴ21、この街の新たなランドマークとなった朱鷺《とき》メッセ（新潟コンベンションセンター）などの巨大高層ビル群の煌々《こうこう》とした光が夜空に立ちふさがる。

新潟は、単なる地方都市ではない。紛《まぎ》れもなく本州の日本海側最大の商業都市であり、大都会だ。

神山はポルシェで萬代《ばんだい》橋を渡り、信濃川を越えた。この先は、かつて〝新潟島〟と呼ばれた市の中心地、中央区だ。いまもこの街最大の繁華街として知られる古町が、この一角にある。

ホテルオークラの前で信濃川沿いの道を左折し、ゆっくりと進んだ。間もなく、道は昭和大橋のたもとで県道にぶつかる。

五十嵐佳吾の車が残っていた県民会館の駐車場は、すでに入口は閉まっていた。仕方なく、歩道に車を寄せて駐《と》めた。そこから、昭和大橋まで歩く。

昭和大橋は片側二車線の大きな橋だった。新潟バイパスの桜木《さくらぎ》インターから新潟市役所を直線で結ぶ大動脈の、要《かなめ》に位置している。橋から南に下ると、前方にJリーグ『アルビレックス新潟』のホーム『ビッグスワンスタジアム』(新潟スタジアム)が見えてくる。

神山は歩道を橋の中央まで歩き、そこで立ち止まった。正面に、レインボータワーと朱鷺メッセが見えた。信濃川の悠久の流れに視線を落とす。暗く、静かな水面に、市街地のきらびやかなネオンが浮かんで光っていた。

この場所に、五十嵐佳吾の靴が残っていた……。

時間は、午後九時を過ぎていた。だが背後の車道には途切れることなく車が行き来し、歩道にも人が歩いている。もし五十嵐が、いまの神山と同じようにここに立ったとしよう。それはおそらく、深夜か明け方だったのかもしれない。だが、たとえそうだとしても、この橋を死に場所に選ぶだろうか。

絶対に、有り得ない……。

それは、理屈ではなかった。人は、もし自らの命を絶とうとするなら、最後の一瞬に自らの人生を振り返る静かなひと時を求めるものだ。周囲に人の目や気の散る要因が少しでもあれば、死への決心をつけることができない。この橋では、深夜でも無理だろう。しかもこの橋の下の信濃川の流れは、穏やかすぎる。五十嵐は、泳ぎが得意だったそうだ。泳げる人間が、この場所で死のうと考えるわけがない。

ならば、警察がいうように五十嵐の偽装工作なのか。だが、それも納得できない。五十嵐の車は、一四日の午後から県民会館の駐車場に駐めてあったことがわかっている。乙川麻利子が殺されたのが、一三日だ。五十嵐も、その当日から失踪していた。それから四日間も、五十嵐は新潟市内のどこに隠れていたのか。

そして、車だ。もし車を持っている者が人を殺したとしたら、それを残していくだろうか。車は、犯罪者が逃走するための最も頼りになる手段だ。普通ならばまず車を使い、一刻も早く、少しでも現場から遠くに離れることを考える。五十嵐の行動は、その一般論の法則に明らかに矛盾《むじゅん》している。

新聞報道などで知る限りでは、確かにありがちな殺人事件だ。だが乙川義之がいうように、なぜか心に引っ掛かるような不自然な部分が多い。

そのひとつが、被害者の乙川麻利子の人物像だ。地元の地方都市の高校を卒業し、『新潟大学』の教育学部に進学。教員免許を取得したが文学の道に進む夢を諦めきれずに、地元の図書館に就職した。大学時代には恋人がいたようだが、ここ数年はまったく浮いた噂もなかった。ごく当たり前に考えて、犯罪に巻き込まれるようなタイプではない。

もうひとつは、乙川麻利子の車と遺体が発見された情況だ。犯人が五十嵐という男で、麻利子の車で新潟東港から四ツ郷屋浜まで遺体を運んだとしたら、誰がその車を運転したのか。もし五十嵐も自分の車で行動していたとすれば、誰か他に運転のできる共犯者がいたことになる。だが新聞などで報道されているように高校時代の同級生の痴情の縺れだとすれば、共犯者がいることは不自然だ。

もうひとつは、被害者の車の中に落ちていた携帯電話だ。五十嵐は、自分の犯行を裏付ける決定的なメールが残っている麻利子の携帯を、なぜ処分しなかったのか。殺害現場から慌てて逃走したのならわかるが、遺体を四ツ郷屋浜まで運んで埋《う》めるだけの時間の余裕があったとすれば、処分し忘れるとは考えられない。まして自分の自殺を偽装するような人間が、物証を残すような決定的なミスを犯すだろうか。すべてが矛盾している……。

神山は、まだこの調査の依頼を引き受けるとは決めていなかった。自分は、どうするべきなのか。だがその時、乙川の静かな、頬を伝う涙を思い出した。

乙川は、真犯人を捜してくれとはいわなかった。娘の、敵《かたき》を取ってほしいともいわなかった。

ただ、すがるように、麻利子を助けてやってほしいといった。そうしないと、自分は死にきれないのだと……。

やってみるか。

神山は、踵《きびす》を返した。橋を渡らずに、元の方向に戻った。暗い川面を吹き抜ける秋風が冷たく、L2フライトジャケットのファスナーを上げた。

神山は車に戻り、一番堀《いちばんぼり》通から本町《ほんちょう》通、東堀《ひがしぼり》通、古町通を越えて西堀《にしぼり》通を右折した。そこから三ブロックほど進むと、三越とNEXT21が向かい合う柾谷小路《まさやこうじ》——国道一一六号線——を越える。この辺りが新潟の中心地だ。

新潟は、久し振りだ。まだ東京の興信所にいる時にある企業の信用調査で何回か訪れて以来だから、もう五年以上になるだろう。だが、こうして市内を走っているだけで、当時の土地鑑が脳裏《のうり》に蘇《よみがえ》ってきた。

西堀の交差点を直進し、しばらく行くと、左手に『ホテル　イタリア軒』の建物が見えてきた。神山はホテルの前で車の速度を落とし、一瞬、考えた。だがそのままステアリングを左に切り、地下駐車場に降りる細い通路に入っていった。

『ホテル　イタリア軒』は、新潟随一の老舗の名門ホテルだ。明治一四年（一八八一年）、新潟に移住した一人のイタリア人が創設した日本初のイタリアン・レストランから発祥したといわれている。後にホテルに生まれ変わったが、いまも当時の伝統的な〝西洋料理の味〟が伝承されている。

乙川義之は、神山のためにこのホテルに部屋を予約してくれていた。ホテルの支払いを含め、今回の調査には好きなだけ経費を使っていいといわれている。おそらく、娘の死の真相を知る引替えにすべての財産を使い切って死ぬつもりなのだろう。だが、そういわれてしまうと、むしろ金を無駄に遣えなくなる。

神山に用意されていた部屋は、九階の広いシングル・ルームだった。着替えの入ったボストンバッグをベッドに放り投げ、フライトジャケットを脱《ぬ》ごうと思った時に部屋の電話が鳴った。受話器を取ると、聞き覚えのある嗄《しわが》れた声が聞こえてきた。

――神山君かね――。

「そうだ」

――いまフロントから、君がチェックインしたと聞いたよ。どうやら、依頼を引き受けることにしたらしいね――。

弁護士の大河原だった。今回の調査依頼の紹介者だ。

「どこにいるんだ」

――二階のスカイラウンジにいるよ。ここに来ないかね――。

時計を見た。もう夜の九時半を過ぎているのに、夕食を食べていないことを思い出した。急に、腹が鳴った。

「すぐに行く。待っていてくれ」

電話を切った。フライトジャケットをカシミアのカーディガンに着替え、部屋を出た。

ラウンジは空《す》いていた。

大河原はテーブルの上に水割りのグラスをひとつ置き、窓際の席に座っていた。窓の外には、広大な箱庭に宝石をちりばめたような新潟の夜景が広がっていた。神山の顔を見ると、なぜか楽しそうに表情を崩して笑った。

メニューを見て、神山は新潟和牛フィレ肉のグリルを注文した。そして、ビール。一三〇年以上の歴史を持つ伝統の味を、これほど早く楽しめるとは思ってもみなかった。

「なぜ、引き受けたのかね」

大河原が、穏やかに笑いながらいった。

「あの乙川義之という男に会えば、引き受けないわけにはいかなくなるだろう。わかっていたはずだ。それよりも、こちらからもいくつか訊きたいことがある」

「何だね」

よく冷えた生ビールが運ばれてきた。グラスの三分の一ほどを、一気に咽《のど》に流し込む。旨い。もし哲学者が、人生はこの瞬間のためにあるのだと自説を主張しても、あえて否定するつもりはない。

「乙川の娘が〝殺された〟ことを、なぜ隠していた」

「別に、隠していたわけじゃないさ。君が調査を引き受けるまでは、こちらにも依頼人に対する業務上の守秘義務があるからな。君も探偵ならばわかるだろう」

〝守秘義務〟か。便利な言葉だ。弁護士や私立探偵にとって、いい訳のための万能の台詞でもある。

「もうひとつ、訊きたい。なぜ私を、乙川に推薦《すいせん》したんだ。新潟にだって、いくらでも私立探偵はいるだろう」

大河原が、また楽しそうに笑った。

「地元でも、何人かの調査員に声を掛けてはみたさ。しかし、すべて断わられてしまってな」

「なぜ、断わるんだ。割のいい仕事じゃないか」

「この仕事が〝危険〟だからだろう。君も深く係わるようになればわかるさ」

大河原が、悪びれもせずにいった。前回の依頼の時にはこの弁護士を誠実な男だと思ったが、神山の思い違いだったかもしれない。むしろ、老獪《ろうかい》な狸《たぬき》といった方が正確らしい。

テーブルに料理が運ばれてきた。フィレ肉のグリルは、マッシュルームの入ったマデラ酒のソースだった。ひと切れ、味わう。口の中に、至福が広がる。その瞬間にすべての苛《いら》立《だ》ちが収まり、心が穏やかになった。

「わかった。仕事の話をしよう」

神山が、料理を食べながらいった。

「乙川は、どの程度まで君に話したのかね」

大河原が、薄い水割りを舐《な》めながら訊いた。

「ほとんど、すべてだろう。記事の切り抜きなどの資料も預かってきた」

乙川が神山に何かを隠す理由はない。

「娘の、携帯電話は」

「それも乙川が見せてくれたよ。バッテリーが切れていたがね。メールのやり取りやアドレス帳に関しては、書き出してコピーしたものをもらってきた」

メールは送受信の記録を含めて約五〇〇件。アドレス帳に登録された名前が約一〇〇人。まだほとんど内容を調べてはいないが、詳しく分析すれば何かがわかるかもしれない。

「他には」

「五十嵐佳吾という男の母親と、この事件の捜査主任だった新潟西部署の金安《かねやす》とかいう警部の連絡先は聞いている」

「金安浩明《ひろあき》だろう。捜査課の」

「そうだ。確かそんな名前だった」

「しかし、あの男は何も話さんだろう……」

いわれなくても、そんなことはわかっている。刑事が事件の捜査に関して私立探偵に話すなどということは、天変地異でも起こらない限り有り得ない。常識だ。それにしては、大河原のいい方は意味深だった。

「まあ、できる限りのことはやってみるさ。せいぜい、三日か四日で終わるだろう」

最初は本当に、そう思っていた。

「私に何かできることはあるかね」

大河原が、おっとりと訊いた。神山は肉を食い、ビールを飲みながら少し考えた。

「もし話を聞いて参考になるような奴がいたら、リストアップしてくれないか」

何しろ手懸《てが》りになるのは、新聞の切り抜きと被害者の携帯のデータだけだ。そんな情報はすでに、警察や新聞記者も知りつくしている。

「わかった。考えておくよ。それでは私は、そろそろ失礼するかな」

「もう行くのか」

「歳を取ると、早く眠くなるんだ。君も、いまにわかる。まあ、ゆっくりしていきなさい」

大河原が、席を立った。そのまま帰るつもりらしい。

「ここの払いは、どうするんだ」

神山が、呼び止めた。

「乙川に付けておけばいい。どうせ経費はいくら使ってもいいといわれとるんだろう。まあ、頑張ってくれたまえ」

大河原は、そのまま飄々《ひょうひょう》と立ち去った。

神山は静かに、食事を続けた。

4

夜半から、霧が出はじめた。

新潟の秋は、霧の出る日が多い。

霧は明け方までに、雨に変わった。

朝、ホテルで本格的なアメリカン・ブレックファストを味わい、神山は早めに行動を開始した。まず最初に、乙川から教えられた五十嵐佳吾の母親、五十嵐喜久子《きくこ》の携帯に電話を入れた。

乙川の話によると、喜久子は古町の飲み屋街でスナックをやっていたらしい。何回か呼び出し音が鳴ったが、しばらくして留守番《るすばん》電話に切り換《か》わった。やはり、夜が遅かったのかもしれない。

神山は自分の名前と用件を告げ、電話を切った。乙川からも、事情を説明する電話が入っているはずだ。いずれ向こうから返信があるだろう。

とりあえず、ポルシェに乗ってホテルを出た。中央区——新潟島——の市街地を抜け、左前方に雲に霞《かす》む朱鷺メッセの摩天楼《まてんろう》を眺《なが》めながら柳都《りゅうと》大橋で信濃川を渡った。そのまま国道七号線のバイパスに入り、さらに阿賀野川大橋を渡って新発田方面へと向かう。新潟は正に、水の町だ。

間もなく左前方に、新潟競馬場のスタンドが見えてきた。市街地を外れ、この辺りから周囲の風景が急に閑散としてくる。国道の海側には工場や貿易関係の会社、倉庫などが多い。空地には大型のコンテナや、東南アジアに売られていく中古車が並んでいる。

遥《はる》か左前方には、四本の巨大な煙突が聳えていた。東新潟火力発電所だ。放水路を越え、次の東港インターでバイパスを降りた。国道一一三号に合流して海の手前を右折し、港湾道路に入る。神山はポルシェのギアをティプトロニックで三速に落とし、水飛沫《みずしぶき》を上げて前を走る巨大なタンクローリーをパスした。

前方の信号を、左折。後方を、いま追い越したばかりのタンクローリーが轟音《ごうおん》と共に通り過ぎていった。

港内に入ると、まるで周囲を閉ざされたかのような静けさに包まれた。誰もいない。何もない。そこが、新潟東港だった。

神山は、乙川が描いた東港の見取図を見ながらポルシェをゆっくりと進めた。道の両側に、金網のフェンスが続いている。見取図にあるように、右手にブルーシートが掛けられた輸入材が積まれていた。乙川麻利子の血痕が残っていたのは、おそらくこの辺りだ。

やがて道は、前方の海の手前のフェンスに突き当たる。右に曲がると、左手に小さな漁港があった。すべて、見取図のとおりだった。

神山はＬ２フライトジャケットを羽織《はお》り、車を降りた。顔に、霧のような氷雨《ひさめ》が吹きつける。目を細めて海の彼方《かなた》を見ると、先程の火力発電所の煙突が暗い空に、朦々《もうもう》と白い煙を吐き出していた。

左手の対岸には、コンテナターミナルと巨大なガントリークレーンが見える。だが、今日は稼動していなかった。暗く、殺伐《さつばつ》として、殺風景な眺めだった。

なぜ乙川麻利子は、深夜に女一人でこんなところにきたのだろう。たとえ、高校時代の同級生に呼び出されたとしても……。

神山はふと、そんなことを思う。

新潟東港——東港区——は、本州日本海側最大の国際貿易港だ。開港は、一九六九年。八〇年代から東北アジア地域における物流拠点として発展し、現在は韓国、中国、台湾、ロシア、その他東南アジアの主要港を結ぶ外貿定期コンテナ航路が開設されている。税関や外国船員向けの厚生施設を持ち、地域最大のコンテナターミナル全体が保税地域に指定され、大量の物流を支えてきた。さらに港内には日本最大級の火力発電所や石油、ＬＮＧ（液化天然ガス）の備蓄基地が置かれ、東港工業地帯の核としての役割も担《にな》う。

だが、それはあくまでも表向きの顔だ。九〇年代以降は各国の領事館を置く韓国の釜山《プサン》港などとの競争に敗れ、東北アジア圏の主要外貿基地の座を奪われた。二〇〇六年には外国船員向け厚生施設も閉鎖。日本石油やサッポロビールなど東港区に土地を取得した大手企業も、結局は事業計画を断念。港内の至るところに未使用の土地が放置されている。

神山は、雨の中を歩いた。漁港にも、人はいない。割れたアスファルトの穴に水が溜まり、雨粒の水紋が広がっては消えた。

おそらく、乙川麻利子はこの場所で殺された。一人の人間として、しかもまだ二六歳の若い女の死に場所としてあまりにも寂しすぎる……。

乙川麻利子の死因は、頭蓋骨骨折と内臓破裂によるショック死だった。神山は、深夜のこの場所で、何者かに殴る蹴《け》るの暴行を受ける麻利子の姿を想像した。だが、犯人の顔は見えてこない。

何かがおかしい……。

神山は、奇妙な違和感を覚えた。

犯人が五十嵐佳吾という男かどうかとは、まったく別の次元の問題だ。あくまでも、一般論においてだ。

男が女を殺す動機は、ほとんどの場合が痴情の縺れだ。憎しみの反面、まだどこかに愛情が残っている。最初から殺す意志が固まっていれば刃物で一気に刺し殺すし、話がこじれて思い余った末の犯行なら首を絞める。だが乙川義之によると、麻利子は頭蓋骨骨折と内臓破裂だけでなく、顔面も潰《つぶ》れるほどひどく殴られていたらしい。

処刑――。

神山の頭の中に、そのひと言が浮かんだ。

まさか。だが、そうとしか考えられなかった。これは、普通の殺人事件ではない。その裏に、想像を絶する何らかの憎悪が潜《ひそ》んでいるような気がした。

そしてもうひとつ、確かなことがある。やはりこの事件は、単独犯によるものではない。少なくとも二人、いや、三人以上が事件の裏に絡《から》んでいるはずだ。

雨が、強くなりはじめた。神山は踵を返し、車に戻った。その時、ポケットの中で携帯――iPhone――が鳴った。

五十嵐の母親かもしれない。だが、違った。アドレス帳に登録されていない番号からの電話だった。

電話に出た。若い女の声が聞こえてきた。

――あなた、神山さん？――。

「そうだが……」

――五十嵐佳吾のやった事件のこと、調べてるんだってね――。

「誰に聞いたんだ」

だが、相手は黙っていた。

「君は、誰なんだ。名前は」

――私は、オトガワ……マリコよ――。

「何だって？」

だが、電話が切れた。

霧の中で、遠くの外国船の霧笛《むてき》が鳴った。

5

新潟西部署の金安浩明という警部は、やはり〝喰えない〟タイプの男だった。

子供の頃から何らかのコンプレックスがあり、それを克服《こくふく》するために警察官という職を選んだが、何の解決策にもならないことに気が付き、その焦《あせ》りが余計にちっぽけな権力に固執させている。そんなタイプだ。

「ああ……五十嵐佳吾の件ね。例の高校時代の同級生の女を殺した……」

金安は塵《ごみ》でも見るような冷ややかな視線を神山に向け、口元には不釣り合いな固まったような笑いを浮かべた。それも、コンプレックスを隠すための虚勢だろう。この男はいまも家庭に帰れば、女房とのセックスがうまくいかないことで悩んでいるに違いない。

「そうだ。被害者の名は、乙川麻利子だ。覚えてるだろう」

神山がいうと金安はわざとらしく、やっと思い出したように頷いた。だが、神山に向ける視線はそのままだ。狭い取調室の小さな机の上に置かれた神山の名刺には、目をくれようともしない。

「それで、あんたがなぜ、その事件のことを訊きにきたんだ」

金安が、わかりきったようなことを訊いた。すでに今朝《けさ》の時点で、弁護士の大河原から連絡が入っているはずだ。

「被害者の遺族の依頼を受け、あの事件について調査している」

神山がいうと、金安が鼻で笑うように息を吐いた。

「調査、といってもなあ……。あの事件のことは、散々報道されているだろう。図書館にでも行って、新聞記事を調べた方が早いんじゃないか」

「新聞記事ですべてがわかるなら、遺族は私に調査を依頼しない。それに新聞記事には、犯人が逮捕《たいほ》されたとは書いてはいない」

金安は、いちいち間を置く。そして、いかにも面倒だといわんばかりに答える。

「五十嵐を捕まえるつもりなのか。もしそれができるなら、こちらが感謝したいくらいだがね」

皮肉以外の何物でもないようないい方だった。

「警察を差し置いて犯人を捕まえるなんて、そんな大それたことは考えていないさ。だいたい五十嵐が犯人かどうかが決まったわけではないし、彼が生きているのかどうかもわからない」

「どうしてそう思うんだ。五十嵐が、死んでいるかもしれないと。あの自殺が狂言だったことくらいは、新聞や週刊誌を読めばわかるだろう」

金安の態度に、初めて小さな変化があった。五十嵐が生きているかどうかもわからないと神山がいったことに、興味を持ったらしい。

「昨日、昭和大橋の現場を見てきた。五十嵐があの場所で自殺をするわけがない。あれは、偽装だ。しかし、彼は別の理由で死んでいるかもしれない。そういう意味だ」

神山がいうと、金安が首を傾げた。

「なぜだ」

少しずつ、話に乗ってきた。悪くない兆候だ。

「別に理屈じゃないさ。勘だよ。あんたのような優秀な捜査官に追われながら、二年間も何の痕跡《こんせき》も残さずに逃げ切れるわけがない。そうだろう」

この手の男は、少しプライドをくすぐってやった方がいい。女房がペニスの大きさをほめてやれば、セックスの問題も解消するに違いない。やはり、反応があった。それまで固まっていたような口元の笑いが、僅《わず》かだが緩《ゆる》んだように見えた。

「何が訊きたいんだ。手短にいってくれ。おれは忙しいし、いえることといえないことがある」

思ったほど〝喰えない〟男ではないのかもしれない。ただ単純なだけだ。

「警察は本当に、五十嵐が犯人だと信じているのか」

「新聞を読めばわかるだろう。情況証拠は揃《そろ》っている。現時点で重要参考人であることは確かだ」

想定どおりの答えだった。

神山は、さらに訊いた。

「五十嵐は、生きていると思うか」

「どうかな。しかし、遺体は発見されていない。死んだという確証がない限りは、捜査を続ける。それだけだ。他には」

これも、予想どおりの答えだった。だが、死んだという確証がないという言葉の裏に、生きている確証もないというニュアンスを感じた。

神山はもうひとつ、自分でも奇妙だと思えるような疑問をぶつけてみた。

「殺された女は、本当に乙川麻利子だったのか」

「どういう意味だ？」

金安が、怪訝《けげん》そうに首を傾げた。

やはり、思い過ごしだったらしい。つい先程、オトガワ・マリコと名乗る女から神山の携帯に電話が掛かってきた。それで、もしやと思い、探りを入れてみただけだ。

「いや、何でもない。少し気になることがあってね」

「疑うなら、あんたに調査を依頼した遺族とやらに訊いてみればいい。父親が遺体を自分の娘だと確認しているし、歯の治療痕《ちりょうこん》とDNAも一致している。さて、これでいいかな。本当に、忙しくてね……」

金安がそういって、席を立とうとした。

「待ってくれ。あと、ひとつだけ教えてくれ」

神山が引き留めた。

「何だ」

「乙川麻利子の遺体が埋まっていた場所を知りたい」

「ここから西に行った、四ツ郷屋浜だよ。それも新聞に載《の》っていただろう」

「それは知っている。私が知りたいのは、四ツ郷屋浜の彼女の遺体が埋まっていた正確な場所だ。それと、彼女の車が駐まっていた場所との位置関係を知りたい」

「いい加減にしてくれ」

金安が苛立たしげに天井を仰《あお》いだ。だが、息を吐き、思い直したように続けた。

「わかった。若い者に案内させよう。その代わり、二度とおれの前に顔を出さないと約束してくれ」

最後のひと言が、この日唯一の金安の本音だったような気がした。

6

築井《ちくい》直実《なおみ》という刑事は、金安とはまったく違うタイプの男だった。

おそらくこの男は、子供の頃からコンプレックスにはほとんど縁がなかったはずだ。背が低いことや、勉強ができないという自分の欠点もあまり気にしない。警察官になったのも正義感に駆られた結果で、権力などというものは端《はな》から考えたこともない。実はノンキャリアの警察官には、このタイプの男が最も多い。

「ポルシェですか。いいっすね。ぼくもこんな車に乗りたいな……」

西部署の駐車場に駐めてある神山の車を見て、築井はまずそういった。雨に濡れ、水滴で光るラピスブルーのボディーを子供のような目で見つめる。車の好きな男に、悪い奴はいない。

ポルシェの助手席に乗るようにいったのだが、築井はその誘いを残念そうに断わった。警察官は、職務中に一般市民が運転する車に同乗してはならないという規定がある。仕方なく築井が小型のパトロールカーを運転し、神山がその後ろを付いていくことになった。

四ツ郷屋浜は、新潟市内から三〇キロほど西に離れた海水浴場だった。日本海夕日ラインとして知られる国道四〇二号線から右に折れる細い道があり、松の防風林を抜けると広大な砂浜と暗い海が目の前に広がった。右手には廃材で戸締まりされた、バラックのような海の家が何軒か潮風にさらされていた。

だが、それ以外には近くに人家はない。秋のこの季節には、人も誰もいない。気候が穏やかな夏には、おそらく家族連れなどで賑《にぎ》わうのだろう。だが、その光景を想像することはできなかった。

傘をさしながら、築井がパトロールカーから降りてきた。神山もフライトジャケットのファスナーを上げ、ドアを開けた。小雨まじりの北風が冷たい。

「乙川麻利子の車があったのは、あの辺りです」

築井がそういって、海の家の方を指さした。

「行ってみよう」

神山が歩き出すと、築井が手にしていた傘を差し出した。それを、断わった。傘が必要なほどの雨でもない。空を見上げると、厚い雲の中に海鳥が舞っていた。

「ここです」

しばらくして、築井が立ち止まった。海の家の陰になる辺りだった。神山は、国道から入ってきた道から歩数を数えていた。ちょうど、五〇歩。一歩が約八〇センチなので、道からは約四〇メートルということになる。

何の変哲もない場所だった。季節外れの海の家。遠くに霞む水平線。土が入れられ、水が溜まった地面には、車を駐める仕切りの石灰の粉の線がまだ薄っすらと残っていた。

神山は、周囲の情況を観察した。海の家の陰になっているために、ここに車が駐められていてもあまり目立たなかっただろう。だが、犯人があえて隠そうとした意思までは感じられなかった。

ただ、不要になった車を〝乗り捨てた〟としか想像できなかった。他には、思い当たらない。あの昭和大橋の自殺偽装現場と同じ粗暴さを感じた。

「何か、わかりましたか」

築井が、屈託《くったく》のない表情で訊いた。

「別に、何も。それで、遺体の埋められていた場所は」

神山が訊いた。

「こちらです」

築井がまた、歩きだした。

だが、意外だった。築井は、元の方向に戻っていく。そして海の家の駐車場を出ると、国道から入ってきた道を横切り、砂浜のさらに先へと進んだ。

神山はまた、自分の歩数で距離を測《はか》りはじめた。浜には低い砂丘《さきゅう》があり、その上にしがみつくように下生《したば》えが風になびいていた。波打際には何艘かの小船が引き上げられ、浜にもやってあった。築井は砂丘の手前に建てられた小さな浜小屋の前を回り込むと、その先の砂防堤の下で足を止めた。

「もう二年も前のことなので正確かどうかはわかりませんが、確かこの辺りだったような気がします……」

おかしい。道からだけでも、約六〇歩。約五〇メートルはある。

「新聞には、車が乗り捨てられていた駐車場から遺体遺棄現場まで、約五〇メートルだったと書かれていたと思うが……」

これだと海岸に入ってくる道を挟み、両側に九〇メートルは離れていたことになる。距離が合わない。

「そうでしたか。新聞の書き間違いじゃないですかね……」

確かに、その可能性はある。

だが神山は、まったく別の推論を頭の中で組み立ててみた。もし二年前の深夜に乙川麻利子の遺体が運ばれてきたとしたら、この浜で何が行なわれたのか。

車は、最低でも二台だ。被害者の軽自動車と、犯人グループの車だ。まず国道から入ってきた道に車を駐め、被害者の遺体をその場に降ろす。誰かがその遺体を、約五〇メートル離れたこの場所まで運んだ。だがこの浜は砂が深く、砂丘もあり、足場が悪い。一人では無理だ。少なくとも二人の人間が、この場所にいたことになる。

さらに、もう一人。遺体を運んで埋めるまでの間、あの道に車を放置していたとは考えられない。いくら深夜でも、夜釣りの車などが入ってくる可能性はある。被害者の軽自動車はともかくとして、犯人は自分たちの車は見られたくなかったはずだ。つまり、二台の車をあの海の家の陰の駐車場まで運ぶ役割の人間がいたことになる。

やはり、三人か……。

「どうしたんですか。何か、気になることでもありますか」

小雨に濡れながら考え込む神山に、簗井が訊いた。

「別に。確か警察の捜査方針は、痴情の縺れによる殺人死体遺棄だったな……」

神山が独り言《ひとりごと》のようにいうと、簗井は苦笑いを浮かべた。

「まあ、新聞にはそう書いてありましたね。我々は、何とも……」

警察は、公式的には捜査方針を発表していない。

「そうなると、やはり、犯人は高校の同級生の五十嵐か……」

「それも、どうですか。まあ情況を考えればそうなりますし、実際我々も手配はしてますが……」

人の好い男だ。神山のいうことに、いちいち真面目《まじめ》に反応する。

「ひとつ、訊いていいか。大したことじゃないんだが」

「何でしょう」

「乙川麻利子の遺体は、どのくらいの深さに埋められていたんだ。砂を被《かぶ》せて隠した程度だったのか。それとも……」

「かなり深かったみたいですよ。少なくとも一メートル以上は埋まってあったんじゃないかな」

「しかし、おかしくないか」神山が、傘を持って立つ簗井を見た。「この現場を見る限り、少なくとも数人の共犯者がいたことになる。一人なら、遺体を埋めるために一メートルも穴は掘れない」

「はあ……」

思ったとおり、簗井が神山から目を逸らした。

「もし痴情の縺れによる五十嵐の単独犯行だとしたら、情況と一致しない。矛盾すると思わないか」

警察も、そのくらいのことはわかっているはずだ。

「別に、有り得なくはないと思いますよ。もし五十嵐に、協力した仲間がいたとしても……」

おそらく、それが簗井の、精一杯の弁解だろう。

「そうだな。絶対に有り得ないとはいえない。おそらく五十嵐という男は、女の死体を埋めるのを手伝ってもらえるほど仲間に好かれていたんだろう。行こうか」

神山は踵を返し、車を駐めてある道へと戻った。この場所は、もうこれでいい。

途中で一度、振り返ってみたが、築井は傘をさしたまま雨の中に立ちつくしていた。

・

7

午後になって、雨が強くなった。

神山はホテルに戻り、ビストロでランチを楽しんだ。ここのハヤシライスのレシピは、イタリア軒ができた当時から一三〇年間も変わっていない。

弁護士の大河原には事件の関係者をリストアップしておくように頼んでおいたのだが、フロントには何もメッセージは入っていなかった。五十嵐の母親の携帯は、まだ留守番電話のままだ。朝の〝オトガワ・マリコ〟と名乗る女からの電話にも何度か返信してみたが、こちらは着信拒否に設定されているらしくまったく繫《つな》がらない。

仕方なく神山は部屋に戻り、広いデスクに向かった。依頼人の乙川義之から託された事件の資料を開く。新聞や週刊誌の記事の切り抜き以外はすべて乙川自身が整理して作成したもので、コンピューターに入力されたものがA４の用紙にプリントアウトされていた。

神山が最も関心を持ったのは、殺された乙川麻利子と五十嵐佳吾との携帯メールによる交信記録だった。最初の記録が残っているのは、麻利子が殺される五日前の一〇月八日。

五十嵐からの、次のようなメールで始まる。

〈やあ、マリちゃん久し振り〜。KEIGOで〜す。メルアド変わってないとラッキー。元気してたかな〜？〉

いま時の若者らしく、軽い乗りのメールだった。その数日後に殺人事件に発展するような陰湿さや悲愴感は、片鱗《へんりん》すらも窺《うかが》えない。これに対して麻利子は、次のように返信している。

〈KEIGOって、五十嵐君だよね。良かった〜。五十嵐君、メルアド変えたよね。連絡付かなくて、みんな探してたんだよ。うん、私は元気。前にお父さんのお見舞いにきてくれて以来だから、二年振りくらいかな。五十嵐君は、いまどうしてるの……〉

やはり、屈託のない文面だった。二六歳の女性のメールらしく、絵文字も多い。この最初のやり取りからだけでも、麻利子と五十嵐がかつての同級生として親しかったこと。そして丸二年間はメールによる連絡すらも途絶《とだ》えていたことが確認できる。これで〝痴情の縺れ〟という線は、完全に消える。

それからしばらくは、二人の近況報告が続く。どちらかというと麻利子の方が、自分や父親、地元の仲間のことを五十嵐に説明するという文面が多い。これに対して五十嵐は自分の職業などについて訊かれても、〈まあいろいろとやっているよ……〉というような曖《あい》昧《まい》な返事しかしていない。

神山は、新聞のスクラップのファイルを開いた。どこかに、五十嵐の職業が書いてあったはずだ。

あった。これだ。

——元・自動車整備工——。

麻利子の遺体が発見された翌日の新聞にひと言、そう書いてあった。だが、神山には意外だった。もし自動車整備工ならば、高校時代の同級生に言葉を濁《にご》す必要はない。

二人は以後も、一日に何回かはメールのやり取りを続けていた。あくまでも、昔の同級生同士の何の変哲もない会話だ。だが二日後の一〇月一〇日の夜、そのメールのやり取りにちょっとした変化があった。切っ掛けは、麻利子からのメールだった。

〈——ところで五十嵐君、何で私にメールしてきたの？　ただ懐かしかったからじゃないよね。何か用があったんじゃないの？〉

同級生でも、麻利子の方がリードするような雰囲気がある。姉と弟という立場を連想させる。これに対して五十嵐は、こう答えている。

〈わかっちゃった？　麻利子にはかなわないな。実は麻利子に、ちょっと頼みがあってさ……〉

麻利子が、次のように応じる。

〈頼みって、何よ。お金のことなら嫌だよ。私、そんなに給料よくないし……〉

〈まさか。麻利子にお金のことなんか頼まないよ～（笑）。そうじゃないんだ。実は麻利子に、どうしても会ってもらいたい人がいてさ。ひとつはそれでメールしたんだよ……〉

麻利子に会わせたい人？

いったい、誰のことだろう。本当にそのような人間がいたのか。それとも、麻利子を誘い出すための単なる口実にすぎなかったのか。いずれにしてもそのような人間は――少なくとも報道を見る限りでは――捜査線上に名前が上がっていない。

だがこの日のメールのやり取りから、二人は急速に〝会う〟という方向に動きはじめる。翌日には、次のようなやり取りがあった。

〈――会いたいね。でも、いつ会える？　五十嵐君は、こっちに帰ってくることってあるの？〉

麻利子のいう〝こっち〟とは、二人の地元の新津のことだ。

〈いや、しばらくは無理なんだ。それより麻利子が新潟に出てくることはないのかな。おれがその日に合わせるからさ〉

〈明後日《あさって》なら、車で新潟に行くよ。友達とＮＥＸＴ21で買い物する約束があるんだ。その後で食事するけど……〉

メールの中の〝明後日〟というのは、麻利子が殺された当日だ。文中の〝友達〟というのは麻利子の大学時代の友人で、木村加奈《きむらかな》という女性であることがわかっている。

翌日も二人はメールのやり取りをしている。五十嵐の〈——食事の後にどこかでお茶しない？〉という提案に対し、麻利子は〈——食事している所に合流しなよ——〉と答えている。〈——店の名前は？〉と五十嵐が訊き、麻利子が〈——まだ決まってない、決まったらメールする〉と応じる。さらに麻利子が〈——私に会わせたい人って誰なの？〉と訊くが、五十嵐は〈——麻利子がとても会いたい人だよ。会ってからのお楽しみ——〉とはぐらかしている。

そして、事件当日の一〇月一三日——。

最初の連絡は午後七時四七分、麻利子からの次のようなメールで始まる。

〈——いま古町のトラットリア・ポモドーロという店に入ったよ。わかるかな……〉

メールの末尾に、店の電話番号とURLが入っていた。名前からして、イタリア料理の店のようだ。その六分後の七時五三分に、五十嵐が返信している。

〈ごめん、先に食べてて。先輩がまだ仕事から抜けられないんだ——〉

突然、文面に〝先輩〟という言葉が出てきた。もしかしたらこの〝先輩〟が、麻利子に会わせたい人物なのか。

麻利子の二度目のメールは、九時三二分に送信されている。

〈――もう食事終わっちゃうよ。店、出ちゃうよ。どうするの――〉

一四分後の九時四六分に、五十嵐からメールが入っている。

〈まだ仕事中なんだ。悪いね。どこかのバーにでも入って、一杯やっててよ〉

神山はこの文面に、奇妙な違和感を覚えた。まず、〝悪いね〟という部分だ。五十嵐の前のメールには〝ごめん〟という言葉が入っている。人間はメールの表現にも、一定の癖《くせ》があるものなのだが。

さらに、最後の〝一杯やっててよ〟という部分だ。その前に〈どこかのバーにでも入って……〉といっていることから当然、酒のことであることがわかる。だが、その二日前のメールで、麻利子は〈車で新潟に行くよ……〉と五十嵐に告げている。

やはり麻利子は、疑問を感じたらしい。

〈私、車だよ。それにバーなんか知らないし……〉

五十嵐は、こう答える。

〈車だったっけ。それならどこかのカフェにでも入っててよ。こっちからメールするから――〉

そこからしばらく、時間が空いている。次の五十嵐からのメールは、一〇時四一分だった。

〈まだ仕事なんだ。悪いけど、車ならこっちに来てくれないかな。新潟東港の四丁目。小さな漁港の近くなんだ――〉

麻利子は、四分後に返信している。

〈――私、東港なんか行ったことないからわからないよ。もう遅いし、会うの今度にしようよ――〉

だが、五十嵐は諦めない。

〈車にナビ付いてるだろう。来ればわかるから。どうしても今夜、麻利子に会いたいんだ——〉

〈わかった。行くよ。でも顔を見たら、すぐに帰るからね——〉

なぜ乙川麻利子が高校時代の同級生に誘い出され、深夜に新潟東港に行ったのか。その経緯がやっとわかってきた。

最初から東港に呼び出されたわけではなかったのだ。まずは市内のレストランで待ち合わせ、五十嵐の都合《つごう》でそれがカフェに変わった。そして最後に東港に来てくれといわれた時には、麻利子は断わりきれなくなっていた。何気ないメールのやり取りの中に、相手の強引かつ巧《たく》みな誘導術が見え隠れしている。その顔が、なぜか高校時代の同級生の五十嵐佳吾本人とは重《かさ》ならない。

そして二人のメールのやり取りは、最後の局面を迎える。午後一一時二九分、まず麻利子の携帯に、五十嵐の次のようなメールが残っていた。

〈――前の車にいるの、麻利子だよね――〉

後にこのメールは、新潟東港から最も近い基地局から発信されたことが確認されている。五十嵐が、東港の中で麻利子の車を確認したことを示している。麻利子は、その数十秒後には返信していた。

〈――たぶん、そうだと思う。後ろの白い車に乗ってるの、五十嵐君？――〉

おかしい……。

五十嵐の車は、一九九五年型の〝黒〟のセドリックだったはずだ。白い車ではない。警察も、この決定的な矛盾に気付いていないはずがない。

最後に、五十嵐がメールを送っている。

〈――そう、おれ。いま降りてくから――〉

この時、一〇月一三日の午後一一時三一分。ここで、二人のメールのやり取りは終わっている。

次に麻利子の携帯が確認されたのは四日後の一〇月一七日早朝。日本海を望む四ツ郷屋浜に乗り捨てられていた車の床に、落ちていた。翌一八日に、付近の砂に埋められていた麻利子の遺体が発見された。一方の五十嵐は本人は元より、その携帯の所在も確認されていない。

神山は二人の交信記録のファイルを閉じ、ラッキーストライクに火を付けた。煙を深く吸い込み、溜息《ためいき》と共に吐き出す。

何かがおかしい。

そう思った。

8

結局その日は、五十嵐の母親とオトガワ・マリコと名乗る女には連絡が取れなかった。

仕方なく神山は、乙川義之から預かった証人リストの中の一人に電話を入れてみた。名前は、木村加奈。事件があった二年前の夜、乙川麻利子が最後に会っていた大学時代の友人だ。

翌日の昼に、神山は木村加奈と市内で待ち合わせをした。場所は、古町の『トラットリア・ポモドーロ』を指定した。加奈と麻利子が、最後に夕食を共にした店だ。同じ店の方が、何か思い出すことがあるかもしれない。

店は神山が泊まっているホテルから、歩いて数分の場所にあった。石窯《いしがま》焼きのピザと、自家製の無農薬の野菜が売り物の店だった。市内では人気店らしく、昼前からかなり混み合っていた。

木村加奈は特にためらうこともなく神山の誘いに応じ、約束の少し前に店に入ってきた。背が低く、短髪。小さな目が、いかにも好奇心が強そうによく動く。

職業は、市内の小学校の教諭。一年半前に職場結婚し、現在は産休を取っている。予定日を一カ月後に控え、お腹の膨らみもかなり目立つようになってきていた。

「だいじょうぶですか。乙川麻利子さんの件について、お話が伺いたいのですが……」

神山の方が、気が引けた。妊娠中の女性には、辛い話になるかもしれない。だが加奈は、屈託なく笑う。

「平気ですよ。気にしないでください。私だって、麻利子の敵を取りたいし。それよりも、お腹が減っちゃった……」

二人で別々のランチセットを注文し、さらにこの店の名物のピザを一枚追加した。それにしても最近は、洋食——特にイタリア料理——に縁がある。さすがに神山は、食傷気味だった。

「それで、私に何が訊きたいんですか。気にしないで、何でもいってください」

加奈が、ランチを口に運びながらいった。

「例の二年前の夜のことです。木村さんは、この店で最後に乙川麻利子さんと食事をしたのですね」

神山が、訊いた。

「そうです。あの夜のことはよく覚えているし、事件の後は警察からもよく訊かれました。テーブルは、確かあの辺りだったかしら……」

加奈がそういって、店の奥のテーブルを指さした。

「その夜のことで、覚えていることを何でも話してもらえませんか」

「そうですね……。最初の内は麻利子も、特に変わった様子はなかったんだけれども……」

加奈が何かを思い出そうとするように首を傾げ、運ばれてきた石窯焼きのピザに手を伸ばした。

木村加奈と乙川麻利子は、『新潟大学』教育学部の同期だった。同じゼミを取っていたこともあって仲が良く、卒業後はまったく違う道を歩むことになったが、年に何回かは食事をしたり買い物に付き合ったりする関係が続いていた。麻利子が亡くなる一年前の夏休みには、二人でインドネシアのバリ島に旅行したこともあった。

二年前の一〇月一三日も、前の週から二人で買い物と食事をしようという約束になっていた。確か、加奈の方が冬物のコートを欲しいといい出したのが切っ掛けだったという。結局、気に入ったのがなかったのだが。

「最初は、特に変わった様子はなかったんですね」

神山が訊いた。

「ええ、何も。いつもどおりの、明るい麻利子でした」

「五十嵐という男が食事に同席するということは？」

「ええ、前の日くらいには聞いていたと思います」

「木村さんは、不審に思わなかったんですか。他の男の人を呼ぶことに関しては」

「別に、変だとは思いませんでしたけども……」

加奈によると、二人の内のどちらかの友人や知人が合流することは特に珍しいことではなかったらしい。大概は女性だったが、男性の場合もあった。大学を卒業して間もなくの時には麻利子が彼氏を連れてきたこともあったし、逆に事件の半年前には加奈が恋人を呼んだ。その恋人と、後に結婚した。

加奈が続けた。

「だから最初、五十嵐という人を食事に呼んでいいかといわれた時、それが麻利子の新しい彼氏かと思ったんです。私に紹介したいのかと……」

「そうです。彼氏かと訊いてみたんですが、そうじゃないって。ただの高校時代の同級生だといっていました」

「しかし、違った」

「ちなみに当時、麻利子さんには彼氏のような人はいたんですか」

「いいえ、大学時代から卒業したくらいまではいましたが、その人と別れてからは誰もいなかったと思います。もしいればまず私に相談するはずだし、会わせてくれるはずですから……」

事件の夜、麻利子の様子に変化が見えはじめたのは、このレストランでの食事の途中だった。五十嵐がなかなか来ないことに苛立ったのか、しきりに時計や携帯のメールをチェックしていたという。そして、溜息をついた。

「その時のことで、何か覚えていることはありませんか」

「そうですね……。五十嵐という人は約束を守る人なんだけどと、そんなことをいっていたような気がします……」

その内に、食事も終わってしまった。しかし、五十嵐はまだ来ない。

「実はその時、五十嵐から麻利子さんにこんなメールが入っていたんです。これを見たことはありますか」

神山がそういって、ナプキンにメールの文面を書いた。〈まだ仕事中なんだ。悪いね。

どこかのバーにでも入って、一杯やっててよ〉――。

加奈が厳しい目差《まなざし》で、文面を読む。

「いえ、見たことはありません。警察も、当日の麻利子のメールに関しては何も教えてくれませんでしたから」

「これを読んで、何かおかしいと思うところはありませんか」

神山が訊くと、加奈が小さく頷いた。

「ええ、おかしいです。どこかのバーにでも入って、一杯やっててよ……というところが」

やはり、そうか。

「そうですよね。あの日、麻利子さんは車で新潟に来ていました。五十嵐という男は、それを知っていたはずなんです」

「いえ、そうじゃなくて……」

加奈が視線を上げ、神山を見た。

「そうじゃない？」

「ええ、車のことではありません。麻利子は昔から、お酒を一滴も飲めないんです。タバコの煙も大嫌いで、だからバーなんか絶対に行かない。もしその五十嵐という人が本当に麻利子の高校の同級生で、仲が良かったとしたら、そのことを知っているはずです。バーで一杯やってろなんて、いうわけがないんです」

神山は、黙って頷いた。一瞬、返す言葉さえ失った。頭の中に停滞していた霧が、急速に晴れていくような気がした。

「どうしたんですか」

加奈が、神山の表情を覗《のぞ》き込むように訊いた。

「いや、何でもない。話を続けましょう。それで二人でこの店を出て、カフェに行ったんですね」

だが、加奈は不思議そうな顔をした。

「カフェ、ですか。二年前に警察の事情聴取でもそんなことを訊かれたような気がするけど、私たちカフェなんかに行っていませんよ」

「実は五十嵐から、バーがだめならどこかのカフェにでも入っていてくれとメールが残っていたんだが……」

「ああ、それでですか」加奈が納得したように頷く。「確か、あの日、食事が終わってこの店を出たのは一〇時近かったと思います。この辺りにはそんな時間まで開いているカフェなんてありませんから」

「それなら麻利子さんは、店を出てからどこで時間を潰していたのかな」

「別に、大したことじゃありませんよ」

加奈がそういって、当日の記憶を追うように説明をはじめた。

あの日、加奈は、店を出てから江南《こうなん》区下早通《しもはや》の自宅まで麻利子に車で送ってもらった。古町から自宅までは、車で一五分も掛からない。だが家に着いた時点で、麻利子はまだ五十嵐からのメールを待っていた。そこで、家の近くの公園の前に車を駐め、二人で話しながら時間を潰すことにした。そこに、メールが入ってきた。

「メールを読んで、麻利子が不安そうにいったんです。いまから新潟東港に来いといわれてるけど、どうしようかなって……」

「麻利子さんは、何といっていましたか」

「もう遅いから、断わるといっていたんです。東港には、行かないって。麻利子がそのメールを相手に送ったのを確認したんで、私も安心して車を降りたんですが……」

だが麻利子は、木村加奈を降ろした後に五十嵐からまたメールを受け取り、深夜の東港へと向かった。

「麻利子さんは、なぜ東港に行ったのかな。五十嵐という男を、それほど信じていたのか……」

「私は五十嵐という人には一度も会ったことはないし、わかりません。でも麻利子は、こんなことをいっていました。同級生だけど弟みたいな子で、いつも麻利子に頼っているんだって……」

弟みたいな子――。

神山はそのひと言で、あの日なぜ麻利子が深夜に向かったのか、その理由がわかったような気がした。

最後に、神山が訊いた。

「木村さんは本当に、五十嵐という男が麻利子さんを殺したのだと思いますか」

加奈は、不思議そうな顔をした。だが、しばらく考え、言葉を選ぶようにいった。

「よく、わからないんです。五十嵐という人は、もう自殺しているという噂もあるし。さっきのメールの件もそうなんですが、麻利子が私に会わそうとしていた五十嵐君と、麻利子を殺した五十嵐という男が、どうしてもイメージが重ならないんです……」

「別に犯人がいるということですか」

「わかりません。でも、これだけはいえますよね。もしあの日、私がもっとちゃんと止めていたら……。麻利子は、殺されなくてもすんだのかもしれないんです……」

木村加奈とは、店を出た所で別れた。神山は一度、ホテルに戻った。オリーブオイルとチーズの摂《と》りすぎで、胃がもたれている。寝心地の好いベッドに体を投げ出し、頭の中を整理した。

ひとつの推論が成り立つ。乙川麻利子を殺したのは、五十嵐ではない。あの日、二年前の一〇月一三日の夜、どこかで別の男が五十嵐と入れ替わった。そして五十嵐の携帯を使い、本人に成りすまして麻利子を新潟東港に誘い出した。

だとしたら、五十嵐はどこに消えてしまったのか。

目を閉じても、何も見えてこなかった。

9

夜になるのが、待ち遠しかった。

昨日、一昨日は週末だったので、夜の古町も静かだった。

だが、今夜は月曜日だ。繁華街のネオンや看板の明かりが、冷え切った心に温もりを与えてくれるだろう。

新潟古町はかつて水郷の町として発展した。堀とその縁《ふち》に植えられた柳並木の見事さから、越後の柳都と呼ばれたこともある。また北陸随一の遊郭《ゆうかく》としても知られ、江戸時代には京都、大坂、江戸に次ぐ番付四位に数えられた。十返舎一九《じっぺんしゃいっく》の『東海道中膝栗毛』の中にも、その隆盛の様子に触れられている。

明治時代には新潟の大火により焼け野原と化し、これを機に花柳界に転身。昭和の戦前の頃には東京の新橋《しんばし》、京都の祇園《ぎおん》と並び、三大花街のひとつにまで発展した。だが一九五五年の昭和新潟大火によりふたたび古町の大半を焼失し、長く続いた遊郭、花柳界の歴史の幕を閉じることになる。

現在の古町は、白山《はくさん》神社の一番町を起点としたアーケードの商店街だ。だが八番町《はちばんちょう》、九番町、東堀通辺りにはいまも歓楽街が残り、かつての花街の面影を残している。

神山は日が暮れるのを待ってホテルを出て、西堀通からアーケード街を歩いた。五年前と、あまり変わっていない。地方都市にならどこにでもあるような商店街でありながら、特に活況を呈しているようにも見えないのだが、それでいて内に秘めた強《したた》かさと洒脱さを感じる。これも過去の花街の気風というものなのだろうか。

広小路《ひろこうじ》から古町通、新堀《しんぼり》通を何度か行き来した後で、神山はまた西堀通に戻り、人の流れから逃れるように建物の陰へと身を滑《すべ》り込ませた。暗く狭い路地裏に、スナックや小料理屋の看板の火がぼんやりと浮かんでいる。九番町の裏通りに出て、右へ。道はさらに暗くなる。それでも、何軒かの料理屋の小さな火が灯《とも》っていた。

確か、この辺りだった。

神山は間もなく、『吉岡《よしおか》』と書かれた小綺麗な店構えの割烹《かっぽう》料理屋の暖簾《のれん》の前に立った。かつて花街の中心だった九番町の裏通りには、いまも古き良き時代の余韻《よいん》を偲《しの》ぶ料亭や割烹料理屋が多く残っている。『吉岡』も、そんな店の中の一軒だった。

暖簾を、潜《くぐ》る。右手に襖で仕切られた小上がりと、左手に数人が座れるだけのカウンターがある。粋《いき》な女将《おかみ》と、その息子が板場を切り盛りするだけの小ぢんまりとした店だ。

小上がりからは客の声が聞こえてくるが、カウンターには誰もいなかった。

「いいかな」

ひと言いって、カウンターに座る。

「あら、お久し振りですこと」

板場の中にいた女将が振り返り、頬笑《ほほえ》む。当時と何も変わらない。相変わらず着物の着こなしがあか抜けていた。

「覚えてるのかい」

神山が訊いた。

「顔は覚えてますとも。でも、お名前は……」

「神山です」

「ああ、そうだった。確か不動産関係のお仕事の方でしたかしら」

女将がそういって、片目を閉じた。

神山は、苦笑した。確か、そんなことをいった記憶はある。私立探偵は、因果な職業だ。調査の中で誰かと知り合ったり、その先々の土地でこのような店の馴染《なじ》みになったとしても、自分の本当の身分は明かせない。もし探偵であることが知られてしまえば、仕事にならなくなる場合が多い。

五年前の仕事もそうだった。当時、神山は東京の興信所の社員として、新潟のある不動産開発会社の信用調査を担当していた。相手の会社に、絶対に調査していることを知られないというのが依頼人からの条件だった。そこで神山は、東京の不動産会社の開発担当者を装《よそお》い周辺の聞き込みを行なった。その結果、調査対象の会社の粉飾《ふんしょく》決算を暴き、最終的には社長を逮捕にまで追い込んだ。

だが、この手の店の女将は客を見る目がある。神山が不動産関係の人間ではないことくらい、当時から見抜いていたに違いない。

「お飲み物は」

「そうだな。まず、ビールを」

最初はカラスミや昆布巻《こぶまき》などの小品を皿に何品か飾り付けた、上品な突出《つきだ》しが並ぶ。これも、昔のままだ。神山はその他にお造りとノドグロの焼き物、以前にも食べて味を忘れられなかった蝦《えび》の糝薯《しんじょ》を注文した。

料理はどれも上質かつ上品で、古町に残る一流の料亭にも引けを取らない逸品《いっぴん》だ。しかも、品書きを見ても驚くほど安い。これもかつて花街として栄《さか》えた古町ならではの、伝統と風情である。

神山は途中から、酒を八海山《はっかいさん》の冷やに替えた。日本食にはやはり、日本酒が合う。日本人ならば、理屈ではなくほっとする。

腹ができたところで、店を出た。九番町の裏通りからまた路地を抜け、西堀通に戻る。

先程は賑わっていた商店街は、もうほとんどの店がシャッターを閉めていた。

だが、時間はまだ早い。神山は石畳の道を古町のアーケード街に向かって歩き、記憶を辿《たど》りながらまた別の路地を曲がった。五年前には確かこの辺りに、ショットバーがあったはずだ。

だがその時、奇妙な気配を感じた。

誰かに、尾《つ》けられている……。

正確にいえば、かなり前からだった。ホテルを出て『吉岡』に入る前にも、いまと同じような気配があった気がした。だがその時は、単なる錯覚《さっかく》だと思い気にもしなかった。

今度は、違う。〝本物〟だ。

神山は気付かない振りをして歩きながら、背後の気配を探った。相手は、一人だ。距離は約一〇メートル。踵《かかと》の高い靴を履《は》いているようだが、足音を消そうとはしていない。素人だ。

何か武器になるものを探した。L2フライトジャケットのポケットの中に、ジッポーのライターがひとつ。使えそうなものは、それだけだ。神山は右手の拳の中に、ジッポーを握り締めた。

古町通に出て、左に曲がった。やはり、尾けてくる。続いて、また狭い路地を右に入った。足早に、距離を広げる。そこで建物の陰に身を潜めた。

足音が、近付いてくる。あと、数メートルだ。相手は、気付いていない。間もなく目の前を、通り過ぎる。

まさか……。

物陰から飛び出そうと思った瞬間に、神山は体の動きを止めた。

若い女だった。しかも髪は黒いが、日本人ではない。白人だ。だが、この辺りのクラブのロシア人のホステスには見えない。黒い革のライダースジャケットを着て、ジーンズを履いていた。

女は物陰に隠れる神山には気付かず、ブーツのヒールの音を響かせながら目の前を通り過ぎていった。神山は、息を吐いた。体の中から、アドレナリンが引いていく。

どうやら、気の回しすぎだったようだ。久し振りに日本酒を飲み、少し酔いが回っているのかもしれない。神山は物陰から出ると、女とは逆の方向に歩きだした。

探していたショットバーは、すぐに見つかった。八番町の小さなビルの二階にある『AX16』という店だ。名前の由来《ゆらい》は知らない。

狭い階段を上ってドアを引くと、カウンターの中でバーテンが一人、タバコをふかしていた。他に客はいなかった。

「いらっしゃい」バーテンがタバコを消し、神山に視線を向けた。「なんだ、あんたか。珍しいね。何年振りかな」

どうやら、ここでも神山のことを覚えてくれていたようだ。

「五年振りだよ。いや、六年近くになるかな」

確かバーテンの名は、柏木《かしわぎ》とかいったはずだ。東京あたりから、この土地に流れてきたと聞いたような覚えがある。当時から、夜の古町の事情通として知られていた。

「何にする」

男が訊いた。

「アイラのシングルモルトはあるか」

「ラフロイグの一〇年なら」

「それでいい。オン・ザ・ロックスでもらおう」

男がグラスに氷を入れ、ウイスキーを注ぎ、それを神山の前に置いた。口に、含む。濃厚な味と共に、独特の強いヨード香が口の中に広がる。

神山は、ラッキーストライクに火を付けた。この日、二本目だ。タバコは一日に二本までと決めている。

「また何か調べに来たのかい」

男が訊いた。

この男にも、神山の本当の職業を話した覚えはない。だが、すべてお見通しといったところか。少なくともいまのフライトジャケットにジーンズという神山を見れば、堅気《かたぎ》の商売ではないことくらいは察しがつくだろう。

「五十嵐佳吾のことを調べている……」

ウイスキーを飲みながら、世間話のように切り出した。

「ああ、あの男か。同級生の女を殺したとかいう。この店にも、何度か来たことはあるよ」

新潟の夜の社会は狭い。遊び人が徘徊《はいかい》する区域や店も、限られている。

「最近、噂を聞かないか」

「噂?」男が、不思議そうに神山を見た。「あの事件の後は、誰も奴とは会っていない。自殺したとか、九州に逃げたとか、東港の沖に沈められてるとかいろいろ噂はあるけどな。ここ最近は、何も聞かないね」

東港の沖、か……。

作り話としては、よく有りがちな噂ではある。

「五十嵐の母親を知らないか。この辺りでスナックをやっているらしい」

「ああ、五十嵐喜久子だろう。八番町の一本先の路地裏で、〝菊子《きくこ》〟というスナックをやっていた。こう書くんだ」

男がカウンターの上に、指先で〝菊子〟と書いた。

「その店は、いまでもあるのか」

「いや、一年くらい前に畳んだよ。例のリーマンショックの後くらいだったかな」

その時、背後で店のドアが開く音がした。神山は、カウンターの中の男の視線を追うように振り返った。黒いライダースジャケットを着た女が一人、入ってきた。

女が一瞬、神山を見た。カウンターの、反対側の隅《すみ》に座った。先程、街で見かけた女であることはすぐにわかった。

「よう、マリア。久し振りだな。今夜は、珍しい客ばかりだ。何にする」

「バカルディを、ソーダで割って」

女がそういって、また神山を見た。

口元が、かすかに頬笑む。

神山は、自分のグラスを小さく掲《かか》げた。

10

女はラム・ソーダを飲みながら、神山を気にしていた。

「あんた……この辺りでは見ない顔だね」

カウンターに頬杖《ほおづえ》をつきながら、いった。

「五十嵐佳吾のことを調べてるらしいぜ。マリア、何か聞いてないか」

神山がいう前に、バーテンの男が説明した。

「あんた……警察の人？　それとも、私立探偵か何か？」

「私立探偵の方だ。例の事件のことを調べている」

二人に一枚ずつ、名刺を渡した。

探偵であることを、隠す必要はなかった。時には最初にネタをばらした方が、話が早い場合もある。

女はしばらく名刺を見つめていた。

「神山さんていうんだ。それで、佳吾の何が知りたいの」

神山はラフロイグを口に含み、いった。

「あの事件以後の、彼の消息を知りたい。何か、噂話でもいい」

「なぜ。彼を捜し出して、捕まえるつもりなの」

どうやらこの女は、五十嵐佳吾と親しかったらしい。

「もし奴が生きているなら、捜し出す。しかし、捕まえるつもりはない」

女が不思議そうに、首を傾げた。

「どういうこと？」

神山はまた、ラフロイグを口に含んだ。

「簡単なことだ。奴が生きているとは思えないし、もし生きていたとしても人を殺してい

ると は限らない」

脚色せずに、考えていることをいった。

女が、ふと笑いを洩《も》らした。

「そうね。彼は遠くに逃げたという人もいるし、もう殺されたという人もいる。私も、会っていないわ。誰も、何も知らないのよ……」

誰も皆、同じことをいう。

「佳吾の母親のことを知らないか」バーテンがいった。「ほら、この裏にあった〝菊子〟のママだよ。マリア、前にあの店によく行ってたじゃないか」

「飲みにいったことはあるよ……。でも最近は、あまり連絡とってないし……」

どこか、はぐらかすようないい方だった。

女はそれからは何もいわず、ただ黙ってラム・ソーダを飲み、携帯を弄《もてあそ》んでいた。誰かに、メールを打ったらしい。神山はそれを見ながら、また〝オトガワ・マリコ〟と名乗った相手に電話を入れてみた。だが、やはり着信拒否になっていた。

女はしばらくするとカウンターの上に千円札を一枚置き、席を立った。

「また来るね」

バーテンに向かって、いった。

「たまには寄れよ」

「うん……」

神山を見て微笑み、店の出口へと向かう。

「ひとつ、君に頼みがあるんだ」

神山が、女を呼び止めるようにいった。

「何？」

女が、立ち止まった。

「おれの携帯の番号を、着信拒否設定から外しておいてくれないか」

女の顔から、笑いが消えた。だが、思い直したようにまた頰笑む。

「わかったわ。考えておく」

「明日、電話するよ」

女がドアを開け、店の外に出ていった。

「いったい、どういうことなんだい」

バーテンが、怪訝そうに訊いた。

「いや、何でもない。それよりもいまの女、何者なんだ」

「さあ、どうかな。この辺りではみんな、マリアと呼んでるよ。ロシア人とのハーフだとかいう噂もあるが、それ以上はわからない」

マリア……。

マリコ……。

名前が似ているのは、偶然なのか。

その時、カウンターに置いてあった神山のｉＰｈｏｎｅのマナーモードが作動した。液晶に表示された相手の番号を見た。五十嵐喜久子だ……。

電話を繋いだ。

「はい、神山です」

相手は、しばらく黙っていた。だがやがて、用心深そうに切り出した。

——あんた、息子のことを調べてる私立探偵なんだってね——。

かすれたような、力のない声だった。

11

翌日の昼前に、神山は新潟市の外れの岩室《いわむろ》温泉に向かった。

五十嵐喜久子は温泉地の老舗の旅館に、仲居として住み込みで働いていた。神山が訪ねた時間はちょうど前夜の泊まり客も引き払った頃で、仲居や板前などの使用人も休みに入っていた。

「この宿の人たちはみんな事情を知っているので、特に何も隠すことはないんですよ

「……」

喜久子はそういって、古民家のような母屋《おもや》を改築した喫茶室《きっさしつ》のような場所に案内した。他には誰もいない。神山が囲炉裏《いろり》を切ったテーブルに座ると、喜久子は自分でコーヒーを二つ淹《い》れて運んできた。

そろそろ五〇に手が届く年齢だが、昔は美人だっただろうことを偲ばせる。二年前の事件があり、その後の不景気もあって店を潰し、古町には居辛くなった。そこで親戚筋を頼り、この温泉地にまで流れてきたという。

「それで、佳吾について何が知りたいんですか」

両手で湯気の立つカップを持ち、喜久子がいった。特に神山を迷惑に思っている様子はなかった。

「そうですね……」だが、いざ母親を前にすると、どこから切り出していいものかわからない。「佳吾さんがどのような青年だったのか、まずその辺りから教えていただけませんか」

「佳吾、さん……ですか」

喜久子がそういって、かすかに笑った。

五十嵐佳吾は、喜久子が結婚二年目、二二歳の時に産んだ長男だった。性格は明るく、活発。典型的な腕白《わんぱく》だった。反面、動物を可愛《かわい》がる優しい面があり、よく仔猫や捨て犬を拾ってきては親を困らせた。

学校では、あまり勉強のできる方ではなかった。成績は常に中の下といったところで、担任教師から呼び出されたこともあった。一方で体育だけは得意で、小学校時代の運動会ではいつもリレーの選手に選ばれていた。

中学に入って間もなく、サッカー部に入部した。最初の頃はチームでも期待されていたのだが、三年生になって間もなく退部した。何かに熱中はするが、一カ所に腰を落ち着けられない性格でもあった。

乙川義之から聞いていた五十嵐佳吾像と、ほとんど同じだった。だが母親の喜久子の口から語られると、より実像が鮮明になってくる。不思議なのは喜久子の話の中に、佳吾の父親の話がまったくといっていいほど出てこないことだ。

「ひとつお訊きしたいのですが」神山が途中で口を挿《はさ》んだ。「佳吾さんのお父さんというのは……」

それまで饒舌《じょうぜつ》に話していた喜久子が、ふと表情を曇《くも》らせた。

「あの子の父親は、いろいろと問題のある人だったんです……」

喜久子の亭主の五十嵐順蔵《じゅんぞう》は、新津ではよく知られた男だった。高校時代に陸上のハードルでインターハイに出場し、入賞。いわば故郷の英雄だった。だが私生活の素行はまったく逆で、高校を出てからは良くない噂が絶えなかった。

何しろ、酒を飲む。飲むために、金を借りる。職業はトラックの運転手だったが、飲酒運転で事故を起こして免許を失効したこともあった。

それでも喜久子と結婚してからしばらくは、大人しくしていた。職を転々とし、酒も飲んだが、少なくとも佳吾にとっては悪い父親ではなかった。だが結婚から一三年目に地元のスナックの女と愛人関係になり、それから二年か三年後に出奔《しゅっぽん》した。

「佳吾さんが中学のサッカー部をやめた頃と一致しますね」

神山がいった。

「ええ、そうなんです。口には出しませんでしたが、佳吾は父親がいなくなってショックだったのかもしれませんね……」

「それから、佳吾さんの性格が変わったというようなことは」

「特に、ありませんでした。優しい子だったんですよ。高校に入るとアルバイトをして、家計を助けてくれて……」

高校一年から二年の頃までは、バイクを乗り回して地元の不良仲間に入っていたこともあった。だが、特に大きな問題を起こすこともなく、いつの間にかそのような仲間とも付き合わなくなった。喜久子は佳吾が大きく道を外さなかったのは、乙川麻利子などの良い友達に恵まれたことが理由だという。

神山はここでまた、ひとつ訊いた。

「佳吾さんと亡くなった乙川麻利子さんは、どのような関係だったのでしょう。恋愛関係にあったとか……」

　だが喜久子は、即座に否定した。

「それはありません。確かに佳吾は、乙川さんのことを好きだったのかもしれません。よく麻利ちゃんのことを、話題に出してましたから。でも佳吾には、別の彼女がいましたし……」

　これも、乙川義之の話と矛盾しない。

「話を続けてください」

「はい……」

　佳吾が高校を卒業すると同時に、母子は新潟市内に移り住んだ。ある人物が、喜久子に古町で店をやらないかという話を持ち掛けたことがその理由だった。それが一年前までやっていた、八番町の『菊子』というスナックだった。同時に佳吾も新潟市内に住み、北区《きた》にある自動車整備工場に見習いで就職した。

　喜久子は、淡々と話し続けた。何かを隠すでもなく、何かを脚色するわけでもない。いくら母親の話だとしても、その内容から五十嵐佳吾の殺人者としての肖像は見えてこない。

「コーヒー、もう一杯いかがですか」

喜久子が一度、席を立ち、またコーヒーを二杯淹れて戻ってきた。神山はここで、少し話題を変えた。

「二年前、例の事件が起きた頃のことは覚えていますか」

神山が訊いた。喜久子はしばらく黙ったまま、コーヒーカップに入れた砂糖をスプーンで掻《か》きまぜていた。だが、しばらくして小さく頷いた。

「ええ……。よく覚えています……」

「その頃も佳吾さんは、自動車整備工として働いていたんですか」

喜久子は、少し考えるような様子を見せた。

「いえ、工場の方は辞めていたかもしれません……」

「かもしれない、とは？」

神山がさらに訊いた。

「私も、よく知らないんです。その頃はもう、佳吾とは別々に暮らしていましたから。たまに店の方に遊びにきたり、私のマンションに寄ったりはしましたが、仕事のことはあまり話しませんでした。ただ……」

喜久子はそこで、話を切った。

「何か、あるんですか」

「ええ……。ただ、最近は〝先輩〟から割のいいアルバイトを紹介してもらっているとか。私に、服を買ってくれたりして……」

事件当日、五十嵐は麻利子を呼び出すメールの中でも〝先輩〟という言葉を使っている。今回の調査で〝先輩〟が出てくるのは、これで二度目だ。

「その〝先輩〟というのは、誰だかわかりますか」

「さあ……。こちらに来てから、私に友達を紹介することはほとんどありませんでしたので……」

それにしても〝割のいいアルバイト〟とは何だろう。どうも、きな臭い。

神山は、さらに訊いた。

「事件の前……数日以内に、佳吾さんに何か変わった様子はありませんでしたか」

「ええ……。警察にも何度か訊かれたのですが、実は……」

喜久子の話は、ある意味で奇妙だった。

事件の起きる三日前の一〇月一〇日、佳吾は車に乗ってふらりと喜久子のマンションを訪ねてきた。ちょうど昼前だったので、喜久子がラーメンを作り、二人でテレビを見ながら食べた。

食事が終わった頃、佳吾が突然、変なことをいい出した。しばらく自分の部屋に帰りたくないので、ここに泊めてほしいという。理由を訊いても、はぐらかすように説明しようとしない。そのうち、こんなことを呟《つぶや》いた。

——新潟が嫌になった。どこか遠くに、引っ越そうかな——。

「どこか遠くに引っ越す？　佳吾さんが、そういったんですね」

「そうです。何を馬鹿なことをいってるのかと思って、私は取り合わなかったんですが……」

それから二日間、佳吾は本当に喜久子の部屋に泊まっていった。

「他に、何か変わったことは」

「どこかに、しきりに電話をしていましたね。先方から掛かってきたり。電話の時はいつも外に出て話していたので、相手が誰かはわかりませんけれど……」

外に出て話していた……。

つまり、母親を心配させたくないために、聞かれたくなかったということか。相手は、誰だったのか。乙川麻利子ではない。彼女とは、メールで連絡を取り合っていた。可能性があるとすれば、五十嵐が〝先輩〟と呼んでいた男か。

だが、いずれにしても五十嵐佳吾の携帯の通話記録は電話会社に残っていたはずだ。当然、警察は調べている。つまり電話の相手は、事件には無関係だったということか——。

そして事件当日を迎える。喜久子は前日も店に出ていて夜が遅く、この日も午前一一時頃に起きた。佳吾は居間のソファーベッドに寝ころびながら、テレビを見ていた。

「私がいつものように昼食を作って、それを一緒に食べて……」

「何か、変わった様子は」

神山が訊くと、喜久子は首を傾げて考えた。

「特に、なかったと思います。麻利ちゃんに会うというようなことも、いってなかったし……」

佳吾は、その日の夕方まで喜久子のマンションにいた。午後四時半頃、喜久子がいつものように店に出掛けようとすると、珍しく車で古町まで送ってくれた。これが喜久子の知る限りでは、佳吾が部屋に泊まりにきてから初めての外出だった。

店の買い物があったので、本町市場の前で車を降ろしてもらった。喜久子がドアを閉めると、佳吾は軽く一度クラクションを鳴らして走り去った。それが佳吾の姿を見た最後だった。

「その時、佳吾さんと何か話しましたか」

神山が訊いた。

「ええ……」喜久子はまた少し考えた。「私が、今夜もうちに泊まるの、と訊いたことは覚えています」

「佳吾さんは、何と?」

「わからないから、後でメールするよって……」

だが結局、佳吾からのメールはなかった。

「それだけですか」

「いえ、もうひとつだけ……」

「何ですか」

「車を降りる時に、〝母さん、ありがとう……〟って。あの子は照屋《てれや》なので、それまでそんなことあまりいわれたことがなかったので……」

〝母さん、ありがとう〟か……。

いったい、どういう意味だろう。ただ単に、二日間泊めてもらったことに対する礼とは思えない。もしかしたら——理由はともかくとして——母親と二度と会えなくなるという予感があったということか。

「それ以後は、一度も会っていないわけですね」

「ええ、一度も。その夜、店から帰っても佳吾がいなかったので、一応は電話とメールは入れてみたんです……」

だが、返信はなかった。その後も何回か電話をしたが、まったく通じなかった。そして五日後の一〇月一八日、新潟西部署から最初の連絡があった。

神山は、率直に訊いた。

「佳吾さんが、乙川麻利子さんを殺したのだと思いますか」

喜久子は首を横に振り、きっぱりとそれを否定した。

「あり得ません。あの子が麻利ちゃんを殺すなんて。佳吾は、人を殺せる人間なんかじゃないんです」

母親ならば、誰でも自分の子供を庇う。信じようとする。だが喜久子の態度には、それとはまた異質の強さがあるように感じられた。まるで、何らかの確証があるようない方だった。

だが、神山はさらに追及した。

「しかしあの日、佳吾さんが麻利子さんを呼び出したことは事実です。乙川さんの携帯に、二人のメールの交信記録が残っていた。違いますか」

「違います」やはり、きっぱりと否定した。「佳吾は、誰かに罠《わな》にはめられたんです。そうに決まってます」

〝罠〟か……。

だが、五十嵐佳吾の母親がそう考えていることは、ある意味で事件の本質を突いているのかもしれない。

「もし罠だとしたら、誰がそれを仕掛けたんでしょうね」

「わかりません。でも、私、警察の方にも何度もいったんです。佳吾は犯人じゃない。真犯人は、他にいるはずだって……」

真犯人、か……。

だとすれば、その真犯人の狙いは何だったのか。なぜ新津の図書館員だった乙川麻利子を殺したのか。その関連が、まったく見えてこない。

神山は、冷めたコーヒーを口に含んだ。

「事件の後、佳吾さんから連絡は」

「そのことも、警察に何回も訊かれました。連絡は、一度もありません……」

嘘《うそ》をついている様子はなかった。

さらに、核心に触れる。

「佳吾さんはいま、どこでどうしているんでしょうね。生きていると思いますか」

母親に対しては、辛い質問であることはわかっていた。思ったとおり、それまで気丈に振る舞っていた喜久子の表情が崩れはじめた。そして、肩を落とした。

「息子は……佳吾はもう、この世にはいないと思います……」

やはり、そうか。

「どうして、そう思うんですか」

神山が訊いた。喜久子は溜息をつき、自分を納得させるように小さく頷いた。

「佳吾は、母親思いの優しい子だったんです。中学三年の時から、親子二人で生きてきました。たとえ犯罪を犯して逃げているとしても、私にまったく連絡してこないなんていうことは有り得ません……」

「二年前の一〇月一八日、信濃川に架かる昭和大橋の上で佳吾さんの靴が見つかりましたね」

あえて、鎌《かま》を掛けた。

「いえ、それは違います。佳吾は、自殺するような子じゃありません……」

これも、乙川義之の見解と同じだ。

「それなら、なぜ橋の上に靴が残っていたのだと思いますか」

神山が訊いた。喜久子が視線を上げ、神山を見据《みす》えた。

「誰かが、仕組んだんです。佳吾が自殺したように見せかけるために。その誰かに、佳吾は殺されたんだと思います……」

喜久子の目から、大粒の涙がこぼれ落ちた。

二時間ほど、話し込んだ。仲居の休み時間も終わり、神山が旅館を出ると、喜久子は外の駐車場まで見送りにきた。

車まで歩く僅かの間に、神山は何気なく訊いた。

「一昨日から何回か電話をしていたんですが、なかなか通じなかったですね。留守番電話にも用件を入れておいたのですが……」

「すみません。息子の事件のことを調べている私立探偵の方だと聞いて、電話し辛かったものですから……」

「それなのになぜ、昨夜は電話をくれたのですか」

「はい……。神山さんが、佳吾をあの事件の犯人とは決めつけていないと知ったものですから……」

それで事情が呑《の》み込めた。

「マリアという子から聞いたのですね」

昨夜、あの女は、『AX16』という店で飲みながらメールを打っていた。喜久子から電話があったのは、その直後だ。

「そうです……」

「あのマリアという女は、何者なんですか。本名は……」

「私もよくは知らないんです。お客さんを連れて何回か店に飲みにきてくれていたんですが、本名は知りません。佳吾とは親しかったらしく、事件の後も私のことを気遣ってくれているのですが……」

「それで、私のことを相談したんですか」

神山がいうと、喜久子はちょっと不思議そうな顔をした。

「いいえ、私から相談したわけではありません。一昨日の朝、たまたまマリアちゃんがこの旅館に立ち寄ってくれて……」

「たまたま、ですか」

「ええ、そうです。会ったのは、店を閉めて以来だから一年振り以上かしら。そこにたまたま、神山さんから電話が掛かってきて……」

〝たまたま〟が二度、重なったわけか……。

神山はポルシェに乗り込み、エンジンを掛けた。

走り去る神山の車を、喜久子は旅館の前に立ち、いつまでも見送っていた。

12

ホテルに戻ると、フロントに弁護士の大河原から伝言が残っていた。

封筒の中に、便箋《びんせん》が一枚。中に男の名前と、連絡先が書いてあった。メールが打てないのなら電話一本ですむはずなのに、面倒なことをする男だ。

男の名は、池田正彦《いけだまさひこ》。職業は『越後新聞』の社会部記者。その下に、個人の携帯電話の番号が書いてあった。

部屋に戻り、乙川義之から預かった新聞記事のコピーを確認した。二年前の『越後新聞』の乙川麻利子殺害事件に関するほとんどの記事に、（池田）の文字が入っていた。

だが、あまり食指が動かなかった。新聞記者は、常に他社を出し抜こうと〝特ダネ〟を狙っている。だからこそ、その時点で握っている情報をすべて記事に盛り込もうとする。

その新聞記者から改めて話を聞いても、記事に書かれている以上の新事実が出てくるとは思えなかった。

神山はその代わりに、マリアと呼ばれている女に電話を掛けてみた。だが、やはり電話が通じない。着信拒否設定を解除していないらしい。

マリア、か……。

奇妙な女だ。最初は自分から神山に電話を掛けてきて、〝オトガワ・マリコ〟と名乗った。その番号に何回か折り返してみたが、一度も電話に出ない。そうかと思えば、昨夜は古町で神山を尾行《びこう》して同じバーに入ってきた。こちらが話し掛ければ乗ってくる。

神山を、警戒する様子はなかった。むしろ、何らかの理由で興味を持っている様子もある。もしくは、こちらの動きを監視しているのか。

五十嵐喜久子は、一昨日の朝〝たまたま〟マリアが訪ねてきたといっていた。しかも、一年振り以上でだ。本当に〝偶然〟だったのか。それとも……。

神山はその時、おかしなことに気が付いた。もしマリアと名乗る女が喜久子を訪ねたのが、〝必然〟だったとしたら。神山のことを、誰から聞いたのか。一昨日の朝の時点で神山がこの事件を調べていることを知っていたのは、依頼人の乙川義之と弁護士の大河原の二人だけだ。

神山はホテルの部屋の電話を外線に繋ぎ、乙川義之に電話を入れた。最初に電話を取ったのは、乙川の姉だった。しばらく待つと、乙川本人が電話口に出てきた。

「神山です。まだ調査の途中ですが、何件かの報告と確認しておきたいことがありまして……」

神山は、これまでの調査の経緯を掻い摘《つま》んで話した。当時の捜査主任だった新潟西部署の金安浩明、麻利子が事件当日に会っていた友人の木村加奈、そして今日は五十嵐の母親の喜久子に会ってきたこと。遺体が遺棄されていた四ツ郷屋浜と、五十嵐が自殺したとされる昭和大橋の現場も見てきたこと。その上で、この二年間の五十嵐佳吾の消息が完全に途絶えていること。

一応の中間報告を終えた後で、本題を切り出した。

「ところで乙川さん、ひとつお訊きしたいことがあるんですが……」

——はい……何でしょう。私でわかることでしたら——。

乙川の口調は、はっきりとしていた。だが、声は辛そうだった。

「私が今回の調査をお引き受けしたことを、誰かに話しましたか」

しばらく、考えるような間があった。

——木村加奈さんには連絡をしました。神山さんという私立探偵の方から、電話が行くかもしれないと。他には……知っているとすれば大河原先生だけだと思いますが——。

やはり、そうか。

「つかぬことをお訊きしますが、マリアという女性は御存知ありませんか」

——マリア……ですか……。さあ——。

「歳は、麻利子さんと同じくらいです。ロシア人とのハーフで、綺麗な方なんですが
……」

——いえ……わかりませんね……。麻利子のお友達にも、そのような方はいなかったと思いますが——。

神山は礼をいい、電話を切った。だが受話器から手を離す前に、今度は木村加奈に電話を掛けた。

木村加奈は、確かに乙川義之の連絡を受けていた。だが乙川から電話があったのは、一昨日の夕方だった。時間が、合わない。一応、確認してみたが、やはりマリアという女は知らなかった。

電話を切る。続けて、もう一本。残る可能性は、弁護士の大河原だけだ。だが、神山は、途中まで番号をプッシュしたところで受話器を置いた。

大河原は、何を考えているのか……。

なぜ大河原は、新潟の事件の調査に白河の私立探偵の神山を使ったのか。地元の調査員にはすべて断わられたといっていたが、本当に理由はそれだけなのか。他にも何か、裏があるのかもしれない。

西部署の金安という警部に話をつけたのも、大河原だ。弁護士が間に入らなければ、刑事が私立探偵の事件の調査に協力するわけがない。そして今日にはまた、『越後新聞』の池田という記者と会うように指示してきたばかりだ。

もしかしたら大河原は、自分なりのシナリオを頭に想《おも》い描いているのかもしれない。神山を駒に使い、そのシナリオのとおりに動かそうとしているのか。

まあ、いいだろう。こちらは思いどおりに操られている振りをするだけだ。あとは好きなようにやればいい。

とりあえず、池田という記者に会ってみるか。だが、その前に、もうひとつやっておくことがある。神山はL2フライトジャケットをツイードのジャケットに着替え、また部屋を出た。

ポルシェに乗って市街地を抜け、泰平《たいへい》橋で阿賀野川を渡る。ここから先は、北区だ。このまま直進し、福島潟放水路を越えて海側に左折すれば、例の乙川麻利子の殺害現場となった新潟東港がある。

神山は喜久子から聞いた、以前五十嵐佳吾が勤《つと》めていた北区の自動車整備工場のことが気になっていた。事件当日、五十嵐は乙川麻利子を新潟東港に呼び出した。その東港と自動車整備工場は、あまりにも近い。一応は、偶然ではない可能性を疑ってみるべきだ。

神山は豊栄《とよさか》中部工業団地を過ぎたところで、一度ポルシェを停めた。ヒューズボックスを開け、配線図を見ながらインパネのライトのヒューズを外す。そこに以前交換した、切れたヒューズを入れる。そしてまた、走りだした。

喜久子は疎覚《うろおぼ》えだったが、〝羽賀《はが》自動車〟という工場はすぐに見つかった。県道に面した内島見《うちしまみ》の手前に、『㈲羽賀自動車整備販売』という看板が出ていた。

辺りは小さな自動車工場や、プレハブで営業するような自動車販売業者が点在する一角だった。だが、すでに店を閉めている業者も多い。大概は大きな敷地があり、そこに売り物にもならないような古い車が放置されている。店の看板には英語や中国語、パキスタン語（ウルドゥー語）、ロシア語も書かれていた。羽賀自動車も、そのような業者の一軒だった。

県道からアスファルトの敷地に入り、奥の工場の前で車を駐めた。建物は古く、看板の日本語の下に書かれた〝ＨＡＧＡ・Ａｕｔｏ・Ｆａｃｔｏｒｙ＆Ｓａｌｅｓ〟と書かれた文字も掠《かす》れていた。事務所のような古い二階建の建物が一棟。周囲には錆《さ》びたバンや埃《ほこり》に埋もれた乗用車が、まるで鉄屑《てつくず》のように野積みにされていた。

クラクションを軽く鳴らし、ポルシェを降りた。誰もいないのかと思っていたが、しばらくすると工場の中の車の下から男が一人、出てきた。ブルーのツナギは鉄粉を含んだオイルで黒く汚れ、髪には白いものがまざっていた。

粉石鹼《こなせっけん》で手の油汚れを落とし、男が歩いてきた。

「何か用かね」

男が神山のポルシェを一瞥《いちべつ》した。

「急にインパネの明かりがつかなくなっちゃってね。もうすぐ日も暮れるし、困ってるんだ。見てくれないか」

神山がいった。

「ああ、インパネね」

男がポルシェを値踏みするように、ゆっくりとその周りを一周した。運転席側のドアを開け、乗り込む。本当はあのオイルで汚れたツナギでポルシェの革シートに座られたくはなかったが、仕方がない。男はしばらくスイッチ類を動かし、インパネを眺めていたが、そのうちに助手席側に潜《もぐ》り込んだ。

「どこが悪いのか、わかるか」

神山が訊いた。

「ああ、原因はこいつだな……」男はしばらくして、ポルシェから降りた。「ほら、これが切れてたんだ。ヒューズだよ。確か、ドイツ車のも予備があったと思ったんだが……」

男はそういうと工場の奥の部品箱からヒューズを探し出し、それをポルシェに取り付けた。そしていった。

「直ったぜ」

「いくらだ」

「そうだな。五〇〇円も貰《もら》っとこうかね。どうせ中古のヒューズだしな」

神山は財布から千円札を一枚出し、男に渡した。

「助かった。釣りはいいよ」

「悪いね」

男が札を受け取り、目尻《めじり》に皺《しわ》を寄せて初めて笑った。

「ところで、ちょっと訊きたいことがあるんだけどね」

「何だね」

「あんたがここの社長さんかい」

「社長というか……以前には何人か人を雇《やと》ってたんだが、いまはおれだけになっちまったがね……」

男は訝《いぶか》しげに神山を見た。

「実は、人を捜しているんだ。以前この工場に、五十嵐佳吾という若い男がいなかったかな」

男は、ああまたその話かというように、うんざりとしたような顔をした。

「五十嵐という男は、確かにいたさ。おれが雇ってたんだ。だけど、話すことは何もねえな。帰ってくれ」

男はそういうと踵を返し、工場へと戻っていく。だが、神山は後ろから声を掛けた。

「五十嵐のお袋さんから頼まれたことがあってね。喜久子さんだ」

男が、足を止めた。

「あんた、何者なんだい。刑事じゃねえな。〝ブン屋〟かい」

「いや、どっちでもない。おれは、私立探偵だ」

「誰に雇われた」

「それは教えられない。依頼人の、守秘義務がある」

「佳吾を捜し出して犯人に仕立てんのか」

「違う」

「それなら、何しにきた」

「五十嵐佳吾の、無実を証明するためにだ」

――五十嵐の、無実を証明する――。

思わず、口を突いて出た言葉だった。だが現時点では、自分の直感に最も正直な言葉でもあった。

「わかった。事務所に上がれや」

男がそういって背中を向け、また歩きだした。

汚れたソファーの上の雑誌や荷物を寄せ、向かい合って座った。男が脇にある小さな冷蔵庫に手を伸ばし、中から缶コーヒーを二つ出した。テーブルの上の灰皿の中には、ハイライトの吸殻が山になっていた。

男は缶コーヒーをひと口飲むと、さっそくタバコに火をつけた。そしていった。

「あんた、佳吾の〝味方〟なのか」

煙を、吐き出す。

「いや、敵ではないが、味方でもない。ただ、真実を知りたいだけだ。それが、おれの仕事だ」

男が煙を吸い込み、白髪《しらが》頭を掻いた。

「それで、何が訊きたい。おれはいま、奴がどこにいるかなんてことは知らねえぜ」

「わかっている。五十嵐がどんな人間だったのか、あんたが知っている限りで話してくれればそれでいい」

男はしばらく考えながら、タバコを燻《くゆ》らせていた。蛍光灯《けいこうとう》の光の中に流れる煙を、見つめる。しばらくして、徐《おもむろ》に口を開いた。

「奴を雇ったのは、一〇年も前になるかな。悪い奴じゃねえよ……」

ゆっくりと、話しだした。

男の名は、羽賀直治《なおはる》という。三〇年以上も前から、この場所で商売をやっていた。最初は小さな自動車工場だったが、そのうちに新潟東港に来るロシア人の船員に中古車を売るないのこ商売もやるようになった。

ロシア人というのは、とにかく変わっている。欲しがる車は、一台五万円。ちゃんと走りさえすれば、車種や程度も問わない。タクシー上がりの数十万キロ走った過走行車でも、五万円なら買っていく。ボディーにタクシー会社の社名が入っていると、かえって喜んだ。寒い国なので、エアコンが壊れていてもかまわない。

羽賀は全国の中古車業者に声を掛け、廃車にするようなポンコツを掻き集めた。それをロシア人の船員に売りまくった。一台五万。五台で二五万。五台買えば、もう一台おまけに付けてやる。理由は、当時の積載車が六台積みだったからだ。そんな荒っぽい商売だが、けっこう儲《もう》かった。

当時、新潟東港の周辺には、同じような商売が軒《のき》を連《つら》ねていた。その後はロシアだけでなく東南アジアや中国にも中古車を売るようになり、業者もパキスタン人やイラン人などの外国人が多くなった。だが、発展途上国相手の中古車商売は、その後は少しずつ衰退していくことになる。

最大の理由は、ロシアの税制改革とアジア圏全体の経済成長にあるといわれている。景気が良くなれば、日本から安い中古車を買う必要はなくなる。逆にトヨタのランドクルーザーなどの高級車は売れたが、それを手に入れるために日本全国で盗難車事件が多発して問題になった。

「佳吾がうちに入ってきた一〇年前には、この辺りもロシア相手の商売がまだ少しは成り立ってたんだよ……」

羽賀が、懐かしそうにいった。

「五十嵐を雇った経緯は」

神山が訊いた。

「あの頃、うちは常に三人でやってたんだ。社長のおれと、営業、あとは修理を一人とでさ。ところが長いこと修理をやっていた爺さんが体を悪くして辞めてよ……」

いくらロシア人に売る中古車とはいっても、走らなければ売り物にはならない。そこでエンジンやミッションを載せ換えたり、事故車を買ってきて〝起こす〟という作業が必要になってくる。それまでは年寄の修理工と羽賀が二人でやっていたのだが、一人では手が回らなくなった。そこに現われたのが、五十嵐佳吾だった。

羽賀が続けた。

「高校を出て、ぶらぶらしてる若いのがいるって聞いてよ。それで、うちに来ないかっていってみたのさ」

「誰かの紹介?」

「いや、紹介ってほどでもねえよ。いつもうちに車を買いに来てたロシア人の船員が連れてきたのさ。飲み屋で知り合ったとかいってよ」

どこか、違和感を覚える話だった。当時、五十嵐は高校を出て新潟市内に移ってきたばかりだったはずだ。未成年でも酒場に出入りするくらいのことはやるかもしれないが、相手がロシア人の船員となると接点が想い浮かばない。

「そのロシア人の船員は、いまでも連絡が取れるのか」

「いや、名前も覚えてねえよ。イワンだかイワノフだかいったと思うが、そんなのはいくらでもいたし。例の事件の後で警察が来て、同じようなことを訊かれたけどな……」

それが二〇〇〇年の秋頃のことだった。当時、五十嵐は一八歳。車の修理とはいっても、正式な整備士とは違う。ただ壊れている中古車を、何とか走れるようにするだけの単純な作業だ。五十嵐はまだ若く、自分で車が好きだというだけのことはあり、仕事の覚えも早かった。

以来、六年。きつい仕事なので最初はすぐに辞めてしまうと思っていたのだが、意外と長く続くことになった。五十嵐は特に問題を起こすこともなく、真面目に働いた。最後には中古車にも目が利くようになり、修理だけでなく仕入れをまかすこともあった。

「最近の若いのには、珍しい奴だったよ。よく働いたし、礼儀も知っていた。最後には、おれも自分の息子みたいに思っててよ……」

羽賀がそういいながら、またタバコに火をつけた。話しはじめてから、もう五本目だ。どおりで灰皿の中に吸殻が山になるわけだ。

「その五十嵐が、なぜここを辞めたんだ」

「見りゃあわかるだろう。奴が辞めたのは、こっち側の事情さ……」

五十嵐が工場を辞めたのは、事件の二年前の二〇〇六年の夏頃だった。理由は、景気が悪かったからだ。新潟東港にはロシア船の定期航路もなくなり、ロシア人も少なくなった。最初は東南アジアを中心に細々と商売を続けていたが、結局その客も韓国や中国の国際商業港の方に取られ、商売が立ち行かなくなった。

羽賀が続ける。

「おれが奴に、ここを辞めてくれっていったのさ。借金もあるし、もう給料が払えねえからってよ……」

「五十嵐は、どんなだった?」

「まあ……何カ月か前からわかってたみたいだから、意外とあっさりしてたさ。ちょっと、淋しそうだったけどな。それで退職金も払ってやれねえんで、うちにある車の中から好きなの一台やるっていったのさ……」

「黒いセドリック?」

「そうさ。事件の時、新聞にも載ったあの車さ。あれは、おれが佳吾にやった車だったんだ……」

五十嵐は工場を辞めてから、翌年の新年に一度だけ遊びにきた。元気そうだったという。以来、羽賀は、五十嵐には一度も会っていない。

羽賀はまた、ハイライトに火をつけた。天井に向かって煙を吐き出し、それをぼんやりと見つめる。

「ここを辞めてから、五十嵐が何をやっていたか知らないか」

神山が訊いた。

「知らねえな。聞いたような気もするが、忘れちまったよ……」

もうひとつ、確かめておかなくてはならないことがある。

「五十嵐が〝先輩〟と呼んでいた男を知らないか」

「先輩？」羽賀が首を傾げた。「おれは奴の学生時代の仲間には会ったことねえからな。いや、待てよ……」

何か、思い当たることがあるような様子だった。

「誰か、いるのか」

「いや、わからねえ。もしかしたら、巴田野《ひだの》のことかな……」

「ヒダノ？」

「そうさ。巴田野義則《よしのり》って奴で、前にここにいた営業マンだよ。裏で車を流してたんでクビにしたんだが、確か佳吾が〝先輩〟とか呼んでた覚えはあるな。こう書くんだ」

羽賀がそういってメモ帳を手にし、〝巴田野義則〟と書いた。

13

夜は前日と同じ小料理屋で飯を食い、また同じバーに寄った。

だが、今夜はオン・ザ・ロックスではなく、同じラフロイグのソーダ割りを注文した。カウンターには常連らしき別の客がいて、バーテンと話し込んでいた。目の前の大画面のテレビには、スティーブ・マックイーン主演の『栄光のル・マン』がBGVに流れていた。ぼんやりと考え事をするにはいい環境だった。

神山は、今日一本目——本当に一本目だ——のラッキーストライクに火をつけた。ここで誘惑に負けなければ、本当にタバコをやめられるのだが……。

煙を見つめながら、頭の中を整理した。

今回の事件は、ひとつ決定的な特徴がある。実の母親は別としても、警察の人間以外は誰も殺人犯として追われている五十嵐を悪くいわない。奴が、無実だと信じていることだ。

普通は、逆だ。それまでどんなに親しくしていた相手であっても、警察が指名手配すればその人間が犯人だと思い込むものだ。「まさかあの人が……」という言葉で自分と周囲を納得させようとする。そして善意の第三者として、事件の解決に協力しようとする。

ところが今回の事件では、誰もが五十嵐を庇っている。警察に追われている男の、味方に付く。娘を殺された、父親までもだ。なぜだ……。

五十嵐は、どこに消えてしまったのか。生きているのか、死んでいるのか。いずれにしても今回の事件の真相を解明するなら、五十嵐の消息を追うしか方法はない。

だが、手懸りがあまりにも少ない。

ひとつは、五十嵐が〝先輩〟と呼んでいた男だ。今回の調査では、殺された乙川麻利子のメールと母親との会話の中に二度出てきている。羽賀は、自分が雇っていた巴田野という男かもしれないというが、まったく確証はない。

だいたい五十嵐が〝先輩〟と呼んでいた相手が、一人とは限らない。何人もいたのかもしれないし、単なる口癖だっただけなのかもしれない。もしくは乙川麻利子を呼び出す口実のための、架空の人物であった可能性もある。

もうひとつは〝ロシア人〟というキーワードだ。五十嵐を羽賀の会社に紹介したのが、ロシア人だった。その後、六年間にわたり、五十嵐はロシア人に中古車を売る商売をやっていた。そしてあの、マリアという女……。

客が勘定をすませて帰り、バーテンが神山の前に立った。

「今日も〝調べ物〟かい」

タバコに火をつけながら、いった。

「そうだ。ロシア人に車を売る商売の男を調べていた」

「へえ……。いまごろ、珍しいな。何ていう男だ」

「巴田野義則。知ってるか」

神山が訊くと、バーテンは首を傾げた。

「いや、知らねえな……」

当然だろう。いくらこの辺りの事情通とはいえ、バーは市役所の住民課ではない。雇っていた羽賀も、自分の会社を辞めて以来の巴田野の消息は知らなかった。

だが、しばらくしてバーテンがいった。

「もしかしたら、新発田の奴かもしれねえな」

新発田は、新潟の隣町だ。

「どうしてだ」

神山が訊く。

「いや、別に大した理由があるわけじゃねえさ。ただ、〝巴田野〟という名前は新発田の方に多いと聞いたことがあってね。それだけだよ。そいつも、ロシア人相手の中古車業者なのか」

「五年前まではそうだったらしい。いまはわからない」

「もし、いまでもそうだとしたら……」

「だとしたら？」

「聖籠町《せいろう》のあたりを探してみたらどうだ。東港に流れ込む、新発田川の川向こうの町だ」

「なぜだ」

「最近は、あの辺りに中古車業者が集まってるらしいぜ。ロシア人が出入りするようなバーもある」

ロシア人か……。

面白い。一度、行ってみる価値はあるかもしれない。

「そういえば、昨夜のマリアという女もロシア人とのハーフだといっていたな」

「そうらしいな。あの女に、興味があるのか」

「少し、な」

「やめときな、あの女は。あいつは聖籠町あたりの……」

バーテンがそこまでいいかけた時に、神山の携帯が鳴った。マリアだった。噂をすれば、何とやらだ。

電話に出た。

「神山だ」

——いま、どこにいるの——。

「昨夜のＡＸ16というバーにいる。来るか」

一応、誘ってみた。

――今日は行かないわ。どこか、別の場所で会えないかしら。静かな所で。二人だけで話がしたいのよ――。

「新潟東港以外なら、どこでも」

電話の向こうで、マリアが笑った。

――あなたのホテルは？　どこに泊まってるの？――。

「古町の〝ホテル　イタリア軒〟だ」

――わかった。いまからそこに行くわ。一五分後に――。

電話が切れた。

「どうしたんだ。マリアだろう」

「そうだ。今夜は帰るよ」

神山がカウンターの上に千円札を置き、席を立った。

バーテンが呆《あき》れた顔で、両手を上に向けた。

14

ホテルに帰ると、女はロビーで待っていた。

神山に気付き、ソファーから立った。昨夜と同じ革のライダースジャケットに、ショットガンの一二番ゲージを三発ほど撃ち込んだようなぼろぼろのジーンズを穿《は》いていた。

「どこで話す？」

神山が訊いた。

「あなたの部屋で。誰もいない方がいいでしょう。飲み物は買ってきたわ」

女がそういって、右手に提《さ》げたコンビニの袋を見せた。

「いいだろう」

素性の知れない女との、二人だけの深夜のパーティーも悪くない。

部屋に入ると女は無造作にジャケットを脱ぎ捨て、それが当然であるかのようにベッドに座った。その仕草で、女がこのようなことに馴《な》れているのがわかった。

袋の中身を小さなテーブルの上に並べ、缶ビールをひとつ取って開けた。ビールを大きな胸にこぼしながら咽に流し込み、今度はビーフジャーキーを銜《くわ》えた。神山を上目遣いに見上げながら、口元に笑いを浮かべた。

神山もテーブルの上から、飲み物をひとつ取った。角《かく》のハイボールだ。缶入りのを試《ため》すのは初めてだが、これも悪くなかった。

「それで、話というのは」

神山が、椅子《いす》に座りながら訊いた。女はベッドの上で長い脚を抱え、ビールを飲みながら神山を見つめる。

「話があるのは、あなたの方だと思った。だって昨日、私に電話をするっていってたでしょう」

確かに、そうだ。話がしたかったのは、自分の方だった。

「わかった。いくつか、訊きたいことがある。まず、君の名前は」

女がまた、おかしそうに笑う。ビーフジャーキーを噛《か》みながら、いった。

「マリアよ。知ってるじゃない」

「そうじゃない。本当の名前の方だ」

女が、神山を見つめる。大きな目が、悪戯《いたずら》っぽく動く。

「本当の名前も、マリアよ。みんな、そう呼ぶもの」

まあ、いいだろう。

神山は、ハイボールを口に含んだ。

「わかった。君の名前は、マリアだ。では、次の質問だ。なぜ、おれを尾行したんだ。誰かに、尾行するようにいわれたのか」

マリアが、小首を傾げた。

「尾行したのは、あなたに興味があったから。いい男だったし……」

神山は、思わず笑いそうになった。

「それならなぜ、おれの電話番号と名前を知っていたんだ。誰から聞いた」

神山が新潟に入った日の翌日、〝オトガワ・マリコ〟を名乗って電話をしてきたのはマリアだ。携帯のまったく同じ番号が、この世の中に二つ存在するわけがない。

マリアが、神山から目を逸らした。

「あなたの名前と携帯の番号くらいは、〝私立探偵〟で検索すればわかるわ。ホームページに出てるもん……」

マリアがビールを空け、次の缶を手に取った。どうやら、ひと筋縄ではいかないらしい。

「最初に電話をしてきた時に、なぜ〝オトガワ・マリコ〟と名乗ったんだ。おれが乙川麻利子の事件を調べていることは、ホームページには載せた覚えはない」

また、小首を傾げる。

「忘れちゃった……」

埒《らち》が明かない。

「弁護士の大河原誠だな」消去法でいけば、それしか可能性は残らない。「おれを監視するように、奴にいわれたんだろう」

マリアは、しばらく考えていた。ビールを、口に含む。だが、やがて首を横に振った。

「違うわ。私は大河原なんていう弁護士に、何もいわれていない……」

しぶとい女だ。

だが神山は、優しく笑いかけた。

「一昨日の時点で、おれが乙川麻利子の一件に係わっていることを知っていたのは三人だけだ。弁護士の大河原と、依頼人。探偵としての守秘義務という事情があって、名前はいえないがね。あとは、五十嵐の母親だ。しかし五十嵐喜久子は、一昨日の朝、彼女が住み込みで働いている岩室温泉の旅館に〝偶然に〟君が立ち寄ったといっている。その時点ですでに知っていたんだろう」

「どうかしら。よく覚えていないわ……」

マリアは平然と、話をはぐらかす。

「依頼人は、君のことは知らないといっている。そうなると唯一残された可能性は、大河原だけだ」

「私、その依頼人を知ってるわ」マリアが神山を見た。「乙川麻利子の父親の、乙川義之さんでしょう」

まるで、乙川親子をよく知っているような口振りだった。

「なぜ、知っているんだ。それも大河原から聞いたのか」

神山がいった。

マリアが、神山を見据える。顔から、いつの間にか笑いが消えていた。

「違うわ。あなたは、勘違いをしている」

いい傾向だ。どうやら少しは、真剣に話す気になったらしい。

「どう違うんだ。わかりやすく説明してくれ」

「いいわ……」マリアがビールを呷《あお》り、息を整えた。「もうひとつ、可能性があるはずよ。私は確かに、大河原先生を知っている。でも、私が彼に何かを命令されているわけじゃない。逆よ……」

「どういう意味だ」

今度は神山の方が、真剣に聞く気になった。

「あなたは、不思議に思ったはずよ。なぜ福島県の白河を本拠地にしている自分に、新潟の仕事が舞い込んできたのか」

確かに、そうだ。大河原は地元の私立探偵にはすべて断わられたといっていたが、そんなことは有り得ない。たとえ危険であったとしても、金になる話には何でも飛びつくのがこの稼業の人間の本能だ。

「続けてくれ」

マリアが、頷く。

「大河原先生に、あなたを使うようにいったのは私よ。私が神山健介という探偵を指定して、乙川義之さんに推薦してもらったの。乙川さんは、知らないと思うけど。前に、大河原先生から女子高生を捜して新潟まで連れ戻す仕事を引き受けたことがあったでしょう。出会い系サイトで知り合った男を白河まで追い駆けて家出した……」

確かに半年ほど前に、その仕事は引き受けている。

「ああ、覚えてる。それが、今回のこととどんな関係があるんだ」

「あの女子高生、吉野恵美《よしのえみ》っていったでしょう。私の友人の、妹なの。その時の話を、友人から聞いたのよ……」

ごく簡単な仕事だった。家出した少女を、連れ戻す。それだけだ。もし問題があるとすれば、その少女が追っていった相手がヤクザ者だったことだ。少女はその男と仲間に暴力で脅《おど》され、売春をさせられていた。そのために、多少は——一般論でいえば〝かなり〟だったかもしれないが——荒っぽい手段に頼らざるをえないという経緯はあった。

「おれのやり方が、気に入ったということか」

マリアが、頷く。

「そういうこと。今回の事件を解決するには、あなたのような人が必要だったのよ。大河原先生から、聞いているでしょう」

確かに大河原は、〝危険〟な仕事だといっていた。だが、これで余計にわからなくなった。

「しかし、おかしいじゃないか。なぜ君が、おれを大河原に推薦するんだ。いったい君は、この件にどんな関係があるんだ。五十嵐佳吾を知っていたことはわかる。それだけではないんだな」

そのあたりが、見えてこない。

「違うわ。五十嵐とは、直接関係はない。親しかったけど。殺された乙川麻利子という女の人には会ったこともないし、もちろんその父親の乙川義之という人も知らなかったわ。でも、大河原先生を動かしたのは私……」

「なぜだ。なぜこの件に、首を突っ込むんだ」

マリアが、神山を見つめた。

「私が、〝オトガワ・マリコ〟だからよ」

だが、それでも神山はマリアが何をいわんとしているのかわからなかった。確かに最初、彼女は電話で〝オトガワ・マリコ〟と名乗ったが……。

「どういう意味なんだ」

「だから、私の本名が乙川麻利子なの。これを見て」

マリアが、ジーンズのポケットから免許証を出して見せた。そこには確かに、〝乙川麻利子〟と書いてあった。

「まさか……」

「そう。そのまさかなのよ。私の名前は、乙川麻利子。二年前に殺されたのも、乙川麻利子。接点は、五十嵐佳吾という一人の男の人だけ。二人は偶然に、同姓同名だった。年齢も、同じだった……」

マリアが何をいいたいのか、やっとわかってきた。

「そういうことか……」

神山はハイボールを飲み干し、缶を握り潰した。

「彼女は、間違われたの。私の身代りになって、殺されたのよ……」

マリアは、震えていた。その大きな目から、涙がこぼれ落ちた。

「もっと、詳しく説明してくれないか」

だが、マリアはベッドから立った。

「その前に……抱いて……」

濡れた目で、神山を見つめた。

第二章　身代《みがわ》り

1

『越後新聞』の池田正彦は、用心深い男だった。新聞記者という職業をもつ者の、習性なのかもしれない。優秀な記者ほど、権力や暴力による迫害の標的にされるというのは普遍の定説だ。

池田は神山に会う時間と場所を、午前一〇時六分『萬代橋西詰《にしづめ》』発の『信濃川ウォーターシャトル』の船内と指定してきた。信濃川ウォーターシャトルは、水の町新潟の『みなとぴあ』から『ふるさと村』間を往復する定期航路の水上バスだ。神山は指定されたとおりに、新潟グランドホテルの前の信濃川沿いの乗船場からシャトルに乗った。

未明からの雨が降り続いているためか、船内に客の姿は疎《まば》らだった。神山は売店でコーヒーを買い、広い窓の下のテーブルに席を取った。船内を見渡しても、池田らしき男は一人しかいない。

シャトルが船着き場を離れ、間もなく萬代橋のアーチ形の橋桁《はしげた》の下を潜《くぐ》った。それを待っていたかのように、男がシートから立って歩いてきた。

「神山さんだろう……」

手にはやはり、お互いの目印のコーヒーを持っていた。

「そうだ。神山だ」

痩《や》せて眼鏡《めがね》を掛けた、神経質そうな男だった。男はせわしなく視線を動かしてネズミのように周囲に気を配りながら、神山の前に座った。

会ってほとんど何も話さないうちに、神山は自分の間違いに気付いていた。この男は、優秀な記者というわけではないらしい。ただ、臆病《おくびょう》なだけだ。

「おれに会うことを、誰かに話してないよな……」

「話していない。知っているのは、大河原弁護士だけだ」

「おれの名前は、絶対に出さないと約束してくれるか……」

「わかった。約束する」

池田は、怯《おび》えていた。これだけ怯えながら、なぜ神山に会う気になったのか。その理由は、あえて訊《き》かなくても想像できた。

大河原から、金が出ているのだろう。池田のくたびれたジャケットの胸ポケットが、赤エンピツの粉で汚れていた。競馬や競輪で人生に穴を空けている人間の特徴だ。最近の新聞記者は、仕事で赤エンピツを使わない。

「それで……乙川麻利子の事件のことで何を訊きたいんだ……」

池田が、周囲の目を気にするように小声でいった。

だが神山は、池田に何を訊くべきなのかわからなかった。いまさら、新聞記事に書いたことは事実だったのか、そんなことをこの男に確かめても意味はない。もし少しでも訊く意味があるとすれば、警察に関することだけだ。

「二年前、あんたは警察の記者クラブに出入りしていたのか」

神山が訊いた。池田はまた周囲を気にし、小さな声で答える。

「当然だろう。おれは地元新聞の社会部の、新潟県警の記者クラブ詰の記者なんだぜ」

やはり、そうか。警視庁や県警の記者クラブは、警察と報道機関のコミュニケーションという意味では大きなメリットがある。すなわちそれは、報道の速度と正確さに繋《つな》がる。だが警察への常駐《じょうちゅう》、常時取材が前提となることから、加盟報道機関内に情報カルテルが生じやすい。結果として、非加盟の機関や個人ジャーナリストが排除される。地方警察など小さな組織ほど、その傾向が強くなる。さらに警察と報道機関が癒着《ゆちゃく》し、記事そのものが情報操作されたものになりやすいことも指摘されている。

「それなら、わかるはずだ。新潟西部署の捜査課の連中は、本当に五十嵐佳吾が乙川麻利子を殺したと信じてるのか」

驚いたような顔で、池田が神山を見た。

「あんた……何をいってるんだ……」

どうやら、最初から核心を突いたらしい。

神山は、さらに訊いた。

「警察は、二人の携帯のメールの交信記録を持っていた。見たことはあるか」

「全部は……見ていない。一部は……警察から資料として見せられた」

「この部分はどうだ。乙川麻利子が殺された夜の、二人の最後の交信記録だ」

神山はそういって、フライトジャケットのポケットからメモを出して池田の前に置いた。読んだ瞬間に、池田が「あっ！」と小さな声を出した。

そうだ。麻利子は新潟東港で、〈――後ろの白い車に乗ってるの、五十嵐君？――〉とメールを打っている。だが五十嵐の車は、一九九五年型の黒の日産セドリックだった。池田自身も、それを当時の記事に書いている。

「知らなかったのか」

神山が訊いた。

「知らなかった……。乙川麻利子が殺された夜のメールのやり取りは、二人の携帯が水に濡れて復元は不可能だといわれていたんだ……」

どうせ、そんなことだろう。警察の、明らかな隠蔽《いんぺい》だ。

水上バスが信濃川を渡り、対岸の『万代シティ』の乗船場に着岸した。中年の夫婦らしき客が降り、代わりに観光客らしき中年女性五人の一団が乗り込んできた。池田はその様子を、落ち着かない表情で見守っていた。

客が空いている席に座り、水上バスが離岸するのを待って神山がいった。

「犯人は、白い車に乗った男だ。五十嵐ではない」

だが池田は、何もいわない。ただ、神山が渡したメモを見つめていた。

神山が続けた。

「警察は知っていたはずだ。五十嵐が、犯人ではないことを」

「そういうことなんだろうね……」

池田が、小さな声でいった。

「それだけじゃない。五十嵐は、生きていないんじゃないか。警察は、それも知っているはずだ。それなのに、なぜ五十嵐を犯人と決めつけて手配してるんだ」

「わからねえよ……」

池田は、神山の目を見ようとしない。何かに、怯えている。それが、何なのか。

「それなら、いい方を変えよう。新聞まで、なぜ五十嵐を〝容疑者〟だと書いているんだ。どの新聞も、まるで申し合わせたようにだ」

池田は、しばらく黙っていた。考えているのか。それとも、何かを迷っているのか。だがやがて、呟《つぶや》くようにいった。

「おかしいとは、思ってたんだ……」

「どういう意味だ」

「だから記者仲間は皆、おかしいと思ってたんだよ……。警察は、何かを隠してる……。

しかし、当時はそういう雰囲気があったんだよ……」

「どんな雰囲気だ」

池田が冷めたコーヒーを口に含み、重い息を吐いた。

「五十嵐を犯人だと書かなくちゃいけないような、そんな雰囲気だよ。うちだけじゃない。記者クラブ全体に、そんな空気が流れてたんだ……」

記者クラブの情報カルテルの、典型的な弊害《へいがい》だ。記者仲間や警察の担当者との人間関係を崩したくないために、事実を追求できなくなる。問題は、それが誰の意思だったのか。そこだ――。

「当時の西部署の広報担当は、誰だったんだ」

神山が訊くと、池田は少し考えた。

「副署長の、板場さんだったはずだ……」

やはり、そうか。通常、各所轄《しょかつ》の広報は、その警察署の副署長が務《つと》める。当時、板場正則は、『新津市二六歳女性殺人死体遺棄事件』――乙川麻利子殺害事件――の捜査本部長も務めていた。

「しかし、副署長の板場が記者クラブのスポークスマンだったわけではないだろう。誰か、他にいるはずだ」

池田はまた、しばらく考え込んでいた。だが、神山から目を逸《そ》らしたまま、いった。

「忘れちまったよ……。もう、二年も前のことだぜ……」

どうやら、白《しら》を切るつもりらしい。

「捜査課の、金安浩明警部じゃないのか」

金安の名前を出すと、池田の顔色から急速に血の気が失《う》せていった。どうやら、図星だったようだ。あの男は、例の事件の捜査主任だった。もし、記者クラブを仕切ることができる奴がいるとすれば、金安だけだ。奴は、何かを隠している。

「おれは……知らねえよ……」

それでも池田は、白を切った。金安を、知らないわけがない。二年前には、記者クラブで毎日のように顔を見ていたはずだ。

「わかった。質問を変えよう。五十嵐佳吾の件だ」

神山がいうと、池田はほっとしたように肩から力を抜いた。

「それで……五十嵐の何が知りたいんだ」

池田が、コーヒーを口に運ぶ。だが、紙コップの中にはもうコーヒーは入っていないはずだ。

「奴は、自殺したという噂《うわさ》があるな」

当時の新聞には、そう書いてある記事が多い。

「確かにな。例の、昭和大橋辺りに五十嵐の車と靴が残っていた一件だろう。おれも、そんな記事を書いた記憶はあるけどね……」

いずれにしても、五十嵐は生きていないだろう。

「昨日、五十嵐が事件を起こす二年前まで勤めていた工場に行ってきた。北区の羽賀自動車だ。知ってるか」

「ああ、知ってる。おれも何度か、取材に行ったことはあるよ。ロシア人相手の中古車屋だろう」

羽賀自動車に関しては、特に話しにくいといった様子はない。

水上バスが、新潟県庁前の船着き場に着岸した。ここでまた、観光客らしい男女数人が乗り込んできた。船内はいつの間にか、乗客でいっぱいになっていた。

「五十嵐は、四年前にその工場を辞めてるんだ。それから例の事件の起きる二年前まで、定職についていた形跡がない。五十嵐が何をやっていたか、知らないか」

五十嵐の人生には、空白の二年間がある。その間のことは、以前の雇い主の羽賀直治も母親の喜久子も知らなかった。だが池田は、何か思い当たるように頷《うなず》いた。

「いろんな噂はあったな。自分で中古車のブローカーをやっていたとか。もっと、やばいブツを扱っていたとか……」

「やばいブツ？」

神山が訊いた。池田の表情が、かすかに狼狽《ろうばい》している。

「だから、噂さ。そのブツが何なのかまでは知らねえよ……」

まあ、いいだろう。

「五十嵐には、仲間がいたはずだ。誰か、思い当たる奴はいないか」

池田が、首を傾《かし》げる。

「知らねえな……」

また、首を傾げる。

「そいつは、ロシア人かもしれない」

「あの商売をやっていれば、周りにロシア人なんかいくらでもいるさ。他に、パキスタン人も……」

「五十嵐が、〝先輩〟と呼んでいた男を知らないか。名前は、巴田野義則といったかもしれない」

神山がいった。その時、池田に、小さな反応があった。目が、忙《せわ》しなく動く。だが、やはり白を切った。

「聞いたことはないね……」

水上バスが、終点の『ふるさと村』に着いた。ここで観光客のほとんどが降り、折り返す。船の中は、神山と池田だけになった。

神山は、最後に訊いた。

「マリアという女を知らないか。ロシア人とのハーフの女だ」

「ああ、あの女か」池田の口元に、意味深な笑いが浮かんだ。「あいつは聖籠町あたりの淫売《いんばい》だよ。しばらく見ないと思ってたが、こっちに帰ってきてるらしいな」

水上バスは、雨の信濃川をゆっくりと下っていく。

2

ホテルに戻ると、まだマリアが待っていた。

ちょうど昼を過ぎたところだったので、食事に誘った。ホテルのレストランか古町のトラットリアを提案したのだが、マリアはどこか遠くに行きたいといった。

ポルシェに乗り、当てもなく西に向かった。西部署の前を通り、海沿いの日本海夕日ラインを走った。しばらくして乙川麻利子の遺体が埋められていた四ツ郷屋浜の前を通ったが、二人とも何もいわなかった。

間瀬《まぜ》漁港の手前で、街道沿いのドライブインに入った。メニューには、ありふれた料理が並んでいた。座敷に上がり、神山は天丼を、マリアは天ぷらうどんを注文した。窓の外には、小雨に煙《けぶ》る日本海が広がっていた。

料理ができるのを待つ間に、やっとマリアが話しだした。

「今日、池田っていう新聞記者に会ったんでしょう……」

マリアは手の中に、熱い茶を淹《い》れた湯呑《ゆの》みを包み込んでいる。

「なぜ、知ってるんだ」

マリアに、池田と会うといった覚えはなかった。

「朝、水上バスに乗るといってたでしょう。あの男の癖なのよ。人と込み入った話をする時に、ウォーターシャトルを使うのが……」

「池田を、知ってるのか」

「昔、ちょっとね。あの男、私のことを何かいっていた?」

「少しは。聖籠町がどうとか。そんな話だった」

マリアが、頷く。そして、小さな溜息《ためいき》をついた。

「そういう話、気にする?」

マリアの大きな目が、神山を見つめる。

「別に、人にはそれぞれ、生き方がある。どう生きるかは、自分が決めればいい」

「そうね……。でも、私は……」

マリアがそこまでいって、言葉を止めた。視線を落とし、唇を噛《か》んだ。

「いま無理に話すことはないさ。話したくなったら、話せばいい」

料理が運ばれてきた。マリアが黙って、食べはじめた。

　マリアが神山に心を開いたのは、昨夜、ほんのひと時だけだった。自分の本名が殺された乙川麻利子と同姓同名であることを打ち明けた。そして乙川麻利子が、自分の身代りになって殺された可能性があるということも。

　だが、そこまでだった。なぜ、事件が人違いによる殺人だと考えたのか。神山が訊いても、それ以上マリアは何も話そうとはしなかった。また、元に戻り、貝のように心を閉ざしてしまった。

「それにしても、乙川麻利子なんていう名前が、よく偶然あったものだな……」

　神山が、わざと独り言のようにいった。

　マリアが、しばらくしていった。

「新潟には、〝乙川〟という名字が多いのよ。私の小学校の同級生にも、一人いたわ……」

　確かに新潟には、〝乙川〟という姓は多い。インターネットで調べてみても県内に五〇〇人以上。そのほとんどが新潟市内に集中している。

「しかし、麻利子という名前はそれほど多くはない」

　神山は飯を食いながら、何気なく話し続ける。マリアもそれに釣られるように、ついてくる。

「そう……珍しいとはいえないけど、それほど多くはないわ。でも、だから五十嵐君は

……」

マリアは、またそこで黙ってしまった。

「五十嵐が、どうしたんだ」

だが、何も答えない。しばらくして、無関係なことをいった。

「どこか、遊びに行きたいな……」

食事を終え、また車に乗った。だが神山が新潟市内に戻ろうとすると、マリアが嫌がった。

「まだ帰りたくない……」

「それなら、岩室温泉にでも寄っていくか。五十嵐のお袋さんのいる宿もあるし、ここからならそれほど遠くない」

だが、マリアは首を横に振る。

「こんないい車に乗ってるんだから、もっと遠くに行こうよ。私がいい温泉、知ってるから……」

どうやらマリアは、自分から話す切っ掛けを作りたがっているらしい。それならそれで、悪くない。

「わかった。少し飛ばすぞ」

神山はポルシェのステアリングを左に切り、国道から山道に向かった。

マリアに振り回されて、すっかり遠回りをさせられた。間瀬から内陸に入り、阿賀野市に抜け、ここからさらに国道二九〇号線を北上する。だが、無目的に走る車の中で、マリアは少しずつ心を開きはじめた。

「だいたい五十嵐と君とは、どういう関係だったんだ」

マリアは少し考え、ひと言だけ答えた。

「友達……」

まあ、いいだろう。〝友達〟という言葉は、いろいろな意味に受け取ることができる。

「さっき、君は五十嵐の名前を出した。しかし、そこで話すのを止《や》めてしまった」

「そうだっけ……」

「そうだ。〝だから五十嵐君は……〟といっただろう。その後に、何を話そうとしたんだ」

やはり、マリアは黙っていた。だが、神山が忘れかけた頃になって、ぽつりといった。

「五十嵐君が、教えてくれたのよ……」

「何をだ」

「前に住んでいた新津という町で、私と同じ〝乙川麻利子〟という女の子を知っていたって……」

マリアが新津の乙川麻利子のことを知ったのは、もう一〇年も前のことだった。当時、マリアは一八歳。高校を中退し、東港あたりに集まるロシア人の船員や中古車ブローカー仲間と遊び回っていた。その時、たまたまよく行っていた聖籠町のバーで知り合ったのが五十嵐佳吾だった。

マリアは、日本人の母親とロシア人の船員との間に生まれた私生児だった。新潟東港の周辺や聖籠町では、マリア・イワノヴァと名乗っていた。〝マリア〟は本名の麻利子からの創作、〝イワノヴァ〟は父親の名前から取った。

誰にも本名を教えたことはなかった。母親に、何をやっているのかを知られるのが恐かったこともある。だが、ある日、五十嵐に名前の由来を訊かれた。

「それで、教えたのよ。私の本名は、乙川麻利子だって。そうしたら五十嵐君が、驚いて……」

マリアもその時に、新津市に同姓同名の少女がいることを知った。しかも年齢も同じで、生年月日も近かった。以来、マリアは、新津の乙川麻利子のことを常に心のどこかで意識しながら生きてきた。

「しかし……」神山が訊いた。「他の人間には本名をいわなかったのに、なぜ五十嵐には教える気になったんだ」

「わかるでしょう。私と佳吾は、男と女の仲だったの。それまでロシア人としか付き合ったことがなかったけど、佳吾が初めての日本人の恋人だったのよ……」

マリアは初めて、五十嵐を〝佳吾〟と名前で呼んだ。

「新津の乙川麻利子に、会ったことは」

「ないわ。一度も。でも、会ってみたかった。佳吾もいつか、会わせてくれるっていってたし。向こうも、私に会いたがっているって……」

死んだ乙川麻利子も、マリアに会いたがっていた……。

マリアのいったそのひと言が、妙に心に引っ掛かった。

「ちょっと待ってくれ。君は、乙川麻利子が殺される前の、五十嵐とのメールのやり取りを知っているか」

「知らないわ……」マリアが、不思議そうな顔をした。「新聞には少し出てたから、あの日、佳吾がメールで彼女を呼び出したことは知ってるけど……」

神山は、ポルシェを国道の路肩に停めた。リアシートからブリーフバッグを取り、中から資料のファイルを出して開いた。

「ここだ」ルームランプの光を、開いたページに当てた。「五十嵐は事件の三日前に、彼女にこんなメールを打ってるんだ」

〈――実は麻利子に、どうしても会ってもらいたい人がいてさ――〉

マリアが、その部分を読んだ。資料を見つめる目が、驚いたように大きく見開かれた。

そして、いった。

「これは、私のことよ……。絶対に、そうだわ……」
「私のこと？　なぜそう思うんだ？」
神山は、助手席を見た。マリアの何かを考えるような目が、フロントガラスに映ってい
た。
「佳吾から、メールがあったの。あの事件が起きる、何日か前に。その時に、いわれたの
よ。もう一人の乙川麻利子に、会ってみないかって……」
五十嵐から連絡があったのは、事件が起きる三日か四日前だった。新津の乙川麻利子に
メールがあったのは、一〇月の八日。事件の五日前だ。もしマリアの記憶が正しければ、
その一日か二日後ということになる。
そして事件の前日の一二日に、また五十嵐からメールがあった。〈明日、乙川麻利子に
会う。どこかで合流しないか……〉というような文面だった。
だが、一三日は平日の水曜日だった。マリアは夜、〝仕事〟が入っていた。〈たぶん行け
ない……〉と返信した。それ以来、五十嵐からメールは来なかった。そして翌日、あの事
件が起きた。
「仕事？」
神山が訊いた。
「そう。夜の仕事よ。それ以上は話したくないわ」

神山は、田園地帯を走る国道を淡々と運転し続けていた。小雨が霧に変わり、あたりが暗くなりはじめていた。

「しかし、奇妙だな。もし君と五十嵐が事件の前後にメールのやり取りをしていたとしたら、警察も当然、それを知っていたことになるな」

事件後、五十嵐の携帯は発見されていない。だが、電話会社で交信記録を調べれば、事件直前に五十嵐が誰と連絡を取っていたのかはわかる。警察は当然、そのくらいのことはやっている。

「そうね……。知っていたと思う……」

「警察は、何といっていた」

「何も……」

「どういう意味だ」

「だって警察から、連絡なんてなかったから。私は、やばいと思ってたんだけど……」

おかしい。もし五十嵐が犯人だと警察が信じているとしたら、事件の直前や当日に連絡を取っていた人間はすべて調べているはずだ。マリアだけではない。その中には、おそらく……真犯人もいたはずだ。

だが、警察は動かなかった。おそらく死んでいる五十嵐を、事件から二年が経《た》ったいまも手配し続けている。

「君が事件の直前まで五十嵐と会うことになっていたことはわかった。もしかしたら、事件の当日に乙川麻利子と会っていたかもしれないことも」

「そうね……」

「しかし、なぜそれが、〝身代り殺人〟に結びつくんだ」

だが、マリアはまた、貝の中に閉じ籠《こも》ってしまった。

3

マリアが行きたがっていた温泉は、新潟県岩船《いわふね》郡関川《せきかわ》村の高瀬《たかせ》温泉だった。

山間《やまあい》の温泉地に着いた頃には、すでに夜になっていた。どうやら完全に、マリアにはめられたらしい。高瀬温泉なら神山も知っていたが、ここならば一度新潟市内に戻り、海岸線を上ってきた方が早かったはずだ。だが、神山は仕方なく、マリアにいわれるがままに小さな山荘に部屋を取った。

風呂で汗を流し、食膳を囲んだ。何の変哲もない、宿の食事だった。

ビールを注文し、二人で湯上がりの一杯を味わった。不思議なことに、浴衣《ゆかた》姿のマリアはむしろ清楚《せいそ》に見えた。顔も身体も確かにロシア人なのだが、仕草や表情は普通の日本人の娘と変わらない。

「ロシアに行ったことはあるのか」

神山が、世間話のように話し掛けた。

「ううん、一度も。私は日本で生まれて、日本で育ったから。ロシア語も少ししか話せないわ」

マリアがビールを飲み、ヒメマスの刺身を頬張る。食べ物の好みや箸《はし》の使い方も、日本人そのものだ。

「それならなぜ、ロシア人のような名前を名乗ってるんだ」

一瞬、マリアの表情から笑いが消えた。だが、心を閉ざしはしなかった。

「自分を守るためよ……」

「守るため？」

「そう。子供の頃に、よく〝アイノコ〟って呼ばれて苛《いじ》められたの。顔が外人で、名前が日本人だったから。高校の時から、男の子たちの間で〝すぐにやらせる女〟みたいにいわれてたし……」

「なるほど。それでか」

神山は特に興味もないように装い、料理を口に運んだ。茸《きのこ》の炊き物が旨《うま》かった。だが、マリアは話し続ける。

「それで、思ったのよ。日本人の名前だから、苛められるんだって。ロシア人の名前なら、日本人から馬鹿にされないって……」

マリアは高校を中退し、本名を捨てた。新潟市内から〝川向こう〟と呼ばれる聖籠町の方に移り住み、ロシア人やパキスタン人の社会に飛び込んだ。以来、〝乙川麻利子〟という本名は運転免許証や保険証、銀行口座の名義などにしか使わなくなった。

「父親に会ったことは」

神山が訊いた。

「何度かあるわ。子供の頃には、お母さんと三人で佐渡《さど》に遊びに行ったこともあったし、最後に会ってから、もう四年くらいになるかなあ……」

マリアの表情から察する限り、彼女は少なくとも父親を嫌いではないらしい。

「お父さんは、何をやってた人なんだ」

「貨物船の船員よ。それで、よく日本に来ていたの。お金は持っていたらしいけど、私はそれ以上よく知らないわ……」

マリアの父親は、極東のウラジオストクという町に住んでいた。現地には、ロシア人の妻と子供がいた。ナホトカ港から北朝鮮の清津《チョンジン》、日本の富山《とやま》と新潟東港を結ぶ材木輸送船の定期航路の船員だった。新潟に寄港するのは年に一度くらいで、長い時には三年以上も帰らなかったこともある。新潟に寄ると、よく中古車を何台も買って帰ったことを覚えている。

「君の名前のマリア・イワノヴァの名字の方は、お父さんから取ったといったね」

「そうよ。父方の名前よ」

「するとお父さんは、イワノヴァという人だったのか」

神山がいうと、マリアがおかしそうに笑った。

「違うわ。ロシアでは、男と女では名前の呼び方が違うの。私は女だから、イワノヴァ。もし男だったら、イワノヴィッチと呼ぶのよ」

神山は、初めて知った。

「それならお父さんは、イワノヴィッチというのか」

だが、マリアは首を傾げる。

「それも、ちょっと違うかもしれない。イワノヴァもイワノヴィッチも、同じなの。どちらも、〝イワンの子供〟という意味になるのよ」

イワンの子供……。

神山は、羽賀がいっていた言葉を思い出した。一〇年前、高校を出てぶらぶらしていた五十嵐を羽賀の元に連れてきたのは、イワンだかイワノフだかいう男だった……。

「君のお父さんが最後に日本に来たのは、四年くらい前だといったな」

「そう。たぶん、そのくらい……」

「五十嵐とお父さんは、面識があったのか」

「あったわよ。私のカレだということも知っていたし。何か佳吾に〝仕事〟を頼んでたこともあったみたいだし……」

〝仕事〟とは、何だろう。

「五十嵐が勤めていた羽賀自動車という工場は知ってるか」

「知ってるわ。佳吾と付き合っている時に、何度か遊びに行ったこともある。だって羽賀自動車に佳吾を紹介したのは、お父さんだもの……」

なるほど。これでジグソーパズルに小さなピースがひとつ、埋まった。単なる身の上話程度のピースだし、今回の事件に直接関連するとも思えない。だが神山は、マリアと五十嵐、そしてイワンというロシア人の脈絡が妙に気になった。

「お父さんの正確な名前は」

神山が訊いた。

「確か……イワン・ヴォロドヴィッチ・ガブリコフ……だったかな。たぶん、そんなんだったと思う……」

イワン・ガブリコフか……。

ロシア人に馴染《なじ》みのない神山には、それがありふれた名前なのかどうかもわからない。だがマリアは、そんなことは興味がないといった様子で料理を食べ続けている。

「なぜ、お父さんは四年も日本に来ていないんだ。何か、理由があるのか」

「知らない。船員をやめたからかもしれないし、新潟東港との定期航路が少なくなったからかもしれないし……」

「元気なのか」

「うん、元気みたい。ウラジオストクに手紙を書くと、ちゃんと返事が戻ってくるから。でも……」

マリアはそこで、言葉を切った。何かを、思い出したらしい。

「どうしたんだ」

「ううん、別に。何でもない……」

マリアがまた、箸を動かしはじめた。

食事が終わり、風呂に入った。宿には、貸切りの小さな露天風呂が付いていた。日中ならば目の前に山々に囲まれた田園風景が見えるらしいが、いまは闇の中に小さな明かりだけが灯《とも》り、その光の中に湯煙が昇っていた。

神山の後から、マリアが湯に入ってきた。やはり肌の白さと体の線は、日本人ではない。昨夜は気付かなかったが、左肩に小さなタトゥーが入っていた。青い竜胆《りんどう》の花のような図柄の下に、キリル文字で何か言葉が書かれている。

「それは？」

神山が、タトゥーを指さしながら訊いた。

「昔、遊んでる時にロシア人の船員に彫《ほ》られたの……」

マリアが体を湯に沈めながら、自分の左肩を見た。

「何て書いてあるんだ」

神山が、キリル文字に指で触れた。

「私の名前。マリア・イワノヴァ……」

「なぜ」

神山が訊くと、マリアは自分に問いかけるように首を傾げた。

「わからない……。昔は乙川麻利子という名前を捨てて、本当にロシア人になりたかったのかもしれない……」

「どうして、そう思ったんだ」

「よくわからないのよ。日本人でいることが嫌だったのか。お父さんがロシアに住んでいるからなのか。その時たまたま、ロシア人の船員が恋人だったからなのか……」

「でも、いまの君は日本人だ」

マリアが、ふと力を抜くように笑った。

「そうね。そうかもしれない。でも、もう戻れないかも……」

「どういう意味だ」

「タトゥーは、これだけじゃないのよ」

マリアがそういって、湯の中に立った。体を、ゆっくりと回す。腰から尻《しり》にかけて、大きなタトゥーが入っていた。

肌に滴《したた》る湯の中で、黒い竜が躍《おど》っていた。竜とはいっても、日本や中国のものとは違う。西洋のドラゴンだ。周囲にも十字架を手にしたキリスト像や蜘蛛《くも》や花などの図柄がちりばめられ、その下にやはりキリル文字でロシア語らしき言葉が彫られていた。

「どう、わかったでしょう……」マリアが尻を突き出すようにして、いった。「だから私は、この温泉にあなたを連れてきたのよ。貸切りのお風呂がないと、私は入れないから……」

「これは、何て書いてあるんだ」

神山が腰のキリル文字に指先で触れ、なぞった。

マリアが神山を振り返り、見下ろした。その瞳が、少し濡れているように見えた。

「知りたい？」

「もし、意味があるのなら」

「ロシア語で、こう書いてあるのよ……」マリアがゆっくりと体を湯に沈めながら、いった。「この罰当《ばち》たりの糞《くそ》ったれ女……。こいつの〝穴〟は、おれたちのものだ……。あとは、私と寝た男たちの名前よ……」

マリアがなぜか哀しげに笑いながら、神山から視線を逸らした。

「なぜおれに、そんなことを話す」

神山が訊いた。

「なぜって……。私は、あなたにすべて話そうって決めてたから……」

人間は、不思議だ。着ているものを脱ぎ捨てると、心まで開放的になる。話さなくていいことまで、話したくなる。特に女は、そうだ。

だが……。

「それならばなぜ、話さないんだ。乙川麻利子が君の身代りになって死んだという、その理由については」

マリアはしばらく、何もいわなかった。考えている。また、心を閉ざすのだろうか。だが、そう思った時に、自分にいい聞かせるようにいった。

「もう少し、待って。私にも、よくわからないの。ただの思い違いかもしれないし……。もし本当に間違いないと思ったら、その時は話すから……」

様々な直感が、頭の中で交錯《こうさく》した。彼女は、何かを隠している。いや、隠しているのではない。誰かを、庇《かば》っているのかもしれない。自分が話すことによって、その誰かを傷付けることを恐れているのだ。

誰を、庇っているのか。少なくともそれは、五十嵐ではない。彼女の父親なのか。昔の、ロシア人の恋人たちの誰かなのか。それとも、まったく別の人間なのか……。

「君のお母さんは、どうしてるんだ。心配してるんじゃないのか」

　神山が母親の話を出すと、マリアは少しほっとしたような顔をした。

「うん、心配していた。昔はね。だからマリアという名前を名乗るようになったのも、母親に私の噂が届かないようにという意味もあったの。でも、もうそれも必要なくなったけど……」

「どうしてなんだ」

「死んだの。四年前に。お父さんが新潟に来なくなったのは、お母さんがいなくなったからかもしれない……」

　以来、マリアは聖籠町や新潟市内を転々として生活してきた。その間にはロシア人の船員を富山まで追っていったり、短い期間だが大津《おおつ》や大阪、福島の郡山に住んでいたこともある。自分の本業はダンサーだというが、それ以上は深く話そうとしなかった。

　マリアの話の中には、いろいろな人間が登場した。だが、その中に、彼女が庇わなければならないような人間はいなかった。

　神山はふと思いつき、マリアに訊いた。

「聖籠町に集まるロシア人やパキスタン人の中に、日本人はいなかったのか」

「もちろん、いたわ。佳吾もその一人だったし、他にも中古車ブローカーたちが全国から集まってきてたし……」

「その中に巴田野義則という男がいなかったか」

神山は、マリアの表情が一瞬強張《こわば》ったのを見逃さなかった。

だが、マリアは笑顔を繕《つくろ》い、いった。

「聞いたことはあるかも。顔はわからないけど……」

「五十嵐がいた羽賀自動車にいた男なんだ。その男を五十嵐は、〝先輩〟と呼んでいた」

「忘れちゃった。それより、もっと楽しもうよ……」

マリアが、神山に寄り添う。熱い唇が、神山を塞《ふさ》ぐ。そして湯と汗に濡れた胸に、神山を抱き寄せた。

だが、神山は考えていた。

聖籠町には、一度行かなくてはならない――。

4

新潟県北蒲原《きたかんばら》郡の聖籠町は、日本の地方都市の近隣ならどこにでもあるような平和な町だった。

町の名産はサクランボや梨、ブドウなどの果物で、二王子岳《にのうじだけ》や焼峰山《やきみねやま》を背景に豊かな果樹園の風景が広がる。町内には温泉や網代浜《あじろはま》海水浴場などもあり、一年を通じて観光客も多い。

だが、こうした聖籠町の本来の姿は、ある意味では〝表の顔〟にすぎない。聖籠町は、西側から南側の一部にかけてが新潟東港に隣接している。その周辺だけは、地番は聖籠町であっても本来の聖籠町ではない。〝ロシア人の町〟としての、まったく別の〝裏の顔〟を持っている。

現在でも新潟東港は、年間約五万台の中古車がここからロシアなどに輸出されていく。それを目当てに港の周辺にはパキスタン人が経営する中古車販売店が一〇〇店以上も建ち並び、年間に延《の》べ一万四〇〇〇人以上ものロシア人が短期のビザで出入国を繰り返している。町の看板にもパキスタン語やロシア語が溢《あふ》れ、ここが日本の、新潟の一部であるという事実さえあやふやになる一瞬がある。

東港周辺の一角は、治安も悪い。ロシア人たちは最初から日本の法律を守る気などないのだから、ある意味では治外法権に近い感覚がある。当然、凶悪犯罪も多発する。

ロシア人による喧嘩《けんか》や強盗、傷害事件や殺人事件は跡を絶たない。二〇〇七年の四月には、隣接する新発田市のロシア人が経営する自動車工場で旧ソ連製の手榴弾や拳銃の実弾一六発、偽造外国人登録証などが発見されたこともあった。調べてみるとこの工場は、盗難車の車体番号を打ち替えてロシアに密輸する拠点だった。

ロシア人の工場主は逮捕され、国外退去処分となった。だがほとぼりが冷めれば、また偽造パスポートで入国してくるだろう。日本の警察力では、取り締まる術《すべ》はない。

だが、それでも日中の聖籠町は静かだった。神山は、東港に隣接する中古車業者が集中する一角をゆっくりとポルシェで流した。国道の両側の広い土地に中古車が雑然と並べられ、その脇にプレハブや廃車になったバスの事務所や、ちょっとした工場らしき建物が建っている。どの店も、同じような作りだった。

店の看板は日本語、英語、パキスタン語、もしくはロシアのキリル文字など、何種類かの文字で書かれている。店先に並べられている車には、ドルで価格が書かれているものが多い。

神山の車が何度も同じ場所を回っているので、覚えられたらしい。事務所の中や、展示してある車の陰から男たちが怪訝《けげん》そうに見つめている。日本人らしき男もいるが、ほとんどがパキスタン人のようだ。ロシア人らしき人間は、一人も見かけない。

ポルシェのステアリングを握りながら、神山は前日のマリアとのやり取りを思い起こした。

マリアは、聖籠町に行きたがらなかった。神山が町の案内を頼んでも、頑《がん》として断わった。理由を訊いても、何もいわない。なぜかマリアは、この町に来ることを恐れているように見えた。

だが、当てもなく車で走り回っているだけでは何もわからない。すべてが漠然《ばくぜん》としていて、掴《つか》み所がない。どこか名も知らぬ外国の、中古車街に紛れ込んでしまったような錯覚がある。

同じ道を三度目に通った時に、店先に立っている小柄で太ったパキスタン人らしき男と目が合った。男はなぜか白い歯を見せて笑った。その表情があまりにも自然だったので、神山は思わずその前に車を停めてしまった。

男の手招きに誘われるように、車を店の敷地内に入れた。神山が車を降りると、男が満面に笑みを浮かべて歩み寄ってきた。

「コンニチハ。この車、売りたいですか。ポルシェ、高く買います。私、ヘイサムといいます」

男がそういいながら、右手を差し出した。神山は釣られたように、その油で黒く汚れた手を握った。憎めない男だ。

「すまない。この車を売りに来たわけじゃないんだ。ちょっと訊きたいことがあってね……」

神山がいうと男は一瞬、残念そうに肩を落とした。だが、すぐに立ち直ったかのようにまた笑みを浮かべた。

「だいじょうぶ。私、何でも教えてあげます。だからこの車を売る時、私にいってください。どこの店よりも、高く買います」

本当に、気のいい男だ。

カレーとガーリックの臭いの籠った、古いバスを改造した事務所に入った。中は座る場所を探さなくてはならないほど、雑然としていた。壁にはロシア人たちが車代の代わりにでも置いていったのか、ロシア製のナイフやヘルメット、トラバサミなどのガラクタが吊り下げられている。先日の羽賀自動車の事務所もそうだが、この辺りの中古車業者はあまり客のことは考えていない。

神山が名刺を差し出し、私立探偵であることを明かすと、男は改めてアリー・ヘイサムと名乗った。「パキスタン人か？」と訊くと、「パキスタンから来たが、いまは日本人だ」といって自分も名刺を出した。

〈ヘイサム・カーセールス　　社長・平寒《ヘイサム》有偉《アリィ》〉

名刺の表には日本語で、そう書いてあった。裏は英語だ。

「一八年前に、日本に来ましたね。奥さん、日本人。子供二人、日本の学校に行ってる。だからもう、私も日本人です」

ヘイサムがそういって笑った。どうりで日本語が上手《うま》いわけだ。話し好きらしく、屈託ない。この男を見ている限り、噂に聞くような聖籠町の陰の部分はまったく感じられない。

「最近は、景気はどうなんだ」

神山も、気軽に訊いた。だがヘイサムは、情けないように表情を顰《しか》める。

「どこも同じ。リーマンショックあってから、みんな不景気だよ。車の商売、特に良くないね……」

ヘイサムと話している内に、聖籠町のロシア人船員相手の中古車販売の実態がおおよそ摑めてきた。どうやら近年、この商売の景気が悪いのは、ロシアの経済成長や二〇〇八年九月の米投資銀行リーマン・ブラザーズの破綻《はたん》に端《たん》を発する〝リーマンショック〟だけが原因ではないらしい。ヘイサムは、その最大の要因はプーチン首相が二〇〇九年一月、製造から五年以上の車の輸入関税を八〇パーセント近くも引き上げたことにあるという。

元来、ロシア人の船員は、日本で五万円以下の古い車を買って本国に持ち帰ることが多かった。日本では車に限らず五万円以下の物品は、外国人渡航者の携行品として持ち出せることがその理由だった。つまり、複雑な輸出手続きも関税もいらない。

だが、こうした安価な中古車は、ほとんどすべてが製造から五年以上という条件に当てはまる。このロシア側の一方的な関税引き上げにより、二〇〇九年には日本から輸出される中古車の台数が九割以上も激減した。

「昔はこの東港の辺りに、パキスタン人やインド人がやってる中古車屋が二〇〇軒以上もあったんだよ。でも、みんなやめて国に帰っちゃったね。いまは一〇〇軒も残っていないよ……」

ヘイサムがいかにも情けないといった表情で、太い眉を下げた。

「車が売れないなら、どうやって食ってるんだ」

神山が訊いた。

「部品だよ。車をバラして部品にして、ロシアに売るのよ。部品には、関税が掛からないからね……」

なるほど。そういうことか。だから盗難車を解体して売るような犯罪が増加する。部品にしてしまえば、元の車の車体番号もわからなくなる。証拠は残らない。

「この町に、まだロシア人はいるのか」

〝ロシア人〟という言葉を聞いて、ヘイサムが初めて顔に不快そうな表情を浮かべた。

「ああ、ロシア人はいるよ。車のバイヤーは少なくなったけど、材木を積んだ船は来るからね」

吐き捨てるように、いった。

「ロシア人と商売をしてるんだろう。それなのに、ロシア人が嫌いなのか」

神山が訊くと、ヘイサムが少し考えた。

「ロシア人……いい人もいるよ。でも、悪い人、とても多い」

「例《たと》えば」

「去年の七月に、悪い薬、いっぱい密輸したロシア人いましたね。知ってますか」

「ああ、知っている」

　そういえば、そんな事件があった。

　およそ一年前の二〇〇九年七月、ロシア人二人が新潟東港から覚醒剤《かくせいざい》約四・七キロ（末端価格約二億八〇〇〇万円・当時）を密輸しようとして海上保安庁に摘発された。犯人はいずれもウラジオストクに住む中古車のバイヤーで、それまでも頻繁《ひんぱん》に車の買い付けに来日していた。二人は、「覚醒剤とは知らなかった」として無罪を主張したが、つい先日の一〇月二日、新潟地裁は主犯のヴュリエフ・イリガール・ミルザガ・オグリ被告に懲役《ちょうえき》一二年の実刑判決をいい渡した。

「私たち、とても困りますね。ロシア人が悪いことをすると、私たちパキスタン人も悪く見られる。日本人と仲良くしたいのに……」

「新潟東港では、ロシア人の覚醒剤密輸が多いのか」

「私、よく知らないよ。でも、噂はいっぱいあるよ。みんな、ノース・コリアやチャイナの覚醒剤ね。自動車が売れなくなったから、薬で儲《もう》けようとしますね。中古車に薬と金を積んで、鍵《かぎ》を交換して取引するのよ」

『越後新聞』の記者の池田正彦が、面白いことをいっていた。五十嵐佳吾が「もっと、やばいブツを扱っていた……」という噂があると。そして五十嵐の母親もまた、「最近は〝先輩〟から割のいいアルバイトを紹介してもらってる……」と本人から聞いている。もしその〝ブツ〟というのがロシアコネクションの覚醒剤で、仕事を紹介したのが五十嵐が〝先輩〟と呼んでいた男だとしたら……。

推論としては、辻褄《つじつま》は合う。だが、ひとつ奇妙なことがある。あの池田という男は、なぜ五十嵐が〝やばいブツ〟を扱っていたことを知っていたのか。しかも池田は、マリアのことも知っていた。

「どうしました」

考え込む神山に、ヘイサムが訊いた。

「いや、何でもない。それより、巴田野義則という男を知らないか。この辺りで、中古車のブローカーをやっていたかもしれない」

神山から急に巴田野という名前を聞き、ヘイサムが首を傾げた。

「聞いたことあるね。うちも昔は、車を買ったことあるかもしれない。でも、ここ二年くらいは見かけないよ……」

二年といえば、ちょうど乙川麻利子が殺された頃だ。

「マリア・イワノヴァという女は」

〝マリア〟の名を出すと、ヘイサムは目尻を下げて笑みを浮かべた。

「知ってるよ。ナイス・バディのストリッパーね。でも彼女は、ロシア人としか寝ない。そういえばマリアも、ここ二年くらい見かけないね……」

5

神山はしばらくヘイサムと話し込み、店を出た。また同じように、ロシア人相手の中古車店が並ぶ一角をゆっくりと車で流す。

改めてよく見てみると、人の気配のしない店も多い。そのような店先に並んでいるのはすべて売り物にならないような廃車で、厚く埃《ほこり》を被《かぶ》り、タイヤの空気も抜けていた。昨年のロシアの輸入関税の引き上げ以来、廃業した業者が夜逃げ同然に本国に帰ってしまった余波《なごり》だろう。

それにしてもこの町では、意外なほどにロシア人を見かけない。聖籠町の中古車店街を流してみても、店先で車を物色する二人組を見ただけだった。

だが、ヘイサムはいっていた。この町にはいまも、ロシア人は多い。彼らが姿を現わすのは、いまは不定期になった中古車運搬船か大型の材木輸送船が東港に入港する時だ。彼らが集まる場所も、限られている。ヘイサムによると東港に隣接する昔の廃港になった漁港の近くに、ロシア人が経営する古いホテルがある。二〇〇六年に東港区内の外国船員向け厚生施設が閉鎖されて以来、そこがロシア人船員たちの常宿兼、唯一の溜《たま》り場になっている。

夜になると、港からそのホテルにロシア人船員たちが集まりだす。ホテルにはバーがあり、温泉もあって、ロシア人や中国人の売春婦も屯《たむろ》している。中にはカジノ擬《まが》いのギャンブルルームもあり、覚醒剤やマリファナが買えるという噂もある。だが治外法権のような空間で、日本の警察はまったく立ち入ろうとしない。

神山は、そのホテルを探してみた。車のナビには、なぜかその辺りの地図は出てこない。東港の一部のように、空白が広がっているだけだ。だがヘイサムが描いた地図を頼りに行ってみると、確かにそれらしき建物が見つかった。

ロシア人が経営するホテルと聞いていたのだが、まったくイメージが違った。どうやら廃業した日本の古い旅館を買い取り、そのまま手直しして営業しているようだ。見たところ二〇部屋ほどはある大きな建物で、敷地も広い。一階の窓はほとんど板で塞がれていて、中は見えない。

入口の上には赤い大きな屋根が掲げられ、金色のキリル文字とアルファベットで何かが書いてある。キリル文字は理解できなかったが、アルファベットの方は読めた。

『HOTEL ISHEV』——。

ホテルの名前だ。どうやらこのホテルの経営者は、イシャエヴというロシア人らしい。

神山は周囲に誰もいないことを確かめ、ホテルの中に車を乗り入れた。駐車場に、白いランドクルーザーと白いキャデラックが一台。キャデラックには、青い外交官ナンバーが付いていた。

〈外2０６６１２――〉

神山は、その番号を記憶した。そういえば新潟市万代島には、ロシア連邦総領事館がある。ヘイサムがなぜこのホテルを〝治外法権〟といったのか。その理由が何となくわかったような気がした。

他に、やはり古いマイクロバスが一台。ボディーには、ホテルの名前とセクシーなポーズを取るトップレスの女のイラストが入っていた。その女が、どことなくマリアに似ていた。おそらく、港からホテルまでロシア人船員を運ぶための送迎車だろう。

ホテルにも、人気《ひとけ》はなかった。ヘイサムによると、三日後までは東港にロシアの大きな船は入らないらしい。だが、しばらくすると、ホテルのガラスの自動ドアが開きロシア人らしき大柄な男が出てきた。

「何か、用ですか」

神山がパワーウインドウを下げると、男がその横に立って片言《かたこと》の日本語でいった。年齢は五〇歳を超えていそうだが、体重も一〇〇キロ以上はありそうだった。白熊のような大男だ。

「ここがホテルだと聞いてきたんだ。泊まれるかな」

神山がいった。だが男は、面倒そうに右手を左右に振った。

「だめです。ここは日本人泊まれない。ロシア人だけ」

だが神山は、男の背後を覗《のぞ》くようにホテルの中を見た。

「バーもあるんだろう。一杯だけ、飲ませてもらえないかな……」

「それもだめ。バーは夜だけね。暗くなるまでやってない」

男が、首を振る。

「わかった。それじゃあ、夜になったらまた来るよ」

神山は愛想笑いを浮かべ、パワーウインドウを閉じた。

ホテルの敷地を出て、神山は新潟市内に向かった。

面白い。

あの奇妙な空間には、何かがある。

6

『ホテル　イタリア軒』に戻ると、マリアがまだ部屋で待っていた。

昨日も、今日の朝も、マリアは最初の夜と同じ服を着ていた。革のライダースジャケットに、穴だらけのジーンズ。よく見れば、Tシャツも変わっていない。

「お帰り……」

ベッドから立って出迎えたマリアを、神山はジャケットを摑んで引き寄せた。胸元の臭いを嗅《か》いだ。

「お前、臭いぞ。たまには着替えろ」

「ごめん……。着替え、持ってないの……」

マリアが神山から離れ、ジャケットの前を合わせながら俯《うつむ》いた。

「それなら家に帰って、着替えてこい」

だが、マリアは首を横に振る。

「帰る家もないの……」

神山は、溜息をついた。どうせ、そんなことだろうと思っていた。おそらく、着替えを買うだけの金も持っていないに違いない。

謎の多い女だ。男と女の仲になってから三日も経つのに、まだわからないことだらけだ。その時、神山の脳裏に、奥歯で鉛《なまり》を嚙んだような不快なイメージが浮かんだ。

「服を脱げ」

神山がいった。

「どうしたの、急に……」

マリアが強張った笑いを浮かべながら、後ずさる。

「いいから着ている物を、全部脱げ。裸になるんだ」

神山がマリアの腕を摑み、ジャケットを脱がせた。汚れたTシャツを捲《まく》り上げ、ベッドに突き倒す。

「やめて。脱ぐから。いま裸になるから……」

マリアが脅《おび》えた目で神山を見上げながら、ベルトを弛《ゆる》めてジーンズを脱いだ。ブラジャーも外し、胸を隠す。

「下着と靴下もだ」

「はい……」

神山は裸になったマリアの手首を摑み、引き寄せた。まずは、両腕の関節を見る。次に、手首の静脈。腋《わき》の下……。

「ねえ、どうしたのよ」

マリアの声が、怯えたように震えている。

「うるさい。大人しくしてろ」

両脚を押さえつけて、開く。

「やめて……」

隠そうとするマリアの手をどけて、性器の周囲も見た。さらに膝《ひざ》の裏の関節と、足首の静脈、足の指の間……。

左足の小指と薬指の間に、黒ずんだ小さな痣《あざ》のようなものがあった。

「これは何だ」

神山がいった。マリアはベッドの上で膝を抱えるように体を丸め、足を隠した。

「クスリよ……」

ベッドに顔を伏せた目から、大粒の涙がこぼれ落ちた。

「スピード（覚醒剤）か」

マリアが、小さく頷く。

「そう……」

「いつからやってるんだ」

「もう何年も前よ……。ロシア人の男は、女にクスリを使いたがるの……。セックスの時に……。でも、もうやってない。完全にやめたわ。本当よ……」

マリアが、涙声でいった。

だが、これで今回の事件の背景が少しずつ見えてきた。マリアが帰る家がないことも、しばらく——二年間——この新潟から姿を消していたという理由もだ。

「〝栃木《とちぎ》〟にいたのか」

栃木には、日本に五カ所しかない女子刑務所のうちのひとつがある。

「そう……。最初に捕まった時は初犯だったから執行猶予《ゆうよ》が付いたけど、二年前の時は二度目だから実刑くっちゃった。一年二カ月……」

そういうわけか。乙川麻利子の件がなぜ事件発生から二年もしてから動きはじめたのか。その理由もわかってきた。

「裁判の時の弁護士は、大河原か」

「うん……。身元引受人も大河原先生……。私には身寄りがいないから……」

あの狸爺《たぬきじじい》め。だったら最初からそういえばいいものを。

「本当に、クスリは抜けてるのか」

神山が訊いた。

「抜けてるわ。たぶん……。もう、二年もやってないし……。あんな地獄のような苦しみは、もう絶対に嫌……」

これでマリアが聖籠町に行きたがらなかった理由もわかった。あの奇妙なロシア人が集まるホテルだ。あのホテルに行けば、簡単にクスリが手に入ることを知っているからだ。一度でも覚醒剤の味を知った者が、完全に断ち切るのは容易《ようい》ではない。どんなに精神力が強くても、目の前にあれば必ず手を出してしまう。そしてまた、地獄のような日々がはじまる。

「ねえ……」マリアがベッドの上に体を起こし、神山を見つめた。「私のこと、嫌いになった……」

窓の外が、もう暗くなりはじめていた。

「いや、そうでもない。かえって好きになってきたかもしれない」

マリアが無言で、神山に抱きついた。神山の頬が、マリアの涙で濡れた。

「さて、服を買いに行こう。好きなのを買ってやるよ」

神山の腕の中で、マリアが小さく頷いた。

黄昏《たそがれ》の古町を二人で歩き、西堀の交差点に向かった。人通りが多かったが、マリアは周囲の目も気にせずに神山の腕にしがみついていた。

『NEXT21』に入って何店かアパレルショップを回り、マリアの服を買った。半袖《はんそで》と長袖のTシャツを数枚に、下着代わりのタンクトップ。穴の空いていないジーンズに、安物だが本物のダウンの入ったファーの襟《えり》付きのパーカ。マリアはロシア人の血が入っているために寒さには強いというが、これからの新潟は日ごとに風が冷たくなる。

マリアは嬉しそうだった。ひとつ何かを買う度《たび》に神山に似合うかどうかを訊き、少女のように恥じらい、笑った。おそらくその表情が、マリアが忘れていた素顔なのかもしれなかった。

一度、荷物を持ってホテルに戻り、マリアが着替えるのを待って食事に出た。何が食べたいかと訊くと、寿司がいいという。いい店を知っているかと訊くと、マリアは子供が親を案内するように神山の手を引いていった。

古町の外れの『八代鮨《やしろずし》』という小さな店に入った。カウンターに座り、地物のネタを適当につまむ。気軽な店で、値段も手頃だったが、味は文句の付けようがなかった。特に秋の日本海の名物のキスや〆鯖《しめさば》、スルメイカ、そしてやはりノドグロが絶品だった。

マリアは寿司を食べながら、常に隣に座る神山の顔を見つめていた。そして、ふとした瞬間に目が合うと、また恥じらうように笑った。

腹ができてから、バーを探した。いつものショットバーではなく、今日は『フーデリック』というカフェ・バーに入った。男と女がゆっくりと話をするなら、この手の店の方が落ち着ける。奥のテーブル席に座り、イタリア産のワインを一本と生ハムなどの軽いつまみを注文した。

「今日、ホテル・イシャエヴを見てきた……」

神山が、二人のグラスにワインを注ぎながらいった。それまで神山を見ていたマリアの表情から、潮が引くように笑みが消えた。

「それで……どうだった？」

マリアがワインを飲み、訊いた。

「あのホテルは、奇妙な空間だな。まるで日本ではないみたいだった……」

神山も、ワインを口に含む。キャンティ・ルフィナのサンジョヴェーゼ、二〇〇六年。まだ若いワインだが、酸味とタンニンが適度に利いていて悪くない。

「あのホテル、まだやってるの？」

「昼間だったので、よくわからない。ロシア人の白熊のような大男が出てきて、夜になればバーは開くといっていた」

「そう……」マリアが、グラスを手にしたまま考える。「その男、たぶんユーリ・グラズノフという男だと思うわ。歳は五〇くらいでしょう。あのホテルの、マネージャー兼用心棒よ」

「ホテルのオーナーは」

神山が訊いた。マリアがまた、考える。

「確か、セルゲイ・イシャエヴといったと思うわ。ロシア人よ。あのホテルには滅多《めった》に来ないし、あまり見かけたことはないけれど……」

「どんな男だ」

「年齢は、もう六〇を過ぎていると思う。瘦せていて、灰色の冷たい目をした男よ」

「そういえばあのホテルに、外交官ナンバーの白のキャデラックが駐《と》まってたな。ホテルの誰かが、領事館の関係者なのか」

「それはセルゲイの車だわ。私はよくわからないけど、あの男が外交官なのかもしれない……」

マリアが知っているならば、セルゲイという男はその白いキャデラックを二年以上前から持っているということになる。

「ホテルの中は、どうなってる。広いのか」

マリアが、頷く。そしてテーブルの上の、ナプキンを一枚取った。

「ペンある？」

「ああ、これでいいか」

神山が、ポケットの中のボールペンを渡した。

「昔、旅館の宴会場みたいな広い部屋があったの。そこをバーに改築して……」

マリアが記憶を辿《たど》るように、ナプキンにホテルの見取図を描きはじめた。バーには大きなカウンターがあり、フロアーのショーの舞台の周囲には有り合わせのテーブルや椅子《いす》が並んでいる。最大で、五〇人ほどが入れる広さだという。

　カウンターの裏がキッチンになっていて、廊下を進むと浴室と露天風呂がある。二階以上は客室だが、一番奥がカジノルーム。他はすべて和室の客室で、三階まで含めるとやはり五〇人ほどが寝泊まりできる。だが客室は、半分も埋まることはない。それ以外に三階にはセルゲイの個室や、従業員たちの部屋もある。

「詳しいんだな」

　神山がいった。マリアが溜息をつき、ペンを置いた。

「私はあの店に、五年もいたの。どんな生活をしていたか、想像がつくでしょう。それよりもあなた、あのホテルを調べるつもりなの……」

「そうだ。三日後に、ロシアの中古車運搬船が東港に入るらしい。そうしたら、客を装ってバーに行ってみようかと思っている」

「あのホテルは、危険よ……」

「わかっている」

　だがあのホテルには、何かがある。

「私は、行かない……」

　マリアが神山から視線を逸らした。何かに、怯えるように。

「君は行かなくていい。連れてはいけない」

　マリアがかすかに震える手で、ワインを飲んだ。

「私のところに、ちゃんと帰ってくるよね……」

マリアが、小さな声でいった。

7

大河原誠が、おかしそうに笑った。

こうしていると、いかにもという好々爺《こうこうや》にしか見えないが、これほど腹黒い狸もいない。いつか狸汁にしてやりたいところだが、とても食えた代物《しろもの》ではないだろう。

「なぜ、マリアのことを隠していた」

ホテルのティールームでコーヒーを飲みながら、神山がいった。

「仕方なかろう。私だって弁護士なんだ。マリアは以前、私の依頼人だったんだから、彼女に対する守秘義務というものがある」

また〝守秘義務〟か。

「最初から、仕組んでたんだろう」

「まあ、良いではないか。自分だって楽しんだだろう。それにしてもあの女をモノにするとは、大したものだ。マリアも悪い娘ではない。可愛《かわい》がってやりなさい」

「冗談じゃないぜ……」

神山がいうと、大河原がまた愉快《ゆかい》そうに笑った。

「それで、調査の方はどのくらい進んだのかね。越後新聞の池田正彦にはもう会ったのか」

大河原が紅茶をすすりながら、おっとりといった。

「会ったよ。あの男は〝壊れてる〟な」

「ほう……。なぜそう思う」

わかっているくせに、喰えない爺だ。

「あの男は競馬か競輪で人生に穴を空けている。あんたが小遣いを渡しておれと話をするように仕向けたんだろう」

大河原が、笑いながら頷く。

「さすがだな。あの男は競馬だよ。他には」

神山はもうひとつ、池田について新たに気付いたことがあった。

「池田は、クスリをやっているはずだ。それも、おそらく覚醒剤だ」

「ほう……」

大河原が初めて、ちょっと驚いたような顔をした。

考えなくてもわかる。神山と会った時の、池田のあの落ち着きのなさと怯え方は異常だった。薬物中毒者の特徴だ。それに池田は、マリアのことを知っていた。マリアも、池田から何を聞いたのかと気にしていた。つまり池田は、あのホテル・イシャエヴに何らかの理由で出入りしていたことになる。だとすれば、競馬で人生を狂わすような意志の弱い人間がクスリに手を出さないわけがない。

「マリアもそうだし、あの男もそうか。今回の件の裏にロシアコネクションの覚醒剤が絡んでいるとなると、厄介《やっかい》だな……」

大河原が腕を組み、首を傾げて考え込む。だが、本当にこの男が覚醒剤のことを知らなかったのかどうか。怪しいものだが。

「聖籠町の〝ホテル・イシャエヴ〟という店は知ってるか。東港に入港するロシア船の船員たちの溜り場らしい」

神山が訊いた。

「ああ、知っとるよ。マリアがいた店だろう」

「いったいあのホテルは、何なんだ。ただのホテルやバーではないだろう」

「まあバーというか、裏カジノというか、売春宿というか……」

〝売春宿〟と口に出してしまい、大河原は一瞬、しまったという顔をした。別に、気にすることはない。マリアがあのホテルで何をやっていたかは、もう池田や本人からほとんど聞いて知っている。

「あのホテルは、治外法権らしいな。所轄の警察も手を出せない。なぜなんだ」

「確かに、そんな噂はあるが……。理由は知らんよ」

「あのホテルのオーナーの、セルゲイ・イシャエヴという男は知っているか」

「よくは知らん。マリアから聞いたこともあるような気はするが……」

「マリアがいってたんだ。そのイシャエヴという男は、ロシア総領事館の外交官かもしれない。昨日、ホテルに行ってみたんだが、駐車場に外交官ナンバーの白いキャデラックが駐まっていた」

そう……白いキャデラックだった。

乙川麻利子は殺された二年前の夜に、新潟東港の現場から〈――後ろの白い車に乗ってるの、五十嵐君？――〉というメールを送信していた。

もちろん白い車など、この世に何台も存在する。その時の白い車は、すでに廃車にされたかロシアに売られてしまったかもしれない。だが、二年前のあの日、犯人が白い車に乗っていたことは確かだ。

「しかしなあ。そのイシャエヴがロシアの総領事館員だとしても、乙川麻利子の一件に関係があるかどうかは……」

大河原が初めて、困惑したような表情を見せた。

「関係があるかどうかはわからない。しかし、マリアの本名も〝乙川麻利子〟というそうじゃないか。しかもマリアは、殺された乙川麻利子が自分の身代りになったと信じている」

「それも聞いたのか……」

大河原の顔の皺《しわ》が、さらに深くなった。

「あんた、本当は知っているんじゃないのか。乙川麻利子が、マリアの身代りになった理由を」

「いや、私は知らんよ。あの子……マリアは私にも、そのあたりのことは話さんのだよ……」

「だったら、あのホテルを調べてみるしかないだろう」

「まさか、一人で乗り込むつもりじゃないだろうな」

「いや、そのつもりだ」

神山は冷めたコーヒーを飲み干し、席を立った。

8

二日後――。

新潟東港にロシア船籍の自動車運搬船が入港した。

神山は東港の材木埠頭《ふとう》の岸壁に車を駐め、遥《はる》か彼方《かなた》の対岸の通称〝中古車埠頭〟と呼ばれるターミナルを見守っていた。

双眼鏡のレンズの中に、無数の中古車が並んでいるのが見えた。曇り空に聳《そび》えるガントリークレーンの手前に、錆《さ》び付いた、黒い鉄の塊《かたまり》のような巨大な貨物船が碇泊《ていはく》していた。神山は双眼鏡のレンズの焦点を、その貨物船船首に合わせた。

『RYBINSK』――。

船腹に、そう書かれていた。それが船名らしい。

「あの船を知っているか」

神山が、助手席に座っているマリアに訊いた。マリアが双眼鏡を受け取り、船を見た。

「リビンスク……。知ってるわ……」

「どういう意味だ」

「ボルガ川の支流の湖の名前よ。船だけじゃなくて、あの船に乗っている船員も何人か知っているわ……」

マリアはそういって双眼鏡を神山に返し、悍《おぞま》しいものから顔を背《そむ》けるように目を逸らした。

神山はもう一度、双眼鏡を船に向けた。大きさは二万トンくらいだろうか。見るからに、老朽《ろうきゅう》船だ。おそらくロシア西側のボルガ川水系で貨物船として使い古された船が、極東のウラジオストクと日本を行き来する中古車運搬船として再利用されている。そんなところだ。

中古車を最大限に積み込むための殺風景な甲板には、赤い巨大なコンテナが二つ積まれていた。その周囲には、船員らしき人影も見える。だが、距離が遠すぎて、顔はわからない。

「よし、一度ホテルに戻ろう」

神山はポルシェのギアを入れ、材木埠頭から走り去った。

新潟市内に戻り、東大通の『旬彩庵《しゅんさいあん》』という店で〝へぎ蕎麦《そば》〟の遅い昼食を摂《と》った。何か事に臨《のぞ》む時には、食事は軽い方がいい。カロリーの高いものを食べすぎると、人間は体の俊敏《しゅんびん》さを失い、頭の働きも鈍くなる。

ホテルに戻り、聖籠町に向かうために着替えた。ジーンズにスウェット。その上にいつものL2フライトジャケットを着込み、頭にニットの帽子を被る。これでロシア人の船員になりきるつもりはないが、日本人の中古車ブローカーくらいには見えるかもしれない。

マリアはもちろん、置いていく。だがマリアは出掛けようとする神山を、あらゆる手を使って止めた。

「行かないで……」

神山の前に、立ち塞がる。

「なぜ、止めるんだ」

「あのホテルは、危険よ。何が起きるか、わからないわ……」

「それなら君は、なぜそんな場所に五年もいたんだ」

「パパに会いたかったからよ。あそこにいれば、いつかパパに会えると思ったから……」

神山を見つめる目から、涙がこぼれ落ちた。

「だめだ。あのホテルを調べなくては、今度の事件は解決しない」

「それなら、私も一緒に行く。私も連れていって」

「それも、だめだ。自分であのホテルには行かないといっていただろう」

マリアが、服を脱ぎはじめた。裸で神山にしがみつき、唇を吸った。

「もしあなたが一人で行くなら、私、浮気するから。今夜、街で誰か男を拾って、その人と寝るから……」

「好きにしろよ」

神山はマリアを突き放し、部屋を後にした。

地下駐車場から外に出て、市街地の狭い道を走り抜けた。ティプトロニックでポルシェのギアをシフトアップし、萬代橋で信濃川を渡る。空の雲が、どんよりと厚い。今夜も天気が崩れそうだ。

その時、唐突に、会津の池野弘子の顔が頭に浮かんだ。

——もう二度とあんたに会えないような気がするの——。

まるで昨日のことのように、彼女の声が耳に蘇《よみがえ》った。

だが神山は、ふと口元に笑いを浮かべた。馬鹿ばかしい。女のそんな言葉をいちいち気にしていたら、私立探偵などという稼業はやっていられない。

国道一一三号線で東港を抜け、聖籠町へ入る。考えてみれば乙川麻利子が殺された東港四丁目の現場と聖籠町は、新発田川をはさんで目と鼻の先だ。『ホテル・イシャエヴ』とも、直線距離で四キロも離れてはいない。

神山はまず、中古車店が集まるあたりに寄ってみた。三日前に来た時と、雰囲気が違った。東港に運搬船が入港しているせいか、どことなく活気がある。

どの店の店先でも、ロシア人の船員や中古車のバイヤーらしき男を見かけた。買い付ける車を物色しているらしい。時には商談がまとまった中古車を、積載車に積み込む光景にも出会った。

ヘイサムというパキスタン人の店の前も通った。やはりロシア人らしき客が二人いて、展示してある車の前で立ち話をしていた。神山のポルシェに気付き、目が合うと、さりげなく笑顔を見せた。

確かに東港周辺の中古車の商売は、ひと昔前のように景気は良くないのかもしれない。閉まっている店の方が多いことは事実だ。だが、大きな船が入港すれば、まったく売れないというわけではないようだ。

しばらくして、面白いものを見かけた。例の『ホテル・イシャエヴ』の、トップレスのイラストの入ったマイクロバスだ。バスは日本人らしき男が運転し、客席に一〇人ほどのロシア人を乗せていた。ホテルに行くのかと思ったが、違った。神山のポルシェとすれ違い、バックミラーで見ていると、そのまま近くの中古車店に入っていった。

神山は路肩に車を停め、事の成行《なりゆ》きを見守った。マイクロバスのドアが開き、ロシア人らしき男が二人だけ降りてきた。出迎えたパキスタン人らしき男と握手し、話しはじめた。だがバスはドアを閉じ、他のロシア人の客を乗せたまま店を出て走り去った。

なるほど、そういうことか。この辺りの中古車店とロシア人のバイヤー、そしてあの奇妙なホテルの関係が少しずつ読めてきた。『ホテル・イシャエヴ』は、ロシア人を遊ばせるためのただの溜り場ではない。大きな船が入れば土地鑑のないロシア人たちを東港の外の中古車店に案内し、車を買わせる。当然、パキスタン人からもマージンを取る。商談が終わったらまたロシア人を集めて回り、あのホテルに連れて行く。そしてさらに金を搾《しぼ》り取る。

ホテルのバーの酒と女、ギャンブル、ロシア人の買った中古車のマージンに、おそらく覚醒剤もだ……。

よくできたシステムだ。日本の新潟東港周辺という小さなエリアで、ロシア人が関連するすべての要素から利益が上がる。その金が、ロシア人同士の中で回っている。

だがあのマイクロバスの運転手は、日本人だった……。

これはあくまでも、神山の想像だ。もしそのロシア人のシステムの中に、日本人が入り込む余地があるとしたら。もしあの五十嵐佳吾や、彼が〝先輩〟と呼ぶ男も関係していたとしたら。いったい、どのような役割だったのか……。

日が落ちる頃になって、小雨が降りはじめた。神山は暗くなるのを待って、『ホテル・イシャエヴ』に向かった。

ここも昼間に見た時とは、まったく別の場所のように変わっていた。悪趣味な赤い看板はスポットライトで照らされ、入口の輪郭《りんかく》はクリスマスのイルミネーション用のライトの光で飾られていた。ドアの周囲には、何人かのロシア人が屯している。安物のドレスを着た女の姿も見える。敷地の中には何台か車が駐まり、暗がりでもビールやタバコを手にした男たちの目が光っていた。

神山はポルシェの速度を落とし、ホテルの様子を探りながらゆっくりとその前を通り過ぎた。ドアの周囲にいた男たちが、怪訝そうにこちらを見ている。ホテルの周囲には、斜《なな》め向かいに居酒屋のような店が一軒。その先に、スナックが一軒。いずれも看板に火が入り、日本語の他にアルファベットやキリル文字で店名が書いてある。

それ以外の店には、シャッターが閉まっていた。窓に明かりも見えないし、人の気配もない。この一角は、まるでゴーストタウンのようだ。

神山はホテルを過ぎてからしばらく進み、潰れたガソリンスタンドを見つけてポルシェを入れた。エンジンを切り、ライトを消す。周囲が闇に包まれ、すべての風景が消えた。

車を降り、神山はゆっくりとした足取りでホテルの方に戻った。小雨がいつの間にか、
霧に変わっていた。五〇メートルほど先に、ホテルやスナックの明かりがぼんやりと浮かんでいる。

神山はまるで泊まり客のように、さりげない様子を装いながらホテルの敷地に入っていった。気が付かずに仲間と話している者もいたし、物珍しそうに神山の顔を見ている奴もいた。入口の低い階段を上り、ホテルに入ろうとしたところでロシア人の男に止められた。

スーツを着て髪をオールバックに固めていたために最初はわからなかったが、よく見ると三日前に会った白熊のような大男だった。名前は、ユーリ・グラズノフ。この店の用心棒だ。

「ここは、ロシア人だけね。会員制クラブ、わかりますね。日本人、紹介ないと入れません」

神山の前に立ち塞がり、ユーリがいった。こんな崩れかけた廃墟《はいきょ》のようなホテルが会員制で、紹介者がいないと入れないほど高級クラブだとは思ってもみなかった。だがロシア人には、日本人の顔は覚えにくい。ユーリは暗がりで神山を見ても、三日前にここに訪ね

てきた男だとは気付いていないようだった。

「グラズノフさん、おれのこと忘れちまったのかい」

神山が笑顔でいった。

いきなり名前を呼ばれ、ユーリが驚いたような顔をした。

「あなた、誰ですか……」

「ああ、タナカだよ」ロシア人だって長年日本にいれば、一人や二人は〝タナカ〟という男を知っているだろう。「前によく、池田という日本人と来てたじゃないか。セルゲイ・イシャエヴさんは元気かい」

このホテルに出入りしているはずの二人の名前を、適当に並べてみた。駄目ならだめで、その時はその時だ。だが、最初は訝《いぶか》しげに神山を見ていたユーリが、急に顔に愛想笑いを浮かべた。

「おお、タナカさんね。よく覚えてます。池田さんの友達。しばらく振りね」

そうくると思った。

「もう二年振り以上だよ。グラズノフさんは元気そうだね。マリアはどうしてる」

「はい、マリア……。残念です。彼女は、もう辞めてしまいました。でも、他にいい娘いっぱいいます。楽しんでください」

「そうさせてもらうよ」

ユーリに手を振り、入口から入った。神山は歩きながら、胸を撫《な》で下ろした。フロアーにも、何人かのロシア人がいた。パキスタン人らしき男もいる。マリアがこのホテルの間取りの見取図を描いてくれたおかげで、中の様子はだいたいわかっていた。入口から入って正面に、キャッシャーの小さなカウンターがひとつ。中に、グレーのスーツを着た小柄なロシア人風の男が一人。神山はその前を通り、左手の通路へと向かった。

どこからか、強いビートのロックのリズムが聞こえてきた。その音楽に誘われるように、暗く、黴臭《かび》い廊下を奥へと進む。壁はすべて黒く塗られ、やはりクリスマス用のライトが点滅していた。

しばらく進むと壁の右手に、〝BAR〟と書かれた赤いネオン管の看板が下がっていた。その下に、タキシードを着た日本人らしき若い男が一人。神山が歩み寄ると一礼し、重そうな木のドアを引いた。

ロックのリズムが、暴発するように全身に向かってきた。広大な闇の空間に、スポットライトやミラーボールの光が交錯する。肌を逆撫《さかな》でされる熱気で、自分の顔が一瞬で紅潮したような錯覚があった。

目が馴《な》れるのを待って、神山はその仮想的な空間に足を踏み出した。右手に、大きなカウンターがある。その中にも日本人らしきバーテンダーが一人。左手の奥には一段高くなったステージがあり、Tバック一枚のロシア人の女が金髪を振り乱しながらフラッシュライトを浴びて踊《おど》り狂っていた。

すべて、マリアが描いた見取図のとおりだった。客席はカウンターのスツールが約一〇脚。フロアーにテーブル席が八つ。その他にステージを見下ろすように、一段高い位置にVIPルームのような個室が二つある。

客席は、半分ほどが埋まっていた。ほとんどがロシア人だが、中国人やパキスタン人らしき客もいる。他に、ミニのドレスやタンクトップを着た女が七〜八人いた。白人と東洋系が半々くらいだ。まだ早い時間なのにロシア人らしき客の膝の上に乗り、タンクトップを首までめくり上げている女もいる。

ある程度周囲の様子を把握《はあく》したところで、神山はカウンターの隅の席に座った。他にカウンターの客は、東洋系の店の女を抱えてウォッカを飲んでいるロシア人の太った男だけだ。座るとすぐに、若いバーテンが神山の前に立った。

「飲み物は何にします」

男が、正常な日本語でいった。やはりこの男は、日本人らしい。

「ビールを——」

「アサヒとハイネケン、どっちがいいですか」

「ハイネケンを……」

しばらくすると男がグラスとハイネケンのボトルを神山の前に置いた。

「一〇〇〇円です」

キャッシュ・オン・デリバリーらしい。それにしても、ずい分、高いビールだ。もっともこの店では、ロシア人と日本人とでは値段が違うのかもしれないが。カウンターのロシア人の客は、ウォッカのグラスの横に一ドル札を何枚か重ねている。だが神山は、黙って千円札を差し出した。

ビールをグラスに半分ほど注ぎ、口を付ける。だが、飲む振りをするだけだ。今日は、あまり飲まない方がいい。

グラスを手にしたまま、また背後の店内を見渡した。新しいロシア人風の客が二人、店に入ってきた。ストリッパーがステージに客を上げ、男のベルトに挟んだドル札を踊りながら口で銜《くわ》え取る卑猥《ひわい》なゲームをはじめた。

ふと、カウンターの反対側に立っていた東洋系の女と目が合った。タイ人か。それとも、フィリピン人か。女は神山に微笑み、ゆっくりと歩いてきた。

「一人ですか」

女が日本語で訊いた。

「そうだ。一人だ」

「私も、何か飲んでいいですか」

女がそういって、神山の横に座った。

9

神山がバーテンを呼ぶと、女は〝カクテル〟を注文した。マティニでも、ジントニックでも、ギムレットでもないただの〝カクテル〟だ。しばらくしてバーテンがカウンターの上に置いたのは、氷の中でピンク色の液体が泡立つ奇妙な飲み物だった。おそらくアルコールなどは、ほとんど入っていないにちがいない。それでもバーテンは、神山がカウンターに積んだ札の中から千円札を一枚抜いて持っていった。

「名前は」

ビールを飲む振りをしながら、神山が女に訊いた。

「ジャンナ……」

女がぎこちなく微笑み、答える。

典型的な、ロシア人の名前だった。だが目の前にいる淡い褐色《かっしょく》の肌をしたブルネットの女は、どう見ても〝ジャンナ〟には見えなかった。小柄で、この店の他の女に比べれば目立たないが、東洋系ならではのエキゾチックな肌理《きめ》の細かさがあった。

「ロシア人じゃないだろう。どこから来たんだ」

女がふと目を逸らし、頷く。

「タイランド……」

やはり、そうか。

「なぜ新潟に」

「私、富山にいました。ロシア人のクルーマン、恋人……。でも新潟で、バイバイね……」

片言の日本語だが、話は通じた。おそらく何らかの理由で日本に出稼《でかせ》ぎにきて、富山で働いていた。そこでロシア人の恋人ができ、新潟まで追ってきたが、その男はいなくなってしまった。もしかしたら、このホテルに売られたのかもしれない。どうせ、そんなところだろう。

「君の本名は」

神山が訊いた。だが女は、首を傾げた。

「ホンミョウ?」

「君の、本当の名前だ。タイランドの」

女が、はにかむようにいった。

「サラポーン……」

「〝ポーン〟というのは〝幸せ〟という意味だろう」

どこかでそんなことを聞いた覚えがある。

「ポーン……そう、幸せ。でも私、幸せじゃない……」

女が少し悲しそうに笑った。

しばらくは、女の身の上話に耳を傾けた。それが場末《ばすえ》の酒場で知り合った男と女の、万国共通のコミュニケーションの基本だ。だが女のタイ人独特の柔らかな、それでいてどこか憂《うれ》いを含むか細い声は激しいロックのリズムに掻《か》き消されていく。

振り返るとステージの金髪の女が、Tバックを脱ぎ捨てて全裸で体をくねらせていた。客の数も、女の数も増えてきている。カウンターの中のバーテンは、いつの間にか二人になっていた。

「ロシアの女の人がいいですか」

ステージの金髪のストリッパーを見つめる神山に、サラポーンが心配そうに訊いた。

「いや、そうじゃないんだ。実は、君に訊きたいことがある。この店には、ロシア人以外の客もよく来るのか」

「時々、来ます……。日本人……パキスタン人……中国人……インド人……。どうしてですか」

そろそろ、仕事をはじめなくてはならない。

「実は、人を探している。日本人だ。池田という男を知らないか」

まずは、池田の名前を出してみた。

「イケダ……知ってる。眼鏡を掛けた人。ニュースペーパーの社長さんでしょう」

どうやらここでは、池田は新聞社の社長ということになっているらしい。だが、『越後新聞』の記者の池田正彦に間違いないようだ。やはりあの男は、このホテルの客だった。

「巴田野という男は。やはり、日本人だ」

だが〝巴田野〟という名前を聞くと、サラポーンの表情が一瞬、曇った。そしてカウンターの中のバーテンや、背後をさりげなく気にした。

ちょうどその時、激しいロックのリズムが途切れた。店内の照明が落ち、暗いムーンライトに切り換わる。静かな、スローテンポの曲が流れる。チークタイムだ。ボックス席からロシア人の客たちが、女の手を引いてダンスフロアーに向かう。

サラポーンが、それを待っていたように神山に体を寄せた。顔を、耳元に近付ける。耳に息が掛かるほどの距離から、いった。

「ここ、話せません。私とあなた、ダンスする。そこで話する……」

どうやら〝巴田野〟という男の名前は、このホテルでは気安く口に出してはまずいらしい。だんだん、事情が呑《の》み込めてきた。神山はカウンターのスツールからサラポーンを立たせ、細く引き締まった腰を抱いてフロアーに向かった。

ロシア人たちにまざり、踊りはじめた。サラポーンと、体を寄せ合う。南国のアジアの女特有の、蜂蜜《はちみつ》と花の香りを混ぜたような甘い匂いが鼻をくすぐった。

「なぜ、巴田野という人のことを訊きますか……」

サラポーンが、神山の胸に顔を埋《うず》める。

「友達なんだ。ここに来れば、会えると聞いた」

だがサラポーンは、神山の腕の中で首を横に振った。

「それ、嘘《うそ》です……」

神山はサラポーンのそのひと言で、事情を察した。このホテルに、巴田野という〝客〟はいない。もしかしたら巴田野は、この店の〝店員〟なのかもしれない。バーに入る時に入口で一人。カウンターの中にバーテンが一人。このホテルの中で、日本人の店員を二人見かけている。神山はすでに、巴田野義則と顔を合わせているのかもしれない。

「実は、巴田野という男の顔を知らないんだ」神山は、サラポーンに話を合わせた。「友達に聞いてきたんだ。この店で巴田野という男に頼めば、いい〝クスリ〟を売ってもらえるってね」

もちろん、ブラフだ。だが、巴田野と何らかの〝クスリ〟を結びつけて考えることは、けっして間違いではないはずだ。予想したとおり、サラポーンの反応があった。

「クスリ……何が欲しいですか。マリファナ？　スピード（覚醒剤）？」

「スピードだ」

サラポーンが、胸に顔を埋めて頷く。

「わかりました。後で私、訊きます。その後で、あなたは私を買います。店に払うお金、二万円。だいじょうぶですか」

どういう意味だろう。二万円で、自分と遊ぼうということか。

「君を買うと、どうなるんだ」

神山が訊いた。

サラポーンは背伸びをし、唇を吸った。神山の手を取り、それを短いスカートの中に導く。下着は着けていない。

「朝まで、私と一緒。お風呂に行く、部屋に行く、だいじょうぶね。私、何でもします……」

なるほど。そういうことか。周囲を見ると、どのカップルも同じようなことをやっていた。隣のロシア人の太った男は、自分の性器を女に触らせている。どうやらこの店のチークタイムは、女の営業タイムでもあるらしい。

だが、どんなことをしてでも覚醒剤を手に入れることが先決だ。絶対的な物証を県警か厚生労働省の麻薬取締部に持ち込めば、いくらこのホテルの持ち主がロシア総領事館員でも動かないわけにはいかなくなるだろう。

「わかった。君を買おう」

「うれしい……」

サラポーンがまた背伸びをして、神山の唇を吸った。

チークタイムが終わり、またビートの強いロックのリズムが鳴った。青く暗いムーンライトが、強烈なスポットとフラッシュライトに変わった。その眩《まぶ》しい光の中に、また別の金髪の女が狂ったように飛び出してきて踊りだした。

神山はサラポーンを連れて、元のカウンターの席に戻った。先程のビールとカクテルは、すでに片付けられていた。仕方なくまたハイネケンとカクテルを注文した。ただカウンターに飾っておくためだけに千円札が飛んでいくのは、あまり歓迎できないシステムだ。

「あなた、ここで待ちます。私、クスリのこと訊きます。すぐ戻ります」

サラポーンがカクテルをひと口飲み、スツールから立った。入口の方に向かい、カウンター越しにバーテンの日本人の男と何か言葉を交《か》わした。だが、大音量のロックの音で神山には聞こえない。

バーテンが神山を見て、小さく頷く。あの男が、巴田野なのか。だが二年前からこの店でバーテンをやっていたとしたら、マリアは当然あの男を知っていたはずだ。だがマリアは、巴田野という男の名前は聞いたことはあるが、顔はわからないといっていた……。

サラポーンがバーテンに軽く手を上げ、カウンターの裏から店を出ていった。バーテンはまた何事もなかったかのように、フロアーの客から注文の入ったウォッカのオン・ザ・ロックスをグラスに注いだ。

神山は、しばらく待った。金髪のストリッパーが長いステージを終え、その後でフィリピン系のダンサーが出てきてポールダンスを踊りだした。いつの間にかフロアーは、客で、満員になっていた。

遅い……。

神山は、腕のGショックを見た。すでに、一〇時を過ぎていた。サラポーンが出て行ってから、三〇分以上が経っている。遅すぎる……。

ショータイムが終わり、フロアーが少し静かになった。背後を振り返り、店内の動きに気を配る。フロアーへの出入口は、全部で三カ所だ。客用の入口に、サラポーンが出て行ったカウンターの後ろの裏口。もう一カ所、ダンサーが出入りする楽屋口がある。

いまも客用の入口から、ロシア人らしき客が入ってきた。灰色の、仕立てのいいスーツを着ていた。痩身《そうしん》で、あまり背は高くない。年齢は、六〇歳を過ぎているだろう。金髪に、灰色の冷たい瞳。だが、どことなく威圧感のようなものがある。

男は、黒いドレスを着た女を連れていた。ブルネットの白人だ。歳は四〇くらいだが、見たこともないような美しい女だった。もう一人、その男と女を守るようにロシア人の大男が付き従っていた。

ユーリ・グラズノフ……。

三人はフロアーの背後を回り、VIPルームの方に向かっていく。そのひとつに入ろうとした時、ユーリが神山の方を指さし、金髪の男の耳元で何かを話し掛けた。

金髪の男が振り向き、神山を見た。だが、首を横に振り、VIPルームの個室のひとつに姿を消した。

神山は一連の様子から、その男がホテルのオーナーのセルゲイ・イシャエヴであることを察した。容姿も、マリアから聞いていた特徴と完全に一致している。おそらくグラズノフは神山を指さし、あの男を知っているかとイシャエヴに確認したのだろう。そしてイシャエヴは、首を横に振った。

しばらくして、グラズノフだけが個室から出てきた。だが神山の方は見ずにフロアーを横切り、入口から姿を消した。嫌な空気だった。

「ビールを新しいのに替えますか」

いつの間にか神山の前に、バーテンが立っていた。カウンターに飾ってあった神山のビールは完全に泡が消え、だが量はまったく減っていない。

「いや、いらない。もう帰るよ」

神山はバーテンの男にもう一枚、千円札をチップに渡し、席を立った。

ゆっくりとした足取りでバーを出たが、誰にも止められなかった。入口には来た時とは別のタキシードを着たロシア人が立っていて、神山に頭を下げた。暗い廊下を、出口へと戻る。ロビーに出た。何人かのロシア人らしき男たちが屯していたが、キャッシャーのカウンターの中には誰も立っていなかった。ユーリ・グラズノフの姿もない。

ホテルを出た。敷地内の駐車場の奥に、白いキャデラックが駐まっていた。神山はそれを横目で見ながら、暗い夜道に足を向けた。

背後に人の気配を感じ、振り返った。だが、誰もいない。

ただ秋霧の闇の中に、『HOTEL　ISHEV』と書かれたネオンがぼんやりと光っていた。

10

ホテルに近い居酒屋とスナックの二軒は、まだ店を開いていた。どちらの店の中からもロシア人の笑い声や、カラオケの音などが聞こえてくる。

だがその二軒の先には何もない。街灯も立っていない。道は完全に、足元も見えない漆黒の闇になる。

神山は、周囲の気配を探りながら歩いた。いつ、誰が、西側の廃屋《はいおく》の物陰から飛び出してきてもおかしくはなかった。ポケットを探ったが、いざという時に武器になるようなものは何も持っていなかった。

車を駐めた潰れたガソリンスタンドまでは、何事もなかった。ポルシェはまだ、そこにあった。暗がりでよくわからないが、異状はないようだった。周囲に、人の気配も感じられない。

神山はポケットからリモコンキーを出し、スイッチを押した。セキュリティーが解除されてハザードランプが光り、ロックが外れた。

やはり、異状はない……。

エンジンを掛け、ギアを入れた。ライトを点《つ》けたが、光の中にも人影はなかった。サイドブレーキを外し、道に出た。

ゴーストタウンの中を、ゆっくりと進む。間もなく、海沿いの道に出る。そう思った時に、横で何かが光った。

車だ。廃屋の陰の細い路地から旧型のZが出てきて、神山のポルシェの背後に回った。ライトをハイビームにして、ぴたりと付いてくる。運転手の顔は見えない。

糞、なめやがって……。

神山は、海の方向に走った。速度は上げない。ゆっくりと、だ。間もなく前方の霧の中に、海岸線の防風林の影が浮かび上がった。

走りながら、ティプトロニックのミッションをマニュアルにシフトした。ギアを、二速に落とす。海沿いの道に出た瞬間にステアリングを左に切り、同時にアクセルを床まで踏み込んだ。

三・四リッターのＶ６エンジンが唸《うな》り、四輪が悲鳴を上げた。ポルシェ・ＣＡＲＲＥＲＡ４は後輪を横に流しながら、ロケットのように加速していく。

神山はステアリングにカウンターを当て、車の体勢を修正した。さらにアクセルを踏みながら、バックミラーを見た。ハイビームの光が彼方に遠ざかっていた。だがエンジンを六〇〇〇回転まで回したところで三速にシフトアップし、逆にアクセルを少し緩めた。

Ｚが、バックミラーの中を加速してくる。必死に追いすがるように、距離を詰めてきた。神山は、またアクセルを踏んだ。荒れた路面で、後方のＺの光軸が上下に揺れた。

海沿いの長い直線の道が終わり、新潟東港の石油共同備蓄場に突き当たった。神山はフェンスの手前でフルブレーキングで速度を落とし、二速にシフトダウンして左に曲がった。四輪ドリフトで横になる車をカウンターで立て直し、加速する。Ｚはふらつき、道の反対側の金網にぶつかりそうになりながらもなんとか付いてくる。

それでいい。

少し、遊んでやろうじゃないか。

神山は、ナビのモニターを見ながら道を探した。港湾内の道は、間もなく国道一一三号線にぶつかる。見えた。信号は、赤だ。

瞬間的に、情況を判断した。深夜の片側二車線の国道に、だが車は少ない。左側から、大型のコンテナトレーラーが一台。それだけだ。

抜けられる――。

神山は、アクセルを踏みつけた。ステアリングを握り締め、赤信号の交差点に飛び込んだ。トレーラーの鼻先を掠《かす》めるように、ヘッドライトの光と交錯した。

耳を劈《つんざ》くように、クラクションの音が鳴った。一瞬、バックミラーを見た。交差点を、轟音《ごうおん》と共にトレーラーが走り抜けていく。その直後に、Zも交差点を越えた。

面白い。なかなかやるじゃないか――。

道はしばらく、工場と緑地の中を抜ける。ロシア人相手の中古車店が集まる辺りが近い。だが神山は狭い水路を渡って右折。さらにひとつ目の角を左折。頻繁に方向を変えながら、考えた。

Zは、ツーシーターだ。相手は、多くても二人だ。どこかで決着をつけなくてはならない。その前に人数と、誰が乗っているのかを確かめなくてはならない。

次の道にぶつかり、これも右折した。左側に運河、右に運転免許センターがある広い道だ。だが、この時間に他の車は一台も走っていない。

このまま行けば、また国道一一三号線にぶつかる。Zは、後方に付いてきている。ここしかない。そう思った。

神山は、タイミングを計《はか》った。いまだ。瞬間、ステアリングを右に切ると同時にサイドブレーキを引き、スピンターンでポルシェの方向を変えた。

Zが、神山の車の脇をすり抜けていった。その瞬間ハイビームにした光の中に、ステアリングにしがみつく男の顔が見えた。日本人の、若い男だ。しかも一人だった。

ふざけやがって――。

神山はギアを一速に落とし、今度はパワーターンでまた方向を変えた。全開で加速し、走り抜けていったZとの距離を詰める。追いつき、背後に迫り、ライトのパッシングとクラクションで威嚇《いかく》した。

一瞬で、追われる者と追う者の立場が逆転した。人間の心理は、不思議だ。相手が逃げれば追いたくなるし、逆に追われれば逃げたくなる。

相手はバックミラーを見ながら、背後の神山をしきりに気にしている。懸命に、逃げる。立場の逆転は、心理の逆転を意味する。その好例だ。

Zは国道に出ると、それを左折した。今度は、信号は青だった。運のいい奴だ。そしてまた加速して、逃げる。

神山はZの背後から、ナンバーを確認しようと試みた。だがナンバーは上に曲げられていて、読めない。もし確認できたとしても、あの車は明日には解体されて部品として船に積み込まれているだろう。やはり、今日じゅうに捕まえておいた方がいい。あの男ならば少しばかり痛めつけてやれば、何かを吐くかもしれない。

Zは、逃げ続ける。国道を右折し、すぐにまた右に曲がって港湾部に入っていく。神山を振り切ろうと、必死だ。運転の乱れから、それが手に取るようにわかる。

だが、逃げ切るのは無理だ。車の性能も、腕も違いすぎる。神山は玩《もてあそ》ぶようにZを追った。そのうち、放っておいても相手がどこかでミスを犯すだろう。

Zはまた国道に出て、それを右に曲がった。同じ所を、ぐるぐると回っている。かなり焦《あせ》っているようだ。だが、今度は先程の道を曲がらずに、新発田川を越える橋を渡った。

新潟市内に向かう気なのか……。

そのまましばらく、広大な国道を追った。コンテナを積んだトレーラーの間を、ぎりぎりで躱《かわ》しながら暴走する。だがZは、次の信号で狙いすますように東港の材木埠頭の方向に右折した。

神山も、続いた。ここは、よく知っている。二年前に乙川麻利子が殺された、正にその場所だった。偶然のわけがない……。

Zは次の角をまた右に曲がった。思ったとおり、殺人現場へと向かっている。神山は、ナビのモニターで確認した。この先は、埠頭の岸壁で行き止まりになっている。奴は、袋の鼠《ねずみ》だ。

先を行くZが、速度を緩めた。左手は漁港。右手には金網が続き、中にロシアから輸入された材木が山のように積まれている。

突き当たりまで進み、Zが海の手前で停まった。神山は二〇メートルほど離れてポルシェを横に向け、相手の逃げ道を塞いだ。Zから、男が両手を挙げて降りてきた。ホテルのバーの入口に立っていた、若い日本人だ。だがいまは、あの安物のタキシードは着ていない。

神山も、ポルシェを降りた。男に、歩み寄る。だが、その時だった。背後に強い光を感じた。

振り返った。車だ。ハイビームにした二台の車が並走し、道をゆっくりと進んでくる。どうやら追い詰められたのは、自分の方らしい。

神山はハイビームの眩しい光を受けながら、成行きを見守った。二台の車が、神山のポルシェの手前で停まった。そのうちの一台は、白いキャデラックだった。

二台の車の、ドアが開いた。五人の男たちが、一斉に降りてきた。その中の一人は、体格でグラズノフであることがわかった。だが他の男は、二台の車のライトが逆光になっていて見えない。

男たちに、囲まれた。近くに来て初めて、その中の一人が日本人であることがわかった。だが、見たことのない男だった。

「あんたが巴田野義則か」

神山が訊いた。だが男は何もいわずに、笑っている。

横にいた小柄なロシア人――キャッシャーに立っていた男だ――が神山に銃を向けた。

ロシア製の、使い込まれたトカレフTT―33だった。まるで安物のギャング映画のワンシーンだ。

神山はポケットからラッキーストライクの箱を出し、口に一本銜えた。死刑囚でも、人生の最後に一服するくらいの権利は与えられる。

ジッポーに火を灯した。その時、何の前触れもなく背後から後頭部に衝撃を受けた。

目蓋《まぶた》の中に火花が飛び、意識が落ちた。

第三章　処刑

1

人間は、死ねば天国に召《め》されるものだと信じていた。

だが、意識が戻ると、そこは地獄だった。高校生の時に隠れてタバコを吸ったり酒を飲んだりした以外は、それほど悪いことをした覚えはなかったのだが。

神山は、朦朧《もうろう》とした意識の中で自分の情況を確認した。

自分はいま、服を何も着ていない。素っ裸で、冷たいコンクリートの床にころがっている。踏みつけられた芋虫《いもむし》のように身動きできないのは、手足を粘着テープで縛《しば》られているからだ。

目の前の床に血溜《ちだ》まりが広がり、それが自分のものであることは何となくわかる。頭が割れるように痛んだ。新潟東港での出来事を、少しずつ思い出してきた。誰かに頭を強く殴《なぐ》られ、しばらく気を失っていたらしい。それからどのくらい時間が経過したのかは、わからない。

神山は視線を動かせる範囲だけ、周囲を見渡した。コンクリートのそれほど広くない部屋で、窓はない。辺りには段ボールやウォッカのケースが積まれている。どこかの倉庫のような場所らしい。

だが、明かりは灯《とも》っていた。ストーブを焚《た》いているのか、それほど寒さも感じない。どこからか、ロシア語らしい話し声や笑い声も聞こえてくる。

神山は、試しに体を動かしてみた。頭以外は、それほどやられていないらしい。何とか、動かせる。思い切って、寝返りを打った。思わず、呻《うめ》き声が出た。

ぼやけた視界の中に、何かが見えた。古いソファーとテーブル、その周りに置かれた椅子《い》子《す》の脚だった。合間に、何足もの汚れた靴も見えた。

神山は、視線を動かして見上げた。何人かのロシア人と日本人らしき男たちが、テーブルに集まり酒を飲んでいた。タバコを吸い、神山を指さして笑う。だが、ロシア語なので何をいっているのかわからない。

何人いるのか、人数を数えた。だが、頭がぼやけていてわからない。そのうち日本人の男が一人、椅子から立った。東港で初めて会った、あの男だ。男はタバコを銜《くわ》えたまま、笑いながら神山の方に歩いてきた。

男が神山の前に、腰を落とした。神山の髪を摑《つか》み、首をねじ曲げられた。頭に激痛が疾《はし》った。

神山の顔にタバコの煙を吹きつけ、いった。

「私立探偵の神山健介さんか。福島の白河からこの新潟まで、御苦労様だったな」

神山は、口元を歪《ゆが》めて笑った。いまさら身元を隠しても無駄だ。持っていたｉＰｈｏｎ

eには、神山のプロフィールが入っている。

男が続けた。

「何を嗅《か》ぎ回ってんだ。探偵さんよ。正直にいってみな」

「お前の……知ったことか……」

神山がいった。男が銜えていたタバコを指に持ち、それを無造作に神山の胸に押しつけた。悲鳴は上げなかった。だが体が痙攣《けいれん》し、思わず声が洩《も》れた。この様子を見て、ロシア人たちが腹を抱えて笑っている。

おかげで、頭が少しはっきりしてきた。

日本人が二人に、ロシア人が三人。大男のグラズノフの姿は見えないが、あのトカレフを持っていたチビの姿はあった。

今度は、そのチビが歩いてきた。ポケットからバタフライナイフを出し、手の中で器用に回転させて刃を起こした。どうやらこの男は、武器オタクらしい。

「ちゃんと話せよ」日本人の男がいった。「どうせ殺されるにしても、あまりひどい死に方はしたくないだろう」

ロシア人のチビが、ナイフの刃を神山のペニスに当てた。この男なら、本当にやるだろう。

「もう一度、訊《き》く。何を嗅ぎ回っているんだ」

「日本人……。歳は、四〇くらいだ……。名前はわからないが、おそらく〝その道〟の人間だ……」

口から出まかせだった。だが日本人の男は、その話に乗ってきた。

「相手は、ヤクザか」

「そうだ……。福島の、組関係者の知り合いに紹介された……」

「何という組の何という男だ」

「喜多方《きたかた》の〝三輝《さんき》興業〟という会社の、大江清信《おおえきよのぶ》という男だ……」

神山は実在する社名と男の名前を出した。何年か前に、部下と共に神山を痛めつけてくれた男だ。だがその後、大江は神山に睾丸《こうがん》を蹴り潰《つぶ》され、いまは一五年の刑で収監されている。

「その男は、乙川麻利子の何を調べろといっていた」

「……彼女が……なぜ殺されたのか……。誰が……殺したのか……」

日本人の男が、口元を歪めて笑った。

「あの女を殺したのは、五十嵐だよ。それで奴は逃げている。そうだろう」

「……違う……。五十嵐は、もう死んでいる……」

「五十嵐じゃなければ、誰が乙川麻利子を殺《や》ったんだと思う」

男がいった。

「お前らだろう……。おれを待ち伏せした、東港のあの場所で……。五十嵐もだ……」

男が、また笑った。否定はしなかった。つまり、神山も本気で殺すつもりだということだ。

「まあ、そんなことはどうでもいいさ。その依頼人は、他のことも調べろといわなかったか」

「何のことだ……」

「白を切るなよ、こら」男が神山の髪を摑み、揺すった。頭に、激痛が疾った。「何かを探せといわれただろう。いえよ」

何かを探せ？

いったい、何のことだ？

だが、意外な展開だった。神山は、話を合わせることにした。

「いわれた……。その男は……何かを探している……」

「何を探せといわれた」

男が神山の顔を上に向け、正面から見据えた。嫌な顔をした男だ。もし殺される前にこの男の顔を好きなだけ殴らせてもらえるなら、今度こそ禁煙すると神に誓《ちか》ってもいい。

「〝ブツ〟は……わからない……。しかし……セルゲイ・イシャエヴか……新潟西部署の金安浩明という刑事の周辺を探れといわれた……」

口から出まかせだった。どうせ殺されるなら、混乱させてやる。だが、予想以上の反応があった。

日本人の男がいきなり立ち上がり、ロシア人のチビと何かを話した。二人で、他の仲間がいる場所に戻った。

五人でしばらく、小声で何かを話し合っていた。日本語とロシア語が交雑しているようだが、聞き取れなかった。そのうち日本人の若い男が席を立ち、部屋を出ていった。

ドアが開いた時、ここがどこだかがわかった。おそらく『ホテル・イシャエヴ』の、倉庫か何かだ。バーで流れていた騒がしいロックが、遠くから聞こえてきた。

しばらくして、若い日本人の男が戻ってきた。今度は、大男のグラズノフが一緒だった。神山を一瞥《いちべつ》し、六人で相談が始まった。

どうやら何か、問題が起きているらしい。イシャエヴの名前を出したからなのか。それとも金安の方なのか。いずれにしても、面白い。神山は呻きながら、腹の中で笑った。

だいぶ待たされた後で、先程の嫌な顔をした日本人が戻ってきた。いきなり、腹を蹴り上げられた。

糞《くそ》……この男だけは絶対に許さない……。激痛でのたうち回る神山に、男がいった。

「お前は運がいいな。今日はもう、イシャエヴさんは帰ったようだ。明日の夜まで、生かしてておいてやる。それまで勝手にくたばるんじゃねえぞ」

男がそういって、泥靴で神山の顔を踏みつけた。

2

日本人の二人の男とグラズノフは、いつの間にか部屋を出ていった。

残ったのは、三人のロシア人だけだ。おそらく神山の見張り役だろう。しばらくすると酒を飲みながら、カードでゲームを始めた。

神山は床に裸でころがされたまま、三人を観察していた。一人は黒髪を長く伸ばし、濃い髭《ひげ》を生やしていた。長身だが痩《や》せていて、いつも落ち着きなく目を動かしている。耳や小鼻、唇にまでピアスをしていた。顔色も良くない。ひと目で、麻薬中毒であることがわかる。

もう一人は金髪で、体格がいい。グラズノフほど大きくはないが、プロレスラーのように太い腕をしていた。ロシア人は寒さを感じないのか、タンクトップ一枚だ。見える肌にはほぼ全身に、タトゥーが彫られている。

最後の一人は、例のチビだ。だがこいつが、一番問題かもしれない。おそらくこの三人の中ではボスだろう。カードを楽しみながらも油断する様子はなく、常に視界の隅で神山を見張っている。

神山は気を失った振りをしながら、考えた。ここから逃げるには、どうしたらいいか。この三人に、隙《すき》はあるか。いや、考えるだけ無駄だ。手足と足首に頑丈に巻かれた粘着テープさえ、外すことはできない。明日になれば、確実に殺される。あの乙川麻利子や、五十嵐佳吾のように……。

人生なんて、そんなもんだ。自分の人生は、外れだった。それだけのことだ。

だがその時、誰かが鉄のドアを叩いた。

女が、外で大声を出している。ロシア語だった。だが、どこかで聞いたことのあるような声だった。

三人のロシア人たちも、それに応じた。笑っている。タトゥーだらけの男が席を立ち、鍵《かぎ》を外してドアを開けた。黒い革ジャンパーを着た、ブルネットの女が部屋に入ってきた。

マリアだった……。

右手にワインのボトルを持ち、足がふらついていた。酔っている。少なくとも神山には、そう見えた。

マリアはタトゥーの男と抱き合い、ねっとりとしたキスを交わした。他の二人もソファーから立ってきて、交互にマリアにロシア語で話し掛ける。体を抱き、穴だらけのジーンズの尻に触れた。別の男は広く開いた胸元に、顔を埋《うず》めた。彼女はそれを嫌がるでもなく、嬌声《きょうせい》を上げ、笑う。

ボトルから、ワインを飲んだ。口元にこぼれたワインを手の甲で拭《ぬぐ》い、神山を見た。ロシア人のチビとタトゥーの男に、何か話し掛けた。

マリアが、神山の方に歩いてきた。脚を開いて立ち止まり、神山を見下ろす。口元が、笑っている。

振り返り、ロシア人たちに何かをいった。三人が、大声で笑った。マリアも笑いながらボトルを傾け、神山の体にワインを垂らした。

傷にワインが染み、激痛が襲った。神山は、体を丸めてその痛みに耐えた。だが、それでもマリアは笑っている。

この糞ったれ女め……。

マリアが、何かをいった。ロシア人のチビが、笑いながら答える。ワインのボトルをタトゥーの男に渡し、マリアが革ジャンパーを脱ぎ捨てた。下には、神山が買ってやった薄いタンクトップしか着ていない。

マリアが床に、膝《ひざ》を突いた。指先で、神山のペニスを弾《はじ》く。ロシア人たちはマリアから受け取ったワインを回し飲みしながら、腰を抱えて笑っている。

やめろ……。

だがマリアは、床に両手を突いた。神山に顔を近付け、体に滴《したた》るワインと血を舐《な》めはじめた。そして男たちに見せつけるように、尻を振った。

やめろ……やめろ……やめろ……。

だが、マリアはやめなかった。舌は腹から胸、さらに首筋へと上がってきた。唇を、吸われた。そして耳元まできた時に、マリアが日本語で囁《ささや》いた。

「いま、助けてあげる……。でも、私のすることを見ないで……」

マリアがまた、神山の体に舌を這《は》わせた。だがその時、タトゥーの男が歩いてきて、マリアの片手を摑んで引き立たせた。手にしていたワインをひと口飲み、それを髭の男に渡す。

マリアの体を抱き締め、唇を吸った。タンクトップを、捲《まく》り上げる。マリアは両手を高く挙げ、それを頭上に抜いた。

男が、マリアの胸を吸った。マリアが嬌声を上げる。それが合図だった。

他の二人も、蟻《あり》が蜜《みつ》に引き寄せられるようにマリアの体に群《むら》がった。マリアは冷たい床に引き倒され、体を押さえつけられながら、ジーンズと下着も脱がされた。

背中のタトゥーが、怪しく蠢《うごめ》く。マリアが、嗚咽《おえつ》を洩らす。三人のロシア人の男との、壮絶なセックスショーが始まった。

見ていられなかった。神山は、心と目を閉ざした。

どのくらい時間が過ぎただろう。気が付くと部屋の中が、静かになっていた。男たちの、鼾《いびき》だけが聞こえてくる。

神山は、ゆっくりと目を開けた。裸の三人の男たちが、ソファーや椅子でマリアと折り重なるようにして眠っていた。

マリアだけが、起き上がった。神山と目が合い、はにかみながら視線を逸《そ》らした。ソファーから立ち、体を拭うと、床に落ちていた下着やジーンズを身に着けていく。

神山の方に歩いてきた。

「ごめんなさい……」

床に跪《ひざまず》き、いった。目に、涙が溜まっていた。

「謝らなければならないのは、おれの方だ……」

「こんなに酷《ひど》いことをされて、可哀相《かわいそう》に……」

マリアの涙が、神山の体の上に落ちた。

「あいつらは、なぜあんなによく眠ってるんだ」

神山が訊いた。

「ワインの中に、ハルシオンを入れておいたの。私は、飲んだ振りをしていただけ……」

なるほど。そういうことか。頭のいい女だ。

「とにかく、早く手足を自由にしてくれ。あのチビのロシア人が、ナイフを持っていたはずだ」

「わかった。ちょっと待ってて」

マリアがチビのロシア人が脱ぎ捨てたズボンのポケットからバタフライナイフを探し出し、戻ってきた。刃を起こし、神山の手足の粘着テープを切った。

久し振りに自由になった体を起こし、血行が止まりかけていた手足をさする。何とか、体は動いた。だが今回は、ちょっとひどくやられすぎた。

マリアが、床の隅に塵《ごみ》のように捨ててあった神山の服やスニーカーを集めてきた。下着を穿《は》き、ジーンズを身に着け、痛みに耐えながらTシャツを着た。だが、まだあのチビに切られた胸の血は止まっていない。白いTシャツに、まるで怒りが広がるように血が染みていく。

「だいじょうぶ？」

マリアが、心配そうに訊いた。

「おれはだいじょうぶだ。それより、お前の方が……」

「私は平気。馴《な》れてるから……」

涙をこぼしながら、恥じらうように頰笑《ほほえ》んだ。

その時、急に、神山はマリアをいとおしいと思った。神山はマリアを抱き寄せ、唇を吸った。

だが、ゆっくりはしていられない。神山はフライトジャケットを着ると、マリアに肩を借りて立った。だが出口ではなく、ロシア人たちが眠っているソファーに向かった。三人は、昏々《こんこん》と眠っていた。

やはり、あった。神山はテーブルの上にグラスや酒瓶と共に置いてあるトカレフを手にし、それをジーンズのベルトに挟んだ。

「使い方がわかるの」

マリアが、体を支えながら訊いた。

「当たり前だ。おれは男だぞ」

「やっぱり、あなたにしてよかった……」

マリアがそういって、また神山にキスをした。

だが神山には、他にも手に入れなければならないものがあった。テーブルの上や、脱ぎ捨ててある男たちの上着のポケットを探る。だが、見つからない。

「どうしたの」

マリアが訊いた。

「おれの、ポルシェの鍵だ……」

いま頃はもう、ロシアに向かう貨物船に積み込まれてしまったのかもしれない。だが、マリアが笑った。

「これかしら」

右手の指に、ブルーの革のキーホルダーの付いたポルシェの鍵が下がっていた。

「それを、どうしたんだ……」

「グラズノフが持っていたの。ホテルの前であの男と抱き合った時、ズボンのポケットから掏《す》り取ってやったのよ」

本当に、最高の女だ。

部屋を出た。ロックの激しいリズムは、もう止《や》んでいた。

「こっちよ」

マリアの肩に摑まりながら、狭い通路を歩いた。部屋にいた時には地下かと思っていたのだが、そうではなかった。通路には窓があり、外はもう白々と夜が明けはじめていた。どうやらホテルのキッチンの裏にある貯蔵庫に監禁されていたらしい。

「車は……どこにある……」

神山が訊いた。

「もう見つけてあるわ」

マリアに連れられて、裏口から外に出た。周囲には、誰もいない。足音を殺しながら、プロパンガスのボンベやビールケースが並ぶ建物の陰を歩く。

崩れたブロックの壁を越えて、外に出た。荒れた農地があり、その手前の農道に何台か車が並んでいた。ラピスブルーのポルシェも、そこにあった。

「運転はできるか」

神山が訊いた。

「こんな車、できない……」

マリアが不安そうに、首を横に振る。

「わかった。おれがやろう……」

神山が運転席に座り、エンジンを掛けた。頭を殴られ、まだ意識が完全ではない。視界も、歪んでいる。だがいまは、ともかくこの場を離れなくてはならない。

「この道を、真っ直《ます》ぐに行って。最初の道を、左に。狭い道だけど、そのまま行けば海岸の方に出るわ」

「わかった」

ギアを入れ、エンジンの回転を上げずにゆっくりと発進する。マリアにいわれたとおりに行くと、しばらくして海岸線の防風林のある道に出た。それを新潟東港とは逆に右に曲がり、体の中に溜まっていた毒のような息を吐いた。

3

アリー・ヘイサムは早朝に起こされ、電話口で不機嫌《ふきげん》な声を出した。

——誰ですか。こんな時間に。まだ朝の六時だよ——。

「神山だ……。四日前に、店に行った。覚えてないか……」

神山がiPhoneに向かっていった。しばらく、間があった。

——ブルーのポルシェに乗った人ね——。

どうやら、思い出してくれたようだ。

「そうだ……。朝早く悪いんだが……。頼みがある……。助けてほしい……」

神山の異常な声に、ヘイサムが何かを察したらしい。

——私、あなた助ける。だいじょうぶです。いま、どこにいるの。私、どうしたらいいですか——。

「いま……あんたの店にいる……。ここに来てくれ……」

——わかった。すぐに行くよ——。

電話を切った。

ポルシェはいま、ヘイサムの中古車店のバスの裏に駐《と》めてある。道路側からは見えない。神山は運転席を倒し、少し体を楽にした。

マリアが助手席から、心配そうに神山の顔を覗《のぞ》き込む。

「だいじょうぶ?」

「心配はいらない……。いま、助けを呼んだ……」

なぜアリー・ヘイサムという男を信用する気になったのか。特に理由があったわけではなかった。一度会って話をしただけだし、この町の中古車業者という立場を考えればむしろ〝ロシア人の側〟の人間だ。

だが今回の一件で出会った人間の中で、ヘイサムは神山に嘘をつかなかった数少ない男の一人だ。それにあの男には、日本人の妻と子供がいる。それを自慢していた。家庭を大切にする男に、悪い奴はいない。

しばらくすると、店の敷地に日産のミニバンが入ってきた。運転席からヘイサムが降りてきて、ポルシェのドアを開けた。血だらけでシートに横たわる神山を見て、呆《あき》れたように天を仰いだ。

「どうしたの。日本で戦争でも始まったですか……」

ヘイサムが助手席のマリアに気付き、また天を仰いだ。

「そうなんだ……」神山が口元を歪めて笑った。「ロシア軍と戦って負傷した。北方領土を取り戻そうと思ってね。どこかで、体を休めたい……」

「待ってて。いま、事務所を掃除します」

　事務所のソファーの上を片付け、神山はヘイサムとマリアに運ばれた。ニット帽を取り、フライトジャケットを脱いで横になる。マリアがデスクのハサミを手にし、神山のTシャツを切り裂《さ》いた。

「うわっ、何てことですか。救急車を呼ばないと」

　ヘイサムが神山の頭と胸の傷を見て、頭を抱えた。

「救急車は……だめだ……」

　奴らはもう、神山が消えたことに気付いているかもしれない。もし救急車を呼び、そのサイレンの音を聞かれれば、ここにいることをわざわざ教えるようなものだ。

「それなら、警察呼びます。そうしましょう」

「それも……だめだ……。呼ぶな……」

　今回の一件に関しては、警察も信用できない。警察の内部で、確実にロシア側と繋《つな》がっている奴がいる。現時点では誰が敵で、誰が味方なのか。まったくわからない。それにいま、神山の車にはトカレフが入っている。

「それなら、どうしたらいいですか……」

　ヘイサムが狼狽《うろた》える。

「お願いがあるの」マリアがいった。「傷の治療をする道具がほしいわ。包帯に、ガーゼ。針とナイロンの細い糸。消毒液……なければ度の強いウォッカかウイスキーでもい い。それにもしあれば、抗生物質と痛み止めの薬……」

「わかった。メディカルボックス、ここにあります」ヘイサムがそういって、棚から富山の薬売りの薬箱を取った。「あとは、コンビニと家に行って集めてきます」

「もうひとつ、頼みがある……」神山がいった。「おれの車をシートカバーか何かで、隠しておいてくれないか……」

「OK。それもやっておくよ」

ヘイサムがそういって、事務所を飛び出していった。

神山は、薬箱の中を見繕《みつくろ》うマリアに話し掛けた。

「傷を……縫えるか……」

マリアが振り向き、頰笑む。

「だいじょうぶよ。私だって、ロシアの血が入った女よ。男同士が戦って、怪我《けが》をするのには馴れている。あなたが銃を扱えるように、私だって傷を負《お》った男の治療くらいはできるわ」

マリアが神山の横に、跪いた。澄《す》んだ目で、神山を見つめる。

左手で、そっと神山の額を撫《な》でた。

静かに、唇を合わせた。

4

久し振りに、音楽をゆっくりと聴《き》く時間ができた。

エリック・クラプトンの『461オーシャン・ブールヴァード』、『安息の地を求めて』、『ノー・リーズン・トゥ・クライ』、『ジャーニーマン』、『フロム・ザ・クレイドル』……。

その中でいまの神山の気分に最も自然に染み入るのは『ジャーニーマン』だった。「リード・ミー・オン」や「ランニング・オン・フェイス」、クラプトンがグラミー賞を獲《と》った「バッド・ラヴ」はささくれた心に安らぎを与えてくれたし、「ノー・アリバイ」や「オールド・ラヴ」の軽快なギターは折れかけた精神に救いの手を差し伸べてくれた。

iPhoneにダウンロードした曲を、イヤーヘッドホンで何度も繰り返し聴いた。いずれにしても、ここは白河中央病院の個室だ。約一〇日間の入院期間中に、音楽を聴く時間はいくらでもある。

あまり食欲をそそらない昼食を終えた頃に、薫が見舞いに顔を出してくれた。

「調子はどう？　少しは良くなった？　はい、これお土産《みやげ》……」

薫がそういって、マックダーナルのダブルバーガーのバリューセットを差し出した。気が利く奴だ。昼食の後だったが、ポテトまですべて平らげるのに一〇分も掛からなかった。普段はハンバーガーなど食べないのだが、入院している時には極上の御馳走《ごちそう》に感じるから不思議だ。

「カイはどうしてる。元気にしてるか」

ハンバーガーを食い終えて、訊いた。

「だいじょうぶ。お母さんが、可愛《かわい》がってるわ。お父さんが毎日、散歩に連れていってるし」

「悪いな。もう少し、預かっておいてくれ。お父さんとお母さんにもよろしく」

神山は聖籠町の『ホテル・イシヤエヴ』から脱出した日に、白河の薫に助けを求めた。薫は息子の陽斗《はると》を連れ、アリー・ヘイサムの店に迎えに来た。ポルシェの運転は陽斗にまかせ、神山は薫の車の助手席に乗り、白河に戻ってきた。そのまま白河中央病院に運び込まれ、頭蓋骨《ずがいこつ》にヒビが入っていることが判明。その場で入院の措置《そち》が取られた。

「健ちゃんはタフだね。新潟で見た時には、死んじゃうんじゃないかと思った。でも、まだ二日しか経ってないのに、完全に治っちゃったみたい……」

薫がハンバーガーを食い終えた神山を眺めながら、おっとりといった。

「いや、おれはタフなんかじゃないさ……」

自分がタフな男ではないことを、神山が一番よく理解していた。頭を割られ、肋骨《ろっこつ》を折られ、泥靴で頬骨《ほおぼね》を踏み砕《くだ》かれてナイフで胸を切り裂かれたことが理由ではない。そんな傷は、放っておいても治る。深く残っているのは、心の傷の方だ。

頭を殴られて気を失い、為《な》す術《すべ》もなく拉致《らち》された。素っ裸にされて縛られ、汚れた床にころがされて痛め付けられた。殺されると思った。しかも目の前で、自分の女を嬲《なぶ》り物にされた。

正直、恐かった。いまもあの夜のことを思い出し、体が震える。夜中に夢を見て、べっとりと寝汗をかいて目が覚めることもある。闇の中から、いつも奴らの笑い声が聞こえてくる。

男は、牡犬《おすいぬ》と同じだ。一度でも徹底的にやられてしまうと、心に負け犬の烙印《らくいん》を押される。心が折れると、簡単には立ち直れない。

「何を考えてるの」

ベッドに横になり、ぼんやりと空《くう》を見つめる神山に薫が訊いた。

「別に、何でもないさ。ところで、陽斗はどうしてる」

「あれからどうもしないよ。今日も学校休んで、広瀬《ひろせ》君の所にアルバイトに行ってるし……」

広瀬は神山と薫の、高校時代の同級生だ。いまは白河市内で、小さな工務店をやっている。

「あいつ、高校をやめて大工になるつもりなのか」

「私は知らないよ……。健ちゃん、何とかいってやってよ……」

陽斗には同じ高校の同級生の、有希《ゆき》という彼女がいる。その有希が、妊娠した。現在、五カ月。来年の三月には子供が生まれる。神山は新潟から帰る車に揺られながら、朦朧とする意識の中で薫からその話を聞かされた。

だが、陽斗も有希もまだ高校生だ。卒業は、来年の三月。いくら何でも早すぎる。

「相手の両親は何ていってるんだ」

「怒ってるわ……。当然よね。私だって女の子の母親だったら、怒るもの。堕《お》ろせっていってるわ……」

「陽斗は」

「堕ろさせないって。自分たちの子供だから、自分たちで守るって……」

「それで働いてるのか」

「そうみたい……。生まれてくる子供のことで、どっちの親にもお金の迷惑を掛けないって……」

陽斗は、頑固《がんこ》だ。一度、心に決めたら、頑として曲げない一途《いちず》なところがある。それが長所でもあるが、時には取り返しがつかない事態に自分を追い込む要因にもなる。深く考えもしないで闇雲に突き進み、気が付くと後戻りできなくなっている。神山は若い頃の自分自身がそうだから、陽斗のことがよくわかる。

「わかった。一度、話してみる」

「お願い。今度、一人で見舞いに来させるから……」

穏やかな午後のひと時だった。南側の広い窓から差し込む陽光を浴びていると、季節はもう晩秋に差し掛かろうとしていることも忘れそうになる。だが窓の外の木々の梢《こずえ》は、日一日と紅葉の深い色に染まっていく。やがて那須連山から颪《おろし》が吹き、落ち葉が風に舞う日もそう遠くはない。

ひとしきり悩みを打ち明けて気がすむと、薫が帰り際にさり気なく訊いた。

「この前、新潟で会った女の人、何ていったっけ……」

「マリアか」

「そう、マリアさんだったよね。あの人、健ちゃんのこと好きみたいだったね……」

口元は笑いながら、だが薫の表情が心なしか強張《こわば》っていた。

「そうかもしれないな」

「健ちゃんも」

「ああ、好きだよ」

「彼女なの」

「そんなところだ」

薫が微笑み、なぜか小さく溜息《ためいき》をついた。

「もし連絡があったら、よろしく伝えておいてね……」

薫がそういって、病室を出ていった。

マリア……。

神山は、ふとマリアの笑顔を思い浮かべた。あの日、神山を迎えにきた薫と陽斗に初めて会った時、マリアは悲しそうに笑った。神山は薫を高校時代の同級生だと紹介したのだが、信じなかったのかもしれない。

だが、あの時は神山もそれどころではなかった。体も、精神もぼろぼろだった。マリアには一緒に白河に行こうと誘ったのだが、気が付くと姿が見えなかった。あれから、二日。マリアとはまったく連絡が取れていない。

神山は、iPhoneを確認した。午前中にもメールを入れておいたのだが、やはり返信はない。携帯のスイッチが切られているのか、電話をしても通じない。

イヤーヘッドホンを耳に入れ、神山はiPhoneを音楽に切り換えた。エリック・クラプトンの軽快なギターのリズムが聞こえてきた。

5

翌日は雨が降った。

午前中に検診。その後に入院して二度目の脳のMRIを撮られた。特に異状はなかった。マリアに縫ってもらった胸の切り傷は――医者は呆れていたが――もうほとんど癒着していた。だが、大きな傷が一生残るだろう。

夕方になって、陽斗が見舞いにきた。薫にいわれたのだろう。神山に怒られると思っているのか、いつもと違って態度に落ち着きがなかった。

「聞いたぞ。できちまったんだってな」

神山がいった。

陽斗は俯《うつむ》き、照れたように、悪戯《いたずら》を見つかった子供のように肩をすぼめた。

「うん……」

「ちゃんとコンドームを使えといったじゃないか」

陽斗がさらに俯く。

「使ったんだ。でも外れて、失敗しちゃった……」

「どうするつもりだ。有希ちゃんに、生ませるのか」

神山にいわれ、陽斗が初めて顔を上げた。

「生ませる。絶対に堕ろさせない」

きっぱりと、いった。

「どうしてだ。お前も有希ちゃんも、まだ高校生なんだぞ。生活は、親に頼ってるんだ。人を好きになるのは仕方がないが、子供を作る権利はない。前にそういっただろう」

「だから、働くよ。もう、広瀬さんのところで働いてるんだ。親に、お金の迷惑は掛けない。それに、前に健介さんもいったじゃないか……」

「何てだ」

「自分も一度、子供を堕ろしたことがあるって。それだけは後悔している。できれば人生の過去の頁《ページ》から消し去りたいくらいだって。ぼくはそんな後悔をしたくないし、有希にもさせたくないんだ……」

神山は、反論できなかった。確かに、陽斗にそういったことがある。もしその時の子供を堕ろしていなければ、もう陽斗と同じくらいになっているはずだった。

「高校はどうするんだ」

「やめるつもりだよ。有希には卒業してほしいけど……」

「あと半年だぞ」

だが、陽斗は首を横に振る。

「わかってるよ。でも、働かなくちゃならない」

「それはだめだ。最後まで通え。卒業するんだ」

「無理だよ。ぼくは生まれてくる子供や有希に対して、男としての責任がある」

「違う」

「どうして」

神山は、陽斗を見据えた。息を整え、静かにいった。

「将来、生まれてきた子供が自分のために父親が高校に通えなくなったと知ったら、どう思う」

陽斗が、視線を落とした。

「理解してくれるさ……」

だが、神山は続けた。

「そうだ。理解はしてくれるだろう。しかし、いつかそれを負い目に思う時がくる。そういうものだ」

「……」

陽斗は何かをいい返そうとしたが、言葉が出なかった。

「それに、途中までやりはじめたことは、最後までやり遂《と》げる。それが本当の意味での男の責任というものじゃないのか」

「そうだね……」

「とにかく、高校に通え。どんなことをしてでも卒業しろ。それまで、親に多少の迷惑を掛けてもいいじゃないか。卒業してから目いっぱい働いて、返せばいい」

「うん……」

陽斗が小さく、自分にいい聞かすように頷《うなず》いた。

「もし高校を卒業するなら、おれはお前と有希ちゃんが子供を生むことを認める。誰かが反対しても、おれだけはお前たちの味方になってやる」

神山がいうと、陽斗はしばらく考えていた。不思議とその顔が、一端《いっぱし》の大人の男に見えた。やがて、意を決したようにいった。

「わかった。高校に行く。ちゃんと卒業するよ。お母さんと有希にも、そういう」

陽斗がこの日、初めて、素直な笑顔を見せた。

白河中央病院に入院している間に、いろんな人間が見舞いに来てくれた。行きつけの居酒屋『日ノ本《ひもと》』の主人の久田一治《ひさだかずはる》と久恵《ひさえ》の夫婦に、常連客の三谷《みたに》と新井《あらい》。高校の同級生の角田《つのだ》と福富《ふくとみ》と大工の広瀬。最近よく行く『みどり書房』の店員たち。それぞれが食い物や、中には酒や肴《さかな》を持ってきた奴もいた。口では「だいじょうぶか……」と心配しているようなことをいいながら、怪我をして動けない神山を見てどこか楽しそうでもあった。

「また熊に襲われたんだべ。ほれ、消毒薬持ってきてやった」

大工の広瀬は病室に入るなり、周囲に看護婦がいないことを確かめて冷えたビールを渡した。そういえば何年か前に、白河の町でヤクザ者に袋叩きにされた時、神山はそれを「三匹の熊に襲われた」といい訳したことがあった。

「そうなんだ。今度は新潟でロシアの大きなシロクマにやられたんだ。おかげで、この様《ざま》だ」

神山がそういって、ビールを開けて飲んだ。入院中に、病室で飲む酒も悪くない。高校時代に仲間と隠れて遊んだ酒やタバコと同じ味がする。

「あまり悪さしねえ方がいいぞ。もう歳なんだからよ。酒とこっちの方だけにしとけ」

広瀬がそういって太くて短い小指を立て、にやにやと笑った。

入院していることを会津の池野弘子にメールで知らせると、その日のうちに軽自動車を飛ばしてやってきた。病室に入ってくるといきなりカーテンを開け、持ってきた花を投げつけた。

「まったく、あんたは何を考えてるのよ。いつも怪我ばかりして……」

その怒り方が、どこか亡くなった母親に似ていた。

「仕方ないじゃないか。仕事なんだ」

自分でそういっておいて、奇妙ないい訳だと思った。

「だからこの前、いったでしょう。もう二度とあんたに会えないような気がするって

「……」

「こうして会えてるじゃないか。おれはまだ、生きている」

「どうして生きていられたか、わかってるの」

「いや、わからない。おれが、強かったからじゃないのか」

実は、散々だった。ロシア人たちにこてんぱんに袋叩きにされ、最後は女に助けてもらったとはいえなかった。

「ばか。私が最後に会った時に、こうしてお呪《まじな》いをしてあげたからでしょう……」

弘子がそういって顔を近付け、神山の唇を吸った。

日々は何事もなく、静かに過ぎていった。毎日、音楽を聴き、チャンドラーやクックやウィンズロウの翻訳物の推理小説を読み、たまに訪れる見舞い客と取るに足りない世間話をして過ごした。だが、仕事のことを忘れていたわけではなかった。

入院中に、神山はＭａｃで報告書を一本仕上げた。乙川麻利子の死に関する中間報告書だ。

〈新津市二六歳女性殺人死体遺棄事件に関する調査報告書（仮）

調査依頼人・乙川義之殿

二〇〇八年一〇月、新潟県警管内で発生した乙川麻利子（当時二六歳）の殺人死体遺棄

事件に関して、現在までに判明したことを以下のように御報告申し上げます――〉

神山は報告書の中で、①重要参考人として指名手配されている五十嵐佳吾の犯行ではないこと。②五十嵐もすでに何者かに殺害されていると思われること。③五十嵐が当時、麻薬取引に係《かか》わっていた可能性があること。④五十嵐が「先輩」と呼んでいた巴田野義則という男が、二人の死について何らかの事情を知っている可能性があること。⑤すべての犯罪は聖籠町の『ホテル・イシャエヴ』を中心に行なわれていること。⑥ホテルの経営者のセルゲイ・イシャエヴ（在新潟総領事館員）他のロシア人が事件に関与していると思われること。⑦しかし所轄の警察内部にも内通者がいる可能性があるため、この報告書の内容をいまの段階で捜査本部に届け出るのは賢明ではないこと――などを書き込んだ。その上でこの報告書を、依頼人の乙川義之にメールで送信した。

乙川からは、一時間もしないうちに返信があった。

〈神山健介様。

丁寧《ていねい》な御報告、ありがとうございました。また、調査中にお怪我をなさったとのこと。大河原弁護士から聞きました。心より、お見舞い申し上げます。お蔭様《かげさま》で、これまで闇に包まれていた事件の全体像が、おぼろげながら見えてきたように思います。

しかしまだ、麻利子がなぜあのような目に遭わなければならなかったのか。事件の中で、その理由が見えてきません。つきましては神山様のお身体《からだ》と御都合が許すならば、このまま調査を続行していただけませんでしょうか。

よろしくお願いいたします。

乙川義之拝〉

神山は、何度かそのメールの文面を読み返した。

このまま調査を続行……。

もちろん神山も、この件に関しての調査が終わったとは考えていない。いまとなっては単なる私立探偵としての〝仕事〟ではなく、すでに自分自身の問題にもなっている。

だが……。

神山は病室を抜け出して中庭に行き、大河原弁護士に電話を入れた。乙川義之に調査報告書を送ったことを伝えると、まるで他人事《ひとごと》のようにおっとりとした声が返ってきた。

――それで……あの男は何といっていたかね――。

「調査を続行してくれといってきた」

電話の向こうから、くぐもるような笑い声が聞こえてきた。

――それならば、気がすむまで付き合ってやればよかろう。金にはなるんだから――。

無責任ない方に、神山は腹が立った。ただ金のためだけになら、こんなことはやっていられない。

神山は、話を変えた。

「ところであれから、マリアから連絡はないのか」

しばらく、電話の向こうで考えるような間があった。

——ないな……。電話一本よこさない……。私もあの娘《こ》の仮釈放の身元引受人なので、困っとるんだがね——。

「まったく、心当たりがないのか」

——ないな。仮釈放になってからはうちの離れに寝泊まりしていたし、荷物も残っている。他に行く当てはないはずなんだがね。それとも、もしかしたら——。

「もしかしたら、何だ」

またしばらく、何かを考えるような間があった。

——もしかしたら、ホテル・イシャエヴに戻ったのかもしれんな。マリアは行く場所がなくなると、蜜に引き寄せられる蟻のようにあのホテルに戻ってしまう——。

電話を切り、病室に戻った。

マリア……。

神山はその夜、また同じ夢を見た。マリアの夢だ。

闇の中で、マリアのタトゥーが蠢く。白い裸身に男たちが群がり、甘い蜜を貪《むさぼ》る。マリアは快楽に嗚咽を洩らしながら、とろけるような目で神山を見つめる。そしてゆっくりと口が動き、いった。

助けて……。

助けて……。

「やめろ!」

神山は叫び声を上げ、ベッドの上に飛び起きた。息が、荒い。背中にべっとりと、寝汗をかいていた。

「マリア……」

神山は、闇の中で考えた。自分は、負け犬だ。このままでは、常に何かの影に怯《おび》えながら生きていかなくてはならなくなる。だが、もし男としての自分を取り戻すことができるとすれば……。

もう一度、あのホテルに乗り込む。奴らを、一人残らず叩きのめす。そして、マリアを助け出す。

他に、方法はない。

6

翌日、神山は病院を出た。

退院したわけではない。ただ出たくなったから、自分の意志で出ただけだ。

看護婦や担当医は、いまごろ驚いているだろう。病室には頭から毟《むし》り取った包帯と、血膿《ちう　み》の染み込んだガーゼくらいしか残してこなかった。いずれ入院の保証人の薫の所に請求書が送られてきたら、ユニセフへの多少の寄付と共に送金すればいい。

ラピスブルーのポルシェ・CARRERA4は、大人しく病院の駐車場で待っていた。無口で、忠実な、頼りになる相棒だ。この先、こいつと対等に付き合っていくためにも、男としてのプライドを取り戻さなくてはならない。

だが、今回は留守番だ。この車は、少し目立ちすぎる。

神山はまず一度、西郷に戻った。真芝の家に帰るのも久し振りだ。オーク材の厚いドアを開けると、冷たく、それでいてどこか心が安まる懐かしい匂いが全身を包み込んだ。

明かりを灯《つ》けた。神山はポルシェから降ろした荷物を床に放り、座り馴れた一人掛けの革のソファーに体を沈めた。静かに、目を閉じる。何も変わっていない。

しばらく、そうしていた。だが神山は徐《おもむろ》に立ち上がると、バスルームに向かった。着ているものをすべて脱《ぬ》ぎ捨て、洗面台の鏡の前に立った。

一度、傷を縫うために坊主に刈った髪が伸び、髭が顔を被《おお》っていた。痣《あざ》は薄くなり、ほとんど消えかけていたが、まだ顔全体が少し歪んでいるような気がした。

神山は、胸に貼られた大きなガーゼを毟り取った。オキシドールで黄色く染まった肌に、斜めに大きく十字に切り裂かれた傷が現われた。その傷の上に、マリアがナイロンの釣り糸で縫った跡が点々と残っていた。

やられてから、この傷を鏡に映して正面から見るのは初めてだった。醜《みにく》く、正視に堪《た》えない烙印だった。だが神山は、目を逸らさなかった。

神山はハサミを手に取り、計三四針の糸をすべて断ち切った。それを一本ずつ、抜いていく。傷口から、血が滲《にじ》む。この光景と痛みも、一生忘れてはならない。

糸を抜き終え、熱いシャワーを浴びた。湯が傷に染みたが、それ以上に生き返ったような気がした。身体だけでなく、心の中も流されていく。だが、いくら流しても、落とすことのできない汚れもある。

神山はバスルームを出て、寝室に向かった。洗いたてのジーンズと、Tシャツを着た。

胸の傷が隠れると、少し気分が楽になったような気がした。

身体にフィットする黒のタートルネックのニットを着て、リビングに戻った。革のソファーに座り、これから何をすべきかを考えた。しばらくして神山は足元のボストンバッグを引き寄せ、中からTシャツで包《くる》んだ重い包《つつ》みを取り出した。

包みを開けた。中から使い込まれた鈍い黒錆《くろさび》色の鉄の塊が出てきた。

トカレフTT―33――。

一九三三年に旧ソビエト陸軍により制式採用。その後、第二次世界大戦から一九五〇年代にかけて使われた軍用オートマチック拳銃だ。口径は七・六二ミリで、装弾数は八発。シンプルで頑丈なメカニズムを持つが、反面、マニュアルの安全装置すら付いていない。

近年は中国でライセンス生産された粗悪なコピー品が日本のヤクザ社会にも大量に出回っているが、この銃は正真正銘のロシア製だった。フレーム左側の製造ナンバーがグラインダーで削り取られていた。一九九一年一二月二五日のソビエト連邦の崩壊《ほうかい》の直後、軍が保管していた旧式の武器がロストナンバーされて市場に大量に流出した。このトカレフも、そうした中の一丁だろう。

神山はトカレフの弾倉を抜き、重いスライドを引いた。弾倉の中には七・六二ミリのトカレフ弾が八発入っていたが、薬室には装塡《そうてん》されていなかった。安全装置の付いていないトカレフを携帯する時の、セオリーだ。

ピンを抜き、スライドと銃身を外す。機関部やバレルの中には錆ひとつなく、手入れが行き届いていた。あのチビのロシア人は、よほど銃のことがわかっていたに違いない。おそらく、軍人上がりだろう。

神山はまた、トカレフを組み上げた。擦《す》れた黒錆色に光る鉄の塊を、しばらく見つめた。そして自分自身に問いかける。

神山健介……お前はこれを、本当に使うつもりなのか？

答えは〝イエス〟だ。男には人生で何回か、無茶を承知で何かにぶつかっていかなくてはならないことがある。神山はトカレフをＴシャツに包み、それをコーヒーテーブルの上に置いた。

ボストンバッグの中の着替えを、詰め換えた。新しいＴシャツに、セーター。なるべく黒いものを選ぶ。さらに米国５・11社のタクティカルパンツに、タクティカルブーツ。ガーバー・ＬＨＲハンティング・ナイフ。いずれも山歩きや庭仕事のために買った安物だが、こんなことで本来の使い道で役立つとは思ってもみなかった。最後にＴシャツに包んだトカレフをバッグに入れ、ファスナーを閉じた。

電話が鳴った。ｉＰｈｏｎｅを手に取ると、パネルに薫の携帯の番号が表示された。どうやら、もう病院を抜け出したのがばれたらしい。神山は電話に出ずに切り、電源も落とした。

薫には、後で説明すればいい。あいつはいい女だから、きっとわかってくれるだろう。それよりも、一刻も早く出掛けた方がいい。

黒いタクティカルジャケットを着てキャップを被《かぶ》り、家を出た。ガレージを開けてこの春に買ったばかりのスバル・フォレスター2・0―XTに荷物を積み込み、ポルシェと入れ換えた。シルバーメタリックのスバルならば、ラピスブルーのポルシェのように目立たないですむ。

神山は、運転席から淡いミントグリーンのペンキで塗った家を見上げた。今度この家に帰ってくるのは、いつのことになるのか……。

広大な牧草地と真芝の集落を抜け、神山は国道二八九号線に出て山へと向かった。甲子峠の風景は、三週間前とはがらりと表情が変わっていた。紅葉に彩《いろど》られた鶏峠《とりとうげ》山や旭《あさひ》岳の山肌が、パノラマのように目の前に立ちはだかる。

季節はもう晩秋だ。あと何日もしないうちに、この辺りの峠には雪が舞いはじめる。

甲子トンネルを抜け、会津の下郷町に出た。空はどんよりとした雲に覆《おお》われていた。ここから湯野上《ゆのかみ》、大内《おおうち》、氷玉《ひだま》峠から会津高田《たかだ》へと抜け、国道四九号線――通称若松街道――に出て新潟へと向かう。

鳥井《とりい》峠で福島と新潟の県境を越え、麒麟《きりん》山の麓《ふもと》を走り、さらに阿賀野川の流れと幾度となく交わっては渡る。長く、険しい道だ。

だがいまの神山には、道はこれくらい遠い方がちょうどいい。ステアリングを握りながらゆっくりと考え、自分自身を見つめなおす時間が必要だった。白崎《しろさき》橋で阿賀野川を渡る頃に、荒寥《こうりよう》とした黄昏《たそがれ》の風景の中に白いものが舞いはじめた。

夜になり、新潟市内に入った。

神山は使い馴れた『ホテル イタリア軒』には向かわず、同じ古町の『ホテル金城《かなしろ》』という小さなビジネスホテルにシングルの部屋を取った。車は、向かいの立体駐車場に入れた。いまの自分には、このくらいが身分相応だ。

この日は、どこにも飲みに出なかった。近くのコンビニで弁当とビール、缶に入った角のハイボールを買ってホテルに戻った。部屋に籠《こも》り、それを貪るように食い、飲んだ。ハイボールを飲み終えて冷たいベッドに潜り込むと、重い睡魔が襲ってきた。

7

翌日、神山は弁護士の大河原誠に会った。

特に、アポイントを取ったわけではない。中央区西堀前通にある事務所の住所は、名刺でわかっていた。

大河原の事務所は、新潟地方裁判所の斜向《はすむ》かいのビルの二階にあった。弁護士事務所として、理想的な立地条件だ。行ってみて初めて気付いたことだが、ここは二年前に五十嵐佳吾の車が乗り捨てられていた県民会館の駐車場や、彼が自殺したとされる昭和大橋も歩いて数分の距離にあった。

まあ、いいだろう。新潟とはいっても、ここは一地方都市だ。いまは偶然だということにしておこう。

午前一〇時、一階のフロアーのベンチに座って待っていると、グレーの背広とコートを着た白髪の大河原が背を丸めて入口から入ってきた。一人だった。サングラスを掛けてニット帽を被っていた神山には気付かずに、エレベーターに向かった。

神山は、背後から付いていった。大河原と同じエレベーターに、ドアが閉まる直前に滑り込むように乗った。

「久し振りだな」

声を掛けると、大河原が驚いたように振り向いた。

「どうしたんだ……。そんな黒い眼鏡を掛けて髭を生やしてるから、誰だかわからなかったぞ。まだ入院していたはずじゃなかったのか……」

「自分の体のことは、自分で決める。それよりも、話がある」

エレベーターは一度、二階で止まった。だが神山はすぐに扉を閉め、屋上のボタンを押した。

屋上に上がると大河原がラークを銜え、その箱を神山にも差し出した。

「吸うかい」

「もらおう」

神山も一本抜き、大河原からダンヒルのライターを借りて火をつけた。煙を吸い込むと一瞬、頭の傷に痛みが疾り、体が重力を失ったような錯覚があった。タバコは、一週間振りだ。だが、本格的に禁煙をするのはあのホテルの男たちと決着をつけてからだ。

「話とは、何だね。今日は午後から裁判があるんだ。手短にすませてくれ」

大河原が、煙を吐き出しながらいった。

「だいじょうぶだ。ここからなら、裁判の五分前に出ていけば間に合うだろう」目の前に、裁判所の建物が見えている。「まずは、乙川麻利子の一件だ。あんたの本当の狙いは何なんだ」

「狙い?」大河原が首を傾げる。「事件を解決すること。父親の乙川義之の無念を晴らしてやること。つまり、正義だよ。他に何がある」

〝正義〟か。都合のいい言葉だ。

タバコが旨《うま》くない。神山はまだ二口か三口しか吸っていないラークを、汚れた水が溜まった灰皿の中に放り込んだ。

「それで、何の得がある」

神山がいった。

「得?　どういうことだ?」

「人が死んだからといっていちいち正義を振りかざしていたら、弁護士などという商売は成り立たない」

「何がいいたいんだね」

大河原が神山から目を逸らし、タバコの最後の一口を吸って消した。

「おれやマリアを餌《えさ》にして、どんな魚を釣り上げるつもりなんだ。その魚の名を知りたい」

大河原が、とぼけたような顔で神山を見た。いつもながら、この男の芝居にはつい騙《だま》される。神山は、腕を組みながら待った。やがて口元に笑いを浮かべ、薄くなった頭を掻《か》きながらいった。

「かなわんな……」

まったく、喰えない爺《じじい》だ。

「いえよ」

「もう、わかってるだろう。お前さんも、この前いってたじゃないか。麻薬だよ……」

やはり、そうか。最後に『ホテル　イタリア軒』で話した時に、大河原は口を滑らせていた。

「〝ロシアコネクション〟か」

あの時、神山は、『越後新聞』の池田正彦が覚醒剤をやっているのではないかといっただけだ。それだけで大河原は、〝ロシアコネクション〟といった。普通、ロシア船の船員から覚醒剤を買ったくらいならば、〝コネクション〟などという大袈裟《おおげさ》な言葉は使わない。

「そのロシアコネクションが、なぜ乙川麻利子に関係があるんだ」

「マリアの身代りで殺された〝可能性〟があることは、もう彼女の口から聞いているだろう」

そうだ。だが、あくまでも〝可能性〟だ。

「それならなぜ、身代りになった」

「それがわかれば、苦労はせんよ……」

神山は、大河原の表情を読んだ。信用はできないが、嘘をいっているようにも見えなかった。その時、神山はふと、『ホテル・イシャエヴ』で神山を痛めつけた日本人の男がいった言葉を思い出した。

――何かを探せといわれただろう――。

「いったい……何を探しているんだ……」

神山が、自分に問いかけるようにいった。

「探すって、何のことだ」

大河原は、本当にわからないようだった。

「それより、マリアだ。マリアは本当に、〝ホテル・イシャエヴ〟に戻ったのか。確かなのか」

「電話でも、いっただろう。あの娘はあそこ以外に、戻る所がないんだよ……」

「なぜ、そう思うんだ。根拠は」

「わかっているだろう。あの娘も、麻薬中毒だった。あのホテルにいれば、覚醒剤でも何でも手に入る。それに……」

「それに、何だ」

「マリアはあのホテルで、ロシアから父親が戻ってくるのを待っているんだよ……」

それだけ聞けば、十分だった。あとは、自分のやり方でやるだけだ。

神山は大河原をその場に残し、一人でエレベーターに乗った。

8

午後になり、神山は立体駐車場から車を出した。

車を運転する時にもタクティカルジャケットのフードを頭から被り、濃い色のサングラスを掛けている。しかも車は、何の変哲もないシルバーのスバルだ。誰が見ても、神山であることはわからない。

市内を抜け、信濃川、さらに阿賀野川を渡って聖籠町へと向かった。東港に近付いたあたりから動悸《どうき》が速くなり、体がかすかに震えはじめた。自分で認めたくはなかったが、それが恐怖であり、ＰＴＳＤであることは神山にはわかっていた。

頭の中に、フラッシュバックのようにあの夜の光景が蘇《よみがえ》る。素っ裸にされて痛めつけられ、切り刻《きざ》まれる惨《みじ》めな自分の姿……。それを見て笑う男たちの、顔、顔、顔……。男たちに蹂躙《じゅうりん》されるマリアの白い裸身……。

神山は、幻影を遮断《しゃだん》した。息が荒い。だが、恐怖を感じるのは悪いことではない。感じない人間がいるとしたら、ただ鈍感《どんかん》なだけだ。問題は、その恐怖をどうやって克服するか。手段と、それを実行する強い意志を持つことだ。

聖籠町に入り、まずロシア人相手の中古車店が集まるあたりに向かった。広い道の両側の荒地にススキの穂が色付き、その間にパキスタン人が経営する店が点々と並んでいる。ゆっくりと、車を流す。だが、ほとんど人影はない。ロシア人の客はまったく見かけなかったし、閉まっている店も多い。先週、東港に碇泊《ていはく》していた『ＲＹＢＩＮＳＫ』という自動車運搬船は、もう出港してしまった。

アリー・ヘイサムの店の前を通った。店は開いていた。店主のヘイサムは外に出て商品の車を掃除していた。真面目《まじめ》な男だ。店の前をゆっくりと通り過ぎる時に一瞬、目が合ったが、神山とは気付かなかった。

中古車街を過ぎて、海の方に向かった。東港の北東の外れから、海沿いの道を走る。左手の松の防風林の向こうは海岸、右手には荒れた畑が広がっている。その向こうに、『ホテル・イシャエヴ』とその周辺の建物が肩を寄せ合っているのが見えた。

また、動悸が速くなりはじめた。胃から苦いものが込み上げ、ステアリングを握る手もかすかに震えている。だが神山は、その恐怖を胃液と共に呑み下した。

しばらく行くと、小さな神社があった。この辺りまでは、覚えている。あの日の朝方、マリアと二人で逃げてきた道だ。昼間、改めて走ってみると、周囲の地形や様子がよくわかる。

神山はそこでUターンし、同じ道を戻った。『ホテル・イシャエヴ』を左手に見て通り過ぎ、火力発電所に突き当たると、その手前の道を防風林を回り込むように右に折れた。未舗装の、荒れた細い道だ。それほど行かないうちに、目の前に日本海の風景が広がった。どんよりとした空の下で、灰色の海面が波立っていた。

だが、手前の小さな漁港の中は静かだった。数隻《せき》の小型の漁船が岸壁に並び、その合間で何人かの老人や子供たちが釣りをしていた。時折、さびきでイワシやサッパなどの雑魚《ざこ》が釣れてくる。平和な風景だった。

神山は、海岸をさらに奥へと進んだ。荒れたダートの道が、砂浜に沿って延々と続いていた。４ＷＤのスバル・フォレスターなら問題はないが、普通の乗用車で走るのはかなりきつそうだ。

しばらく行くと、道がふたつに分かれていた。一本は海岸に沿って進み、もう一本は防風林の手前の砂丘に登っている。人は、ほとんどいない。神山は少し考え、ステアリングを右に切った。アクセルを踏み込み、砂丘に駆け上がった。

道というよりも、ただ砂丘の上に轍《わだち》が続いているだけだ。アップダウンが激しく、穴があり、曲がりくねっていて、気を抜くと砂丘からころげ落ちてしまいそうだ。どこかの4WD好きが集まって、遊びながら走った跡だろう。

だが、面白い。これは使えるかもしれない。源《みなもとのよしつね》義経の一《いち》ノ谷《たに》の兵法を例に挙げるまでもなく、少数の兵で多勢を相手にする時には地の利を得、それを生かすことが重要だ。前回のように闇雲に相手の陣に飛び込んでいっても、無駄に討ち死にするだけだ。

道はやがて砂丘を下り、元の砂浜に続く未舗装路と合流した。その先の砂丘の切れ目を曲がり、松林を抜けると、元の神社のある道に出た。

今回は、これでいい。神山は道を渡って直進し、新潟市内に戻った。

狭い巣穴のような部屋の中でしばらく休み、また日が落ちるのを待ってホテルを出た。車に乗り、今度は聖籠町とは逆に国道一一六号線で県庁の前を通って信濃川を渡り、西区の善久《ぜんく》に向かった。

『越後新聞』の本社ビルは、すぐに見つかった。国道八号線のバイパスに近い信濃川沿いの灰色の古いビルだった。歩いて数分のところに、『信濃川ウォーターシャトル』の『ふるさと村』の乗船場がある。なぜ池田正彦が初めて会った時にこの水上バスの船内を指定したのか。その理由がわかったような気がした。

それだけではなかった。二年前、乙川麻利子殺害事件の捜査本部が置かれていた新潟西部署も、目と鼻の先にあった。昔、刑事の捜査の基本を「現場百回」といったものだが、あらためて納得できた。池田と捜査主任の金安浩明とは、その辺りの蕎麦屋で気軽に昼飯でも食う仲なのかもしれない。実際に現場に足を運んでみないとわからないことがいくらでもある。

まあ、いいだろう。それも、いまは偶然だということにしておこう。

新聞社から少し離れた所に車を停め、人の出入りを見張った。神山の車の前には数台、帰宅する客や取材に出る記者を目当ての客待ちのタクシーが並んでいる。

池田はいま、社内にいるのか。もしくは、外に出ているのか。これから戻るのか、それとも出てくるのか。もしそうだとしても時間も奴の行動パターンもわからなかった。だが、私立探偵という職業を何年もやっていれば、張り込みで時間を潰すのにも馴れっこになってくる。

コンビニで買ってきたサンドイッチを食い、缶コーヒーをすすりながら池田を待った。タバコは買わなかった。もうすぐ、この厄介な〝仕事〟にけりをつけたら、今度こそ本当に止めるつもりだ。

ＣＤプレイヤーからは、静かな音でエリック・クラプトンのナンバーが流れていた。いまは、心が安らぐ音があればそれでいい。

社内から人が出てきてはバスやタクシーに乗り、走り去っていく。何時間、待っただろうか。そのうちに新聞社のビルの窓からも明かりが消えはじめ、タクシーの列も台数が少なくなり、人の出入りもほとんどなくなってきた。

だが、ビルの中にはまだ人は残っている。五階の窓からは、明かりが消えない。おそらくあのフロアーに、朝刊の編集部があるのだろう。

午後九時――。

池田正彦が出てきた。一人だった。落ち着きなく手を挙げてタクシーを呼び、乗り込んだ。タクシーが走り出すのを待って、神山はその後を追った。

タクシーは国道に出て方向を変えると、平成大橋で信濃川を越えた。突き当たりを、左折。だが新光町《しんこう》の交差点をまた左折し、再度信濃川を渡った。

どうやら今夜は、聖籠町へは行かないらしい。タクシーは関屋昭和町《せきやしようわ》の交差点で右折し、西大通から学校町通を抜け、古町へと入っていった。

タクシーが、東堀通から路地へ入っていく。さらに鍋茶屋《なべぢやや》通を曲がる。暗く細い道を、ゆっくりと進む。しばらくして、『仙楽《せんらく》』という小さな看板が出ている小料理屋の前で停まった。

神山はタクシーの後ろに着けたまま、待った。ドアが開き、池田が降りてきた。一瞬、神山の車を見たが、そのまま小料理屋の中に入っていった。タクシーが走り出すのを待ち、神山もその場を走り去った。

古町は、狭いエリアだ。神山は宿泊先のホテルの前の駐車場に車を入れ、歩いて小料理屋に戻った。近くに、人がやっとすれ違えるほどの狭い路地があった。その入口に身を隠し、店を見張った。

今度はそれほど、待たされなかった。小一時間もしないうちに、池田が店を出てきた。少し、酔っているらしい。タバコに火をつけながら路地の方に向かってきたが、神山には気付かずにその前を通り過ぎていった。

神山は、距離を置いて池田の後を尾けた。池田は広小路から古町通に出ると、それを町とは逆に日和山《ひよりやま》神社の方角に歩いていく。こちらにも目当ての店があるのか。それとも、家に帰るのか。

間もなく辺りから店もなくなり、人通りのない暗い道になった。人も、まったく歩いていない。池田はコートのポケットに手を入れ、背を丸めて歩き続ける。しばらくすると、前方に日和山神社の小高い丘が見えてきた。神山は足を速め、池田との距離を詰めた。神社に登る石段の手前で追いつき、池田の首に後ろから腕を回した。

「静かにしろ」

池田は一瞬、小さな悲鳴を洩らした。だが、それ以上は騒がなかった。神山が石段の方に引きずり込んでも、大人しく従った。

「た……助けてくれ……。金なら、渡すから……」

小さな声でいった。どうやらまだ、神山だということがわかっていないらしい。

「おれだよ。忘れたのか」

池田の体を回し、胸ぐらを摑み、神山が低い声でいった。

「あ……あんたか……。なぜ……」

やっと、神山に気付いたようだ。

「少し、訊きたいことがある」

「話があるなら、ちゃんと……」

だが神山は、平手で二発、池田の頰を張った。

「な、何をするんだ。警察にいうぞ……」

池田がいった。神山は池田のシャツの袖口《そでぐち》のボタンを引き千切り、背広とコートごと無理矢理に肘《ひじ》まで捲り上げた。屈側《くっそく》の皮膚に触れる。やはり、静脈が硬くなっていた。覚醒剤の注射痕だ。

「これは何だ」

「これは……」

池田が慌てて、腕を引っ込めた。

「警察に行きたいなら、そこで話してもいい。ただし、金安のいる西部署以外の警察署だ」

神山がいうと、池田が震えながら視線を逸らせた。

「わかったよ……。何が訊きたいんだ。もう知ってることは全部話しただろう……」

「いや、まだ話していないことがあるはずだ」

「何だよ……」

「聖籠町の、ホテル・イシャエヴのことだ。あんたも、よく知ってるだろう」

神山が『ホテル・イシャエヴ』の名前を出すと、池田が息を吐き出すように体の力を抜いた。

「あのホテルの、何が知りたいんだ……」

「行ったことがあるんだろう」

池田が、頷く。

「ああ……。あるよ……」

「あのホテルに行けば、クスリが買える。そうだな」

「ああ……。そうだよ……」

「五十嵐佳吾が扱っていた〝やばいブツ〟というのは、そのことだな」

「そうさ……。もう、あんたの方がよくわかってるだろう……」

神山が、池田から手を離した。池田は崩れるように、その場に跪いた。

「もうひとつだけ、訊きたい。最近も、あのホテルに行ってるだろう」

覚醒剤の中毒者が、一週間以上も間を空けられるわけがない。

「ああ……行ったさ……。それがどうしたよ……」

「マリアを見なかったか」

池田が顔を上げた。

「見たさ……。あの女はロシア人たちにシャブ漬けにされてるぜ……」

神山を見て、池田が口元を歪めて笑った。

「今日のことは、誰にもいわない方がいい。痛い目に遭いたくなかったらな」

神山はそういって踵《きびす》を返し、町に向かって歩き出した。

彼方《かなた》に広がる夜景の中に、レインボータワーの光が聳《そび》えていた。

9

もう一人、会っておかなくてはならない人間がいた。

いや、〝会う〟というのは正確ではないかもしれない。こちらが「会おう」といっても相手は同意しないだろうし、まして「会ってくれ」と頭を下げるつもりもない。つまり、これも私立探偵としてセオリーどおり、相手を誘い出すということだ。

神山は翌日、新潟西部署の金安浩明に電話を入れた。奴には前に会った時に、二度とおれの前に顔を出すなといわれていた。金安は、神山のことを嫌っている。だが、いまは、事情が変わっているかもしれない。

前日の夜、神山は『越後新聞』の池田を脅し、「今日のことは誰にもいわない方がいい……」と釘《くぎ》をさしておいた。だが人間とは不思議なもので、「いうな」といわれれば逆に誰かに話したくなる。誘拐《ゆうかい》犯に警察に通報するなといわれ、正直にそのとおりにする者などいない。

池田はすでに、昨夜の出来事を誰かに話しているはずだ。話すとすれば、金安しかいない。もし金安が話を聞いていれば、逆に奴の方が神山に会いたがっているだろう。

やはり、思っていたとおりだった。電話口に出てきた金安は不機嫌だったが、神山の話を聞かないというほどではなかった。最近は女房とのセックスもうまくいっているのかもしれない。

――何の用だ。話せることは、前にすべて話したはずだぞ――。

捜査課の他の刑事に気遣うように、くぐもった声でいった。

「別にこれ以上、あんたから何かを聞き出そうと思って電話したわけじゃない。この前はいろいろと世話になったんで、今度はこちらから礼をしようと思ったんだ」

「——どういう意味だ——。

〝探し物〟の件だ。まだ、見つかってないんだろう」

誘いを掛けてみた。乗ってこなければ、その時だ。だが金安は、しばらく黙っていた。

やがて、一段と低い声でいった。

——〝探し物〟とは、何のことだ——。

「わかってるだろう。五十嵐佳吾が隠した、例の〝ブツ〟だよ」

『ホテル・イシャエヴ』で神山を痛めつけた日本人の言葉からすると、つまりはそういうことになる。五十嵐が、何かを持ち出した。その〝ブツ〟とは何なのか。金か、覚醒剤か、もしくはそれ以外のものなのかはわからないが。

——その〝ブツ〟を、おれにどうしろというんだ——。

やはり、乗ってきた。

「〝ブツ〟の在《あ》り処《か》を知りたいんじゃないかと思ってね。もし興味がないなら、それでもいい」

神山も、相手と掛け引きをするように焦《じ》らした。しばらく間を置き、金安がいった。

——もし、興味があるといったら——。

「教えてもいい。おれには必要ないんでね。これは、警察の領分だ。そうだろう」

また、しばらくの間。

──そうだ。警察の領分だ。情報提供には感謝するよ。それで、その〝ブツ〟はどこにあるんだ──。

だが金安は、〝ブツ〟が何なのかは訊かない。訊くまでもなく、わかっているということだ。

「五十嵐から、その〝ブツ〟を預かった男がいる。その男が、〝ブツ〟をある場所に埋めた」

──ほう……。興味深い情報だな。それで、どこに埋めたんだ──。

奴は、完全に引っ掛かった。

「いまからその場所を教える。何か、メモを取るものはあるか」

神山が、ゆっくりとした口調でいった。

電話を切り、神山はリュックを背負《せお》って車から降りた。

車は、誰も入らないような林道に駐めてあった。タクティカルブーツの紐《ひも》を締めなおし、森の中に分け入る。落ち葉を踏みながら木々の梢を見上げると、空を厚い雲が被っていた。

遠くから、水の流れる音が聞こえてくる。川、だ。神山は、足を速めた。しばらくすると森が開け、崖《がけ》の上にでた。眼下には、阿賀野川の流れが滔々《とうとう》と水を湛《たた》えている。

神山はタクティカルジャケットのポケットから双眼鏡——ニコン・モナークⅢ10×42D——を出し、周囲を見わたした。阿賀野川の対岸には河川敷《かせんしき》が広がり、左手の彼方には昭和五八年に架け換えられた新しい阿賀野川御前橋《ごぜんきょうりょう》梁が見える。古い橋梁は、橋桁《はしげた》も含めてすべて撤去《てっきょ》されている。

だが、鉄橋に繋がる旧トンネルはいまも埋められていない。双眼鏡のレンズを移動させ、対岸の切り立つ崖にピントを合わせる。国道四九号線の上に旧トンネルの深く暗い闇が、ぽっかりと口を空けていた。

神山のいる場所から対岸までは、目算で二五〇メートルほどはあるだろうか。トンネルの入口を見張るには、理想的な場所だ。こちらからはよく見えるが、相手からは見えにくい。もし奴らが、まだ日のあるうちに現われてくれればの話だが。

背中のリュックを下ろし、神山は封筒型のシュラフを岩の上に敷《し》いた。さらに目立たないように落ち葉の迷彩《めいさい》パターンのポンチョを着込む。狩猟《しゅりょう》用の雨具だが、二〇〇メートル以上離れた場所から人間に視認される可能性はまずない。

神山はさらにキャンプ用のガスコンロに火をつけ、パーコレーターでコーヒーを淹《い》れた。ここは新潟市から五〇キロ近く離れた東蒲原郡の阿賀《あが》町だ。金安がいますぐに仲間を集め、磐越自動車道を使ってここに向かっても、姿を現わすまでに最低でも一時間は掛かるだろう。

熱いコーヒーを飲みながら、腕のGショックの時間を見た。まだ午前一一時を回ったばかりだった。時間は十分にある。

途中のコンビニで買ってきた握り飯で昼食を終え、神山は体を伏せて対岸を見張った。鉄橋を鳴らしてJR東日本の磐越西線《さいせん》が何回か通り、その下の国道にも車が行き来している。折られた肋骨がまだ完治していないので、不自然な姿勢が辛《つら》かった。

だが、奴らは意外と早く来てくれた。午後〇時四五分、対岸の国道四九号線沿いのパーキングスペースに、白いランドクルーザーが一台、停まった。『ホテル・イシャエヴ』の車だ。ドアが開き、ダウンパーカやジャンパーを着た男が三人、降りてきた。神山は、双眼鏡のレンズのピントを合わせた。その三人の中の一人が、新潟西部署の金安だった。

神山は金安に、〝ブツ〟は旧阿賀野川御前橋梁の旧トンネルの中にあると教えた。奥に進むと、内壁が崩落《ほうらく》したコンクリートと煉瓦《れんが》の塊があり、そこに赤いペンキで×印が書いてある。二年前に五十嵐から〝ブツ〟を預かった男が、その下に埋めた。

金安は、その話を信じたらしい。だからこそ、この場所に飛んできた。だが、もちろん神山の作り話だ。トンネルの中には確かにコンクリートの塊があり、そこには赤い×印が書かれている。だがそれは、今朝早く神山がトンネルの中に入って仕掛けたものだ。その下をいくら掘っても、何も出てはこない。

神山はレンズを動かし、他の二人を確認した。二人は、ランドクルーザーの荷台からスコップを降ろしている。

西部署の署員ではない。二人とも、見たことのある男だった。一人は『ホテル・イシャエヴ』で神山を痛めつけた小柄なロシア人。もう一人は、神山を旧型のZで追ってきた若い日本人の男だった。

三人は手にスコップやツルハシを持ち、近くに車や人がいないことを確認して国道を渡った。そして崖に沿って、旧トンネルの入口に向かう急な歩道を登りはじめた。

それだけわかれば、十分だった。『ホテル・イシャエヴ』を中心とした奴らの人間関係は、完璧に把握できた。奴らがトンネルに入っていく。これから数時間は出てこないだろう。

神山はガスコンロやシュラフを片付け、崖の上から離れた。

10

市内に戻る途中で国道四六〇号線を右折し、聖籠町に向かった。

町に入っても前日のように体は震えなかったし、それほど動悸も速くならなかった。だが、トラウマが完全に消えたわけではない。あの日の恐怖は、まだ心の中で燻《くすぶ》り続けている。

夕方の五時を過ぎていたが、アリー・ヘイサムはまだ店に残っていた。事務所がわりの古いバスの中に、明かりが灯っていた。神山の車が敷地の中に入っていくと、訝《いぶか》しげな顔でバスの中から顔を出した。

「アリー、元気だったか」

神山がそういって、車から降りた。だが黒いニット帽を目深に被り、髭を生やしている神山を誰だかわからないらしい。

「あなた、誰ですか？」

「おれだよ。忘れたのか」

神山が、歩み寄る。バスの窓から洩れる明かりの中に入った時に、やっと誰だかわかったらしい。

「神山さん、どうしたの。ここにいるの奴らに見つかったら、まずいです。さあ、早くバスに入って」

神山が事務所に入ると、ヘイサムが急いで窓のカーテンを閉めて回った。神山は、汚れたソファーに座った。あの日、ぼろぼろにされた自分が寝かされていた場所だ。室内を見わたすと、記憶が蘇ってくる。

「心配してたよ」ヘイサムがいった。「あれから、どうしてたの。怪我はもうだいじょうぶですか」

神山の前に座り、太い眉を下げて顔を覗き込む。

「しばらく、入院していた。まだ完全じゃないが、何とか動けるようにはなった」

ヘイサムが大袈裟に天を仰ぎ、溜息をついた。表情が豊かな男だ。

「それで、なぜここに来たの。奴ら、あなたのこと捜してたよ」

「ここにも来たのか」

ヘイサムが頷く。

「来ました。次の日に。ブルーのポルシェの男、知らないかって……」

「どんな奴が来た」

「私と同じくらいの、背の低いロシア人。あのホテルの……何というの……バウンサー（用心棒）ね。もう一人は、日本人……」

ロシア人の方は、例のチビのサディストだ。神山を、切り刻んだ男だ。また胸の傷が疼《うず》きだした。

「それで、何と答えたんだ」

「知らないといったよ。もし私があなたを助けたのわかったら、どうなると思うの。私には奥さんも子供もいるんだよ」

やはり、家庭を持っている男は信用できる。

「助けてもらったついでに、もう少し頼みたいことがある」

「頼みって……何ですか。面倒なこと、嫌だよ……」

ヘイサムは話しながら、時折背後のカーテンを少し捲《めく》って外の様子を見る。

「あれから、マリアに会わなかったか」

「マリア……あのセクシーなストリッパーの娘ね。あなたと一緒じゃなかったの」

「いや、一緒じゃない。おれの前から、消えた。ホテル・イシャエヴに戻ったらしい」

ヘイサムがいかにも悲しそうな表情で、首を横に振った。

「なぜ戻ったですか……。可哀相に。あの娘、殺されるよ……」

殺された方が、むしろ幸せかもしれない。

「マリアを、助け出したい」

「助けるって、神山さん、まさか……」

ヘイサムが驚いたように目を見開いた。

「そうだ。あのホテルに乗り込む。協力してほしい」

ヘイサムが、全身から力が抜けたように息を吐き出した。

「どうして。日本人の〝武士道〟ですか。警察にいった方が利口《りこう》だよ」

「警察は、無理だ」

神山は、自分の考えていることをヘイサムに説明した。

『ホテル・イシャエヴ』のオーナーは、在新潟ロシア総領事館のセルゲイ・イシャエヴという男だ。弁護士の大河原によると、ホテル全体が公館扱いになっているらしい。つまり国際法上、ウィーン条約によって、不可侵協定の対象となる。中で麻薬の取引が行なわれようが人が殺されようが、日本の警察は一切手を出すことができない。

ならば、方法はひとつしかない。自分が直接あのホテルに乗り込み、マリアを助け出す。それだけだ。

「危ないよ。奴らは、銃を持ってる。あなたも殺されるよ……」

「わかってる」

「それなら、なぜ行きますか。私に、何を頼むの。まさか一緒に行く、嫌だよ。私には奥さんと子供が……」

「それもわかっている。おれとホテルに乗り込めとはいわない」

「じゃあ私、何しますか。何もできないよ……」

「他に、この町で頼る人間がいない。アリー、君はあのホテルにも行ったことがあるんだろう」

「そりゃあ、昔の景気のいい時には何度か行ったことはあるけど……」

「何でもいい。この町とあのホテルの情報を、少しでも集めたいんだ」

だが、期待は外れた。ヘイサムは、もう三年近くも『ホテル・イシャエヴ』に行っていなかった。それも入ったのはクラブだけで、それ以外はまったく知らなかった。ホテルの内部に関しては、むしろ神山の方が詳しいくらいだった。

ホテルにいる人間のことも知らなかった。覚えているのは小柄なロシア人と、大男だけだった。しかも、名前はわからない。大男の方は特徴からして、ユーリ・グラズノフだろう。日本人が何人かいたことは覚えていたが、やはり名前は知らなかった。

「私に訊いても、無駄だよ。本当に何も知らないし……」

申し訳なさそうに、眉を下げる。

神山は、溜息をついた。久し振りに、タバコが吸いたくなった。

「仲間で他に誰か、あのホテルのことに詳しい奴はいないか」

だがヘイサムは、首を横に振る。

「誰もいないよ。パキスタン人はあまりあのホテルに行かないし、いまは車の仕事をやめてみんないなくなっちゃったよ……」

確かに、そうなのだろう。神山がホテルに行った時にも、ロシア人以外の客はほとんど見かけなかった。だが神山は、ふとあることを思いついた。

「あの店で働いてる女たちは、どこに住んでるんだ」

神山が訊くと、ヘイサムが少し考えた。

「わからない。あのホテルの中でしょう。そう思うよ」

やはり、ホテルの中か。

「女たちは、あのホテルから一歩も外に出ないのか」

「そんなことないよ。買い物とか、ランチとかに出掛けるでしょう。よく見かけるよ」

どうやら女たちは、幽閉《ゆうへい》されているわけではないらしい。いくら治外法権のホテルの中でも、自国のロシア人の女たちにそこまではできないだろう。

「彼女たちは、どうやって出掛けるんだ」

「そうだね。ホテルの日本人の男が、マイクロバスで送り迎えするのよ。新潟……デューティーフリーショップ……レストラン……」

「免税店?」

「そうだよ。新潟空港の近くにあるでしょう。彼女たち、みんなパスポート持ってるからね」

そういうことか。空港は国道一一三号で新潟市内に向かい、阿賀野川を渡ってすぐ右側にある。確か空港の外でも、免税店を見た覚えがある。

「他に、レストランというのは」

「東港の火力発電所からここに来る途中に、GANGES《ガンジス》というカレーハウスがあるでしょ。私の知り合いのパキスタン人がやってるんだけど、そこにホテルのアジア系の女たちがよく来てるよ。フィリピン……タイランド……コーリア……チャイナ……」

神山はその時、ホテルで会ったサラポーンというタイ人の女のことを思い出した。褐色の肌をした、小柄なブルネットの女だ。

「女たちは、いつもその店にいるのか」

「いつもじゃない。でも、よく見るよ。ランチだったり、夜はクラブみたいにパーティーやったり……。でも、たぶん明日は来ると思うよ」

「なぜ、明日だとわかるんだ」

神山が訊いた。

「明後日から、ホテルが忙しくなるから。忙しくなると、みんな遊べなくなるでしょう。だから明日はホテル休みね。たぶん、パーティーやると思うよ」

それが事実なら、面白い。

「しかし、なぜ明後日からホテルが忙しくなるんだ」

「ロシアの、大きな船が入るからね。前にナホトカと新潟の定期航路だった、〝シホテ・アリーニ〟という材木運搬船だよ。確か、二年振りで新潟に来るんでしょう。船員たちは帰りに車を買っていくから、私たちも忙しくなりますね」

神山はその時、前にマリアから聞いた些細《ささい》なことを思い出した。確かマリアの父親はロシアのナホトカ港と日本の富山、新潟東港を行き来する材木運搬船の定期航路の船員だったはずだ……。

「その船のこと、もっと詳しく調べられないか。明後日の何時頃に東港に入港して、いつまで碇泊しているのか。大きさはどのくらいで、積荷は何なのかとか……」

「だいじょうぶ」ヘイサムが笑い、人さし指を立てた。「東港の港湾事務所のホームページ見れば、すぐにわかりますね。待っててください」

ヘイサムがデスクに置いてあったコンピューターに向かい、操作を始めた。港湾事務所のホームページにアクセスする。そこに〝sikote alin〟と船名を入れて検索する。該当《がいとう》する船のデータは、すぐに見つかった。

「ほら、これですね。シホテ・アリーニ、二万八〇〇〇トン。碇泊予定期間は明後日の一一月一日の午後から、四日後の一一月五日の午前中まで。でもこの予定は、変わるかもしれないね。新潟の後は、富山に向かう。積荷は、ロシア産のパイン材……」

神山が横からコンピューターを覗き込む。

「船員の名前を全員、わからないか」

「それは無理ね。わかるのは船長と一等航海士だけだよ」

「その二人だけでもいい。見せてくれないか」

「ちょっと待ってください……」

ヘイサムが、マウスを操作して画面を動かす。間もなく船名の下の枠《わく》の中に、二人のロシア人の名前が表示された。一人は、知らなかった。だが、もう一人は確かに聞き覚えのある名前だった。

――船長＝イワン・ヴォロドヴィッチ・ガブリコフ――。

それは紛れもなく、マリアの父親の名前だった。

11

レストラン『GANGES』は、アメリカの西部劇に出てくる駅馬車の中継所のような店だった。

港から市街地に抜ける港湾道路の原野の中に広い空地があり、その奥に廃材や古い家具を寄せ集めて作ったようなバラックが忽然《こつぜん》と現われる。建物は暗く、寂《さび》れていて、赤や黄色、ブルーのペンキで塗られた外壁も色褪《いろあ》せていた。看板などに書かれているのはパキスタン語か英語、もしくはロシア語のキリル文字だけで、日本語はほとんど見当たらない。

店は営業しているらしく、室内に明かりが見えた。砂利《じゃり》を敷き詰めただけの広い駐車場に、軽自動車と古いトヨタのセダンが駐まっていた。それだけだ。

ちょうど、昼時だった。神山は車を降り、サングラスを掛けたまま店に入っていった。

カレーの強い香辛料の匂いが、つんと鼻を突いた。

店内は意外と広かった。カウンターや、カラオケのセットが置かれた小さなステージもあった。客は、窓際の席にパキスタン人らしき二人連れがひと組だけだった。

神山は『ホテル・イシャエヴ』の人間がいないことを確かめてサングラスを外し、自分も窓際の席についた。ここからなら、他の車が入ってきてもすぐにわかる。

「いらっしゃいませ」

パキスタン人らしき太った女が、神山の前に水を置いた。素朴《そぼく》な笑顔だった。メニューを見ると、片仮名で日本語も書いてあった。

「何が美味《おい》しいのかな」

メニューを見ながら、神山が訊いた。

「カレー好きですか。ランチがお得ですね」

女が、早口の日本語でいった。

「今日のランチは？」

「マトンと野菜のカレー。サラダとタンドリーチキン、それにコーヒーが付くよ」

「じゃあ、それを」

「ライスとナン、どっちしますか」

「ナンにしてくれ」

女が素朴な笑顔を残し、戻っていった。

神山はカレーが来るのを待つ間、店の中を見わたした。一〇人か二〇人が集まってパーティーをやるには、手頃な店だ。近くには何も建物がないので、いくら騒いでも目立たない。

　途中で、席を立った。店内を横切って奥に進むと、女が声を掛けてきた。

「どこに行きますか」

「トイレはどこだ」

「ああ、店の裏にあります。そのドアを出て、外ね」

「ありがとう」

　裏口から、外に出た。少し離れた所に、簡易《かんい》トイレが三つ並んでいた。その先は、やはり原野が広がっている。神山は用を足し、店に戻った。

　間もなく、カレーが運ばれてきた。カレーもチキンも、味は申し分なかった。これならば東南アジア系の女たちの口にも合うだろう。

　食事が終わり、コーヒーが運ばれてきた。空いた食器を片付ける女に、神山が訊いた。

「今夜は何かパーティーでもあるのかい」

「どうしてですか」

　女が、怪訝《けげん》そうに首を傾げる。

「今日は、ハロウィンだろう」

　そうだ。忘れていたが、今日はハロウィンだった。だが、女が笑った。

「私たち、イスラムだよ。キリスト教のお祭り、関係ないです。でも、今夜は外人の女の人、いっぱい来る。お酒飲んで、歌って、踊ります。あなたも来るといいよ」

「そうか。楽しそうだな」

それだけ聞けば、十分だった。神山はゆっくりとコーヒーを味わい、金を払って店を出た。

日が暮れるのを待って、また店に戻ってきた。だが、店内には入らなかった。敷地の裏の原野にスバルを乗り入れ、そこから歩いて店の斜め背後に向かった。

迷彩のポンチョを着て、枯れ草《かくさ》の中に身を潜めた。前に店の裏口。右手に簡易トイレ。左方向の店の向こうには駐車場も見える。車は、三台。昼間よりは客が入っているようだが、店は静かだった。『ホテル・イシャエヴ』の女たちは、まだ来ていない。

しばらく、待った。寒い。気温は一〇度を下回っているだろう。いつの間にか、霧が出はじめていた。店のネオンが、闇の中にぼんやりと浮かび上がっている。

何台かの車の出入りがあった。だがいずれもパキスタン人や日本人で、家族連れの姿もあった。食事を終えると、また出ていく。何の変哲もない、平穏《へいおん》な風景だった。

だが、午後九時——。

駐車場の他の車がいなくなるのを待っていたかのように古いマイクロバスが一台、入ってきた。ボディーに、トップレスのストリッパーのイラストが入っている。『ホテル・イシャエヴ』の車だ。

マイクロバスが、駐車場に停まった。神山はポケットから双眼鏡を出し、様子を見守った。最初に運転席と助手席から、男が二人降りてきた。運転していたのは前日に阿賀野川御前橋梁の旧トンネル跡でも見かけた日本人。助手席に乗っていたのは黒髪の顔じゅうピアスだらけの長身のロシア人だった。

この男にも見覚えがある。あの日、神山を痛めつけ、マリアを嬲り物にした男の一人だ。

日本人の男が後部のドアを開けると、女たちが降りてきた。全部で、七人。ほとんどが髪を染め、白やピンクのダウンを着ていたが、全員アジア系だった。女たちは甲高《かんだか》い声ではしゃぎながら、店に入っていく。

神山は双眼鏡のピントを合わせ、女たちの顔を確認した。中に、ブルネットの女が二人。その内の一人が、サラポーンだった。

全員が、店の中に消えた。しばらくして、大きな音でロックのリズムが鳴りはじめた。パーティーが始まったらしい。

神山は、それからもブッシュの中で待ち続けた。吐く息が白い。かじかむ指先に息を吹きかけながら、店の裏口と簡易トイレを見張る。

一五分ほどして、最初の一人が出てきた。長い髪を明るいブラウンに染めた女だ。見覚えがあった。ホテルのショータイムで、ポールダンスを踊っていたフィリピン系のダンサーだ。女はトイレで小便をすませ、寒そうに背中を丸めながら店に戻っていった。

それから一五分ほどして、裏口からまた人が出てきた。今度は二人だった。例の日本人の男と、ブルネットの女だ。

だが、サラポーンではない。女は韓国系か、もしくは中国人かもしれない。二人で笑いながら話し、小用をすますと、辺りを窺《うかが》いながら抱き合ってキスを始めた。どうやら二人は、デキているらしい。

その後しばらくは、誰も出てこなかった。店の中では音楽が鳴り響き、女たちの笑い声が聞こえてくる。だが、一〇時を過ぎた頃に、また女が出てきた。今度は、一人だ。サラポーンだった。

サラポーンが鼻唄まじりに歩きながら、簡易トイレに向かう。酔っているのか、少し足がふらついていた。ホテルのクラブでは、アルコールの入っていない〝カクテル〟しか飲んでいなかったのだが。

簡易トイレの戸が閉まるのを待って、神山はブッシュを出た。戸の陰になる位置に立ち、身を隠した。中からタイ語らしき鼻唄と、小便の音が聞こえてくる。

終わったらしい。ジーンズを上げ、ベルトを締める気配。便器を流す水の音が聞こえ、戸が開いた。神山が背後から忍び寄り、腕を首に回して口を塞《ふさ》いだ。

「むぐ……」

小さな声が洩れて、神山の腕の中で細い体が硬直《こうちょく》した。

「おとなしくするんだ。いうとおりにすれば、乱暴なことはしない」

女が腕の中で、小さく頷く。神山はそのままサラポーンを、店の裏の物陰に連れ込んだ。体を反転させ、顔を見た。

「サラポーン、おれだ。覚えてるか」

サラポーンが驚いたように大きな目を見開き、また小さく頷いた。

「大きな声を出すなよ」

神山がそういって、サラポーンの口を塞ぐ手をゆっくりと外した。

「覚えてる……。死んだと思った……」

サラポーンがいきなり神山に抱きつき、唇を吸った。

体を離し、神山が訊いた。

「なぜ、おれが死んだと思ったんだ」

「覚えてるでしょう。あなた、あの日クスリほしいといった。私、それを巴田野に話した……」

「ちょっと待て。巴田野って、あのバーテンの男か」

「違います。巴田野、店には出ていない。そうしたら巴田野がグラズノフに話して、あなたを殺すといった……」

「お前が裏切ったんじゃないのか」

だが、サラポーンが首を横に振った。

「そうじゃない。私、裏切りません。あなたのこと、好きだったよ。私、店に出られないように他のお客さんの部屋に行かされた。心配してたよ……」

サラポーンがまた、神山にキスをした。

「わかった。おれも君が好きだ。だから、頼みがある」

罪の意識を感じた。この女を、騙したくはなかった。だが、いまはそんなことはいっていられない。

「何でもいって。私、あなたのこと、助けます」

「いま、あのホテルにマリアという女はいないか。ロシア人と日本人のミックスの、髪の黒い女だ」

〝マリア〟と聞いてサラポーンが一瞬、悲しそうな顔をした。

「知ってます……。マリア、あのホテルにいます……」

「どうしてる」

「彼女、可哀相……。何か、悪いことしました……。だから、そう……何ていうの。クスリ打たれて、奴隷《どれい》にされてる……」

池田から聞いたとおりだ。しかしまだ、殺されてはいないらしい。

「マリアは、あの建物の中にいるのか」

「います……。三階の、一番奥の部屋……。私たちも悪いことすると、そこに入れられることあります……」

三階の奥か。一人で乗り込み、助け出すには最悪の場所だ。

「あのホテルには、入口はいくつある。表と、裏口と……」

「それだけ。でも、あなた入れません。ロビーにはいつも、グラズノフかヴォルコフがいる……」

「ヴォルコフ?」

「そう、小さなロシア人。でも、サディスト。あの人が、一番恐いです……」

神山の胸をナイフで十字に刻んだ、あの男だ。

「裏口の方は」

「だめ。やっぱり、誰か見張ってる。フョードルか、ボリスか……」

〝ボリス〟の名を口にする時に、サラポーンは一瞬視線を店の方に動かした。あのピアスだらけの長身の男が、ボリスなのだろう。だが、そうなるといずれにしても、強行突破しか方法がないということか。

だが、考え込む神山を察したようにサラポーンがいった。

「でも、だいじょうぶ。私、あなたを助けます……」

「どういうことだ」

サラポーンが焦れたように、目を左右に動かす。

「あなた、いつ、何時に来ますか。私、裏口にいる。フォードルとボリス、私が誘います
……」

サラポーンが何をいいたいのか、わかってきた。神山がホテルに来る時間さえわかれば、裏口で見張りの注意を引きつけて手引きするつもりらしい。

だが、サラポーンが本当に神山の味方なのか。信じていいのか。もし彼女が裏切れば、そこで終わりだ。

サラポーンの目が、神山を見つめている。

「明日だ。明日の深夜〇時ちょうどに、あのホテルに行く」

明日は東港に、ロシアの材木船が入港する。ホテルは、忙しくなるだろう。その方が、奴らにも隙ができる。それにマリアのことを思えば、時間の余裕はない。

「わかりました。私、明日の〇時に、裏口にいる。あなたを、助けます。だから……私のお願いも聞いて……」

「何だ。いってみろ」

「私も、助けて。あなたのために、何でもします。迷惑掛けない。だから、私も連れて逃げて……」

サラポーンが、縋《すが》るような目で神山を見つめた。闇の中で、だが大きな瞳に涙が浮かんでいるように見えた。やはりこの女は、騙せない……。

「わかった。君も連れていく。約束しよう」

神山がいうと、サラポーンが笑った。

「私、行きます。みんなが心配するから。明日、夜中の〇時、待ってます」

サラポーンが神山の手をそっと握り、その温《ぬく》もりが闇の中に離れていった。

12

翌日、貨物船シホテ・アリーニは予定どおり新潟東港に入港した。

神山はその光景を、港湾内の福島潟放水路の河口から見守っていた。

黒く巨大な船影が石油タンクが並ぶ岸壁の先に姿を現わし、霧笛を鳴らしながらゆっくりと進んでくる。神山は車の中から、双眼鏡でその様子を見守っていた。

船体に、白い文字が見えた。

『SIKOTE　ALIN』――。

間違いない。あの船だ。

船はタグボートに押され、動いているのか停まっているのかもわからない速度で港の奥へと入ってきた。やがて船体を静かに回転させ、埠頭《ふとう》のガントリークレーンの前に接岸した。その姿は、まるでリリパットの国で囚《とら》われの身となったガリバーのようだった。

船の上には赤と青のコンテナが山のように積まれ、その両側にもキャンバスで包まれた積荷が並んでいた。限界まで荷を積んでいるのか、喫水線《きっすいせん》が高い。霧の中で、ガントリークレーンが動きだした。いつの間にか青いユニフォームに黄色いヘルメットを被った港湾作業員たちが乗り込み、積荷の間を蟻のように行き来しはじめた。

だが、神山のいる位置からは、船の陰になって埠頭の岸壁が見えない。距離が遠く、シホテ・アリーニの船員たちの姿も確認できなかった。あの船に本当に、マリアの父親のイワン・ガブリコフが乗っているのだろうか。

神山は双眼鏡のピントを調整し、画角を船の周囲に広げた。港湾内の全体を、ゆっくりと見渡す。その時、意外なものが視界に入ってきた。

車、だ。ちょうど対岸の派川加治川《はせんかじ》の河口あたりに車が一台、駐まっている。周囲に何もない、護岸壁の上だ。白い乗用車らしいが、霧が出ているので大きさや車種まではわからない。神山の位置から、一キロ以上は離れている。

車の位置を確かめながら、レンズの倍率を上げた。画角の中で、車が次第《しだい》にクローズアップされていく。車種が、わかった。

白いキャデラック――。

車の脇に男が二人、立っていた。二人とも、スーツを着ていた。一人は、熊のように大きい。セルゲイ・イシャエヴと、ユーリ・グラズノフだった。

なぜ、あの二人が……。

奴らがいるのは、シホテ・アリーニが接岸する埠頭の対岸だ。神山とはちょうど、三角形の位置になる。なぜそんな位置から、あの船を見ているのか。イシャエヴは、総領事館員だ。もしシホテ・アリーニに用があるなら、埠頭に直接出向くはずだ。

つまり、奴らも何らかの理由があって、あの船を見張っているということか。だが、なぜだ……。

神山は、しばらく二人を観察した。船を見ながら、何かを話しているようだ。だが、神山の存在に気付いている様子はない。しばらくするとイシャエヴが後部座席に戻り、グラズノフが運転席に乗った。護岸壁の上でゆっくりとターンし、白いキャデラックは霧の中に走り去った。

神山の口元が、かすかに笑った。

面白いものを見たような気がした。いまレンズの中で繰り広げられた光景が、何を意味するのか。なぜマリアが、いまも生かされているのか。

神山はｉＰｈｏｎｅのスイッチを入れ、アリー・ヘイサムの携帯に電話を入れた。

――ハイ、神山さん。元気ですか。生きてて良いことです――。

ヘイサムの大声が聞こえてきた。

「だいじょうぶだ。まだ生きてるよ。いま、東港に来ている。一時間ほど前に、シホテ・アリーニが入港してきた」

――おぉ、私も知ってるよ。仲間から聞きました。明日から商売、忙しくなります。いま、車を洗ってるよ――。

相変わらず、商売熱心な男だ。

「それで、ひとつ頼みがある。忙しいところを悪いんだが、もう一度、港湾事務所のホームページにアクセスしてくれないか。シホテ・アリーニについて、もうひとつ知りたいことがある」

――ちょっと待って。いまやるから。こちらから電話、掛けなおすよ――。

神山は、電話を切って待った。五分もしないうちに、ヘイサムから電話が掛かってきた。

――はい、だいじょうぶ。アクセスしたよ。それで、シホテ・アリーニの何が知りたいですか――。

「ナホトカを出港した日にちだ。何月何日に出港している」

――ちょっと待って。ああ、一〇月二二日の夜だね。その後、北朝鮮の清津に寄って、二六日に出港して……」

一〇月二二日……。

神山が奴らに痛めつけられ、マリアがあのホテルに戻った二日後だ。

「わかった。それだけわかればいい。ありがとう」

——ホテルに行くの、危ないよ。気をつけて——。

だが、神山は電話を切った。

これは、偶然ではない。マリアがあのホテルに戻ることによって、何かが動きだしたのだ。だとすれば今夜、『ホテル・イシャエヴ』で予想外のことが起きる可能性がある。

神山はまた、口元に笑いを浮かべた。

とりあえずいまは、ここまででいい。深夜〇時までは、まだかなり時間がある。

神山は車をターンさせ、新潟市内に向かって走り去った。

13

久し振りに、タバコを買った。

ホテルの部屋に戻り、ラッキーストライクに火をつける。

煙を吸い込むと、空間が歪むような錯覚と共に頭が重力を失う。ただひたすらに不快で、自己嫌悪《じこけんお》を増長させる以外の何物でもない。だが、いまだけは、この安っぽく味気ない刺激にでも頼らなければいられなかった。

神山はタバコを吸いながら、トカレフTT—33を弄《もてあそ》んだ。イヤーヘッドホンからは、エリック・クラプトンの『安息の地を求めて』が流れていた。

マガジンは、抜いてある。チャンバーにも、弾は入っていない。スライドを引き、トリガーを絞《しぼ》っても、ハンマーが撃針を叩く小さな金属音がするだけだ。だが、背筋にナイフの刃先が触れたような、冷たく鳥肌の立つような緊張感がある。

そして、もう何度もそうしてきたように、自分自身に問いかける。

お前は、人に向けて銃のトリガーを引くことができるのか……。

神山は、タバコを消した。銃をテーブルの上に置き、ベッドに横になった。

時計を見た。午後七時二〇分。いまのうちに、少し何かを食べておいた方がいい。

胃の中は、空《から》っぽだった。だが、体が受けつけそうもなかった。食べ物のことを考えても、胃から苦いものが込み上げてくるだけだ。

心がざらつき、ささくれ立っている。一方で神経だけが、触れれば痛いほどに鋭く研《と》ぎ澄まされていた。自分の心臓の音が頭の中で鳴り響き、それが鳴り止まない。

神山は、音楽を止めた。イヤーヘッドホンを耳から外し、また時計を見る。前に見た時から、まだ一〇分しか経っていない。時間が過ぎるのが遅い。

もう、ここにいるのは我慢《がまん》できない。そう思った。時間はまだ早いが、もう出掛けた方がいい。

ベッドから立ち、バスルームに向かう。神経質なほどに全身を洗い流し、鏡の前に立つ。目が異様にぎらつく自分の顔が、一瞬だれだかわからなかった。

胸の傷を見る。そして、自分にいい聞かせた。情《なさけ》も容赦《ようしゃ》もいらない。奴らを、暁《あかつき》に祈らせろ——。

新しい下着に、洗いたてのシャツを身に着けた。黒のタクティカルパンツに黒のタートルネックを着て、黒のタクティカルジャケットに袖を通す。フリースの黒のフェイスマスクは、ポケットに入れた。

闇を利用すれば、それだけ生存確率は高くなる。ただの気休めかもしれないが。最後にトカレフをベルトに挿し、ジャケットのファスナーを上げて部屋を出た。

エレベーターでフロントに下り、鍵をドロップした。

「お出掛けですか」

もう顔見知りになったフロントマンが、声を掛けてきた。

「ああ、出掛けてくる。今日は遅くなると思う」

神山がそういって、出口に向かう。だが途中で思い直したように踵を返し、カウンターに戻った。

「何でしょう、〝山村《やまむら》〟様……」

神山は、ホテルのチェックインカードに本名を書いていない。

「もし明日の昼になっても戻らなかったら、ここに連絡を取ってくれないか。〝カミヤマ〟といえば、わかるはずだ」

神山はそういって、カウンターの上にあったメモ用紙に薫の名前と携帯の番号を書いた。他に都合のいい人間の顔が、思い浮かばなかっただけだ。

「はあ……」

フロントマンが、訝しげに神山の顔を見ていた。

パーキングから車を出し、聖籠町に向かった。すでに、通い馴れた道だ。だが神山は、いつもとは違うコースを走った。中央区から新潟みなとトンネルを抜け、信濃川を渡った。国道一一三号を直進。途中で新潟空港の入口を、左に曲がった。

アリー・ヘイサムのいっていた免税店は、空港の手前のすぐ左手にあった。外壁も看板も紅色で塗られた派手な建物だった。白いのは、SONYの看板だけだ。

神山は店の前に車を停め、しばらく様子を見守った。八時を過ぎているのに、店の中は賑《にぎ》わっていた。だが外から見えるのは、中国人らしき客の姿だけだ。ロシア人の船員らしき客はいない。

神山は車をターンさせ、国道に戻った。松浜橋《まつはま》で阿賀野川を渡り、さらに福島潟放水路を越えて新潟東港の港湾内に入っていく。先程と同じ場所に車を停め、埠頭を見た。不夜城のように煌々《こうこう》と輝く照明の中にシホテ・アリーニの船体が横たわり、その上に聳える赤く巨大なガントリークレーンがコンテナを吊《つ》り上げていた。

特に、変わった様子はない。むしろ平穏な夜の港湾の風景だった。

神山は、国道に戻った。七号線に出て東港を迂回《うかい》し、聖籠町に入っていく。

体がまた、震えはじめた。息が、苦しい。動悸が激しくなり、暑くもないのに背中に汗が滲み出てきた。

落ち着け。大きく息を吸い、自分にいい聞かせた。だが、手足の震えが止まらない。

火力発電所の脇の道から奥に進み、海岸線の道を右に曲がった。裏から回り込むように、『ホテル・イシャエヴ』に近付く。ヘッドライトを消し、スモールランプだけでゆっくりと進む。左手の防風林の影が深い闇を投げかけ、右手には畑が広がっていた。その先に、ホテルの明かりがぼんやりと灯っていた。

神山は、ホテルの裏を通り越し、防風林の松林の中に車を乗り入れて駐めた。スモールランプも消した。近くに見える明かりは、ホテルとその一角だけだ。

窓を少し開けると、ホテルからかすかにロックのリズムが聞こえてきた。時計を見た。まだ九時を回ったばかりだった。時間が過ぎていくのが遅い。

海風が、また霧を運んできた。神山は闇の中に目を凝《こ》らし、遠くの『ホテル・イシャエヴ』の建物を見つめた。三階の一番奥の部屋にも、ぼんやりと明かりが灯っていた。マリアがいる部屋だ。彼女は、いまあの部屋で、何をしているのだろう。だが小さな明かりは、やがて霧の中に霞《かす》み、見えなくなった。

神山は、息を殺した。

目を閉じて、自問する。

——神山健介、お前は何者なのか——。

そして自分に答える。

——おれは狂った、手負いの野獣だ——。

どこからか、人の声が聞こえてくる。女の声だ。懐かしい、母の声だった。

——健介、そこで何をしてるの——。

母が、笑っている。

——別に、何でもないさ。ただ、友達と約束があるんだ——。

嘘をついたことに、心が痛んだ。

——終わったら、早くお帰り。晩御飯を作って、待ってるから——。

——うん。終わったら、すぐに帰るよ——。

——じゃあね。またね——。

母が背を向けて、歩き去っていく。

「母さん……」

呼び止めようとしたところで、目が覚めた。

息が、荒い。背中が汗でびっしょり濡れていた。夢、だ。少し眠ってしまったらしい。

時計を見た。一一時三〇分。あと、三〇分だ。

体を伸ばす。顔を叩き、大きく息を吸った。奇妙なことに、気分がだいぶ軽くなっていた。

ポケットからフリースのフェイスマスクを出し、それを頭から被る。下からマスクの部分を上に引き上げ、口元と鼻を隠す。出ているのは、両目の部分だけだ。

エンジンを止め、車から降りた。冷たい風が全身を包み込み、体が一気に目覚めた。ベルトからトカレフを抜き、スライドを引いて最初の一弾をチャンバーに送り込む。

この銃には、安全装置が付いていない。もう、後戻りはできない。そう、自分にいい聞かせた。

神山は防風林を離れ、農道を走った。辺りは一面の休耕地で、ほとんど遮蔽物《しゃへいぶつ》はない。だが神山は、全身を黒一色のパンツとジャケット、フェイスマスクで包んでいる。しかも今夜は霧で、月も出ていない。見られる心配はない。

一本手前の農道から、神山は畑の中を突っ切った。ホテルから聞こえてくる音楽が、少しずつ大きくなってくる。そのまま農道に駐めてあるバンの後ろに、身を隠した。

銃を右手に構えて顔を出し、辺りを探る。近くには、誰もいない。

二〇メートルほど先に、ホテルの裏口が見えた。一〇日ほど前に、神山がマリアと共に脱出した場所だ。小さな蛍光灯がひとつ、点滅していた。だが、やはり人影は見えなかった。

腕のGショックを見た。一一時五〇分を過ぎた。サラポーンとの約束の時間まで、あと一〇分もない。

その時、人の声が聞こえた。笑い声だ。男と女が、笑いながら何かを話している。

神山は、気配を殺して移動した。裏口に近付き、別の車の陰に身を潜めた。蛍光灯の光の中で、人影が動くのが見えた。

一人はサラポーン。もう一人は昨夜レストラン『GANGES』で見た長身のピアスの男だった。

サラポーンが男の体に腕を回し、背伸びをして唇を吸った。男が顔を歪めて笑い、長い腕を伸ばしてサラポーンのドレスを捲り上げる。彼女は何も着けてない尻を触られながらも、しきりにこちらを気にしている。

神山は、あたりを探した。足元に、手頃な石がひとつ。これで十分だ。トカレフのハンマーをハーフコックに戻してベルトに挿し、石を右手に持ち換えた。

サラポーンが男に、寒いというような素振りを見せた。男の手を引き、外に出てきた。神山の隠れている車のドアが、開いた。サラポーンと男が、笑いながら乗り込む。

午前〇時――。

シンデレラのダンスの時間は終わった。

神山は石を握り締め、車の陰から立った。

14

ある著名な動物学者の説を、思い出した。

学者の名前は忘れてしまったが。

その説によると、すべての動物の牡は性行為の最中に最も集中力を高めるらしい。つまり逆に、外敵に対しては注意力が疎《おろそ》かになる。

学説が正しかったことに関しては、まったく異論はない。実際に神山が車の背後から反対側のドアに回っても、ボリスは性行為に集中していた。敵が背後に立っていることも気付かずにサラポーンをシートに押し倒し、ズボンを下ろしたまま尻を動かし続けていた。

さすがに寒いのか、睾丸は縮み上がっていたが。

サラポーンは脚を開いて男を受け入れながら、闇の中で大きな目を見開き、神山を見つめていた。だが、神山が口の前に人さし指を立てると、やっと誰だかわかったのか安堵《あんど》の表情を見せた。そして恥じらうように、右手で顔を隠した。

ボリスはまだ神山に気付かずに、ロシア語で何かを呟《つぶや》きつつ腰を動かしていた。今日は裏口の見張りは、ボリス一人の役目だったらしい。それが、不運だった。神山はもう一度、周囲を見渡した。他に誰もいないことを確かめ、声を掛けた。

「ボリス、こんなところで何をやってるんだ」

自分の名を呼ばれ、男が振り返った。一瞬、何が起こったのかわからなかったようだ。顔を歪めてだらしなく笑いながら、神山を見た。それでもまだ、腰は動いていた。

だが、神山がフェイスマスクをしていることに気付き、やっと情況を理解してくれたらしい。

「○△×#※〜!!!」

ロシア語で——おそらくロシア語なのだろう——何かを叫びながら女から離れ、こちらに向かってきた。だが、下ろしたズボンが足元に絡みつき、よろめいた。神山はそこを狙い、石を握った拳を全体重を掛けて男の顔の真中に叩き込んだ。

ぐしゃ!

頬骨が砕ける心地好《よ》い音がして、男の体が前のめりに倒れた。一発で、沈んだ。カウンターで当たり所が良かったので、死ぬかもしれない。だが、そんなことは知ったことじゃない。

「あなた、だいじょうぶですか……」

サラポーンがドレスを直し、車から出てきた。神山に抱きつき、恐ろしそうに倒れているボリスを見下ろす。そして男が完全に意識を失っていることがわかると、歩みより、股間《こかん》にだらしなく垂れ下がっているペニスをピンヒールの踵《かかと》で踏みつけた。

一瞬、ボリスの体が電流を通されたように痙攣した。これだから、女は恐い……。

「そんなものを被ってるから、誰だかわからなかったよ」

サラポーンが神山の顔を指さし、いった。

「これか」

神山が、フェイスマスクを下ろす。口と鼻が出てくるとサラポーンが改めて神山に抱きつき、唇を吸った。

「他のロシア人たちは」

神山が訊く。だがサラポーンは、首を横に振った。

「今日は、クラブにいる。あとは、船……。これから〝取引〟あります……」

「取引？」

「はい。大きな、取引。そう……麻薬……たぶん……私、わからない……」

だが、それだけでも事情は理解できた。今夜、これから麻薬の取引があるということか。〝船〟というのは、『SIKOTE　ALIN』のことだろう。

「マリアはどこだ」

〝マリア〟と聞くとサラポーンは一瞬、表情を曇らせた。だが、すぐに笑いを繕《つくろ》い、神山の手を引いた。

「こっち」

崩れたブロックの壁を越えて、ホテルの敷地の中に入った。小柄なサラポーンに手を引かれ、神山は建物の陰に身を隠しながら奥へと進んだ。以前、マリアと二人でホテルから逃げる時に通った場所だ。だがサラポーンはキッチンの裏に通じるドアからは入らず、さらに奥へと向かっていく。

サラポーンが、歩きながらいった。

「マリア……三階の奥。でも、フォードルが見張ってる……」

「見張りは一人か」

「たぶん。もしかしてもう一人、日本人います」

間もなく、垣根の裏を通った。どこからか、男と女の笑い声が聞こえてきた。神山はサラポーンに合図して立ち止まり、垣根の隙間から中を覗いた。

露天風呂だった。ロシア人らしき男が二人に、白人とアジア系の女が一人ずつ。全員、裸で酒を飲んでいる。まるで外国のポルノ映画の一シーンだ。

サラポーンが、急《せ》かすように手を引いた。神山を見て、頷く。

わかっている。いまは、それどころではない。先を急いだ。

露天風呂の裏を通り過ぎ、建物の角を曲がる。しばらくは壁との間の狭い通路を抜けた。迷路のようだった。そしてまた建物の角に出た所で、サラポーンが足を止めて屈《かが》んだ。

建物の陰から顔を出し、先を覗く。

「どうしたんだ」

神山が訊いた。

「ここ、危ないです……」

サラポーンがいうと同時に、建物の陰に光が差し込んだ。エンジン音と、タイヤが砂利を踏む音が聞こえた。車だ。

光が消え、音が止まるのを待って神山も顔を出した。そこはホテルの正面の駐車場だった。

植え込みの先にランドクルーザーがあり、その先にホテルの正面玄関が見える。エントランスの屋根の下に、例の白いキャデラックが駐まっていた。

運転席が開き、スーツを着た大男が降りてきた。グラズノフだ。玄関で待っていた日本人の男とチビのロシア人が車に歩み寄り、後部のドアを開けた。それを待っていたかのように、もう一人ロシア人らしき男が降り立った。

遠目にも、顔の濃い灰色の髭がわかる。年齢は、六〇歳を超えているだろう。白い船員服を着て、右手にジュラルミンのアタッシェケースを提げていた。

「あの男を知っているか」

神山が、声を殺して訊いた。

「知らない……。サラポーン、見たことないです……」

だが、聞かなくてもわかる。おそらくあれが、イワン・ヴォロドヴィッチ・ガブリコフだ。取引の相手というのは、マリアの父親だったのか……。

男はグラズノフやチビのロシア人が頭を下げる間を通り、ホテルの中に入っていった。

だが、男は一人だった。他に、手下らしき者は帯同していない。奇妙だ……。

中庭に誰もいなくなるのを待って、サラポーンがまた動き出した。腰を低くし、植え込みとランドクルーザーに身を隠しながら前に進む。

「こっちです」

しばらく行くと、建物の一番手前の窓の下で止まった。サラポーンが辺りに気を配りながら、窓に手を伸ばした。窓に鍵は掛かっていない。

窓が開いた。サラポーンが、まず窓枠を乗り越えて部屋に入った。神山がそれに続く。

二人が部屋に入るとサラポーンが窓を閉め、明かりを点けた。

「鍵を開けておいたのか」

神山が訊いた。

「そうです。ここ、私たちの部屋。いま、誰もいない。心配ないです」

一〇畳ほどの、広い和室だった。女の甘い体臭が籠っていた。以前、この旅館を日本人が経営していた時には客室だったのだろう。そこに七人分の蒲団《ふとん》が敷かれ、部屋じゅうに女たちの脱ぎ捨てた服や下着が散乱していた。

サラポーンの後に続き、部屋を横切る。反対側のドアを開けると、クラブのロックのリズムが飛び込んできた。

サラポーンがドアの外に誰もいないことを確かめ、手招きした。

「こっちです」

部屋を出た所は、クラブの入口を過ぎた廊下の奥だった。だがクラブからは、死角になって見えない。ドアを出て左に行き、ひとつ角を曲がると、そこに階段があった。

「ここ、上がります」サラポーンがいった。「この階段、誰もあまり使わない……」

サラポーンに続き、階段を上がる。だがその時、上で人の気配がした。低い男の声と、女の笑う声……。

一瞬、迷った直後に、狭い踊り場でサラポーンが神山に抱きついてきた。自分が壁の側に立って、引き寄せる。ミニのドレスの裾《すそ》をたくし上げ、肩紐を下げて乳房を出し、そこに神山の頭を抱き寄せた。

上から、人が下りてくる。神山は屈みながらサラポーンの小さな乳房に顔を埋め、右手でベルトに挿したトカレフの撃鉄に親指を添えた。

間もなく、男と女が下りてきた。ロシア人の男と、先日レストランで見かけたアジア系の女の一人だった。男の方は、客らしい。片手にウォッカ代わりの焼酎のボトルを握り、片手で女の腰を抱えている。

踊り場ですれ違う時に、男と目があった。かなり酔っているらしい。神山に親指を立てて笑い、ロシア語で何かをいった。おそらく、「お互いに頑張ろうぜ、兄弟……」とか、そのようなことをいったのだと思う。神山も親指を立て、片目を閉じた。

二人が階下に下りるのを待って、また階段を上った。二階から次の踊り場へ。そして、三階へ。その手前でサラポーンが止まり、神山に〝待て〟というように手で制した。

サラポーンが階段から顔を出して覗き、また神山の方に下りてきた。

「いま、廊下に誰もいない……」

「この先に、マリアがいるのか」

「そう。一番、奥の部屋。でも、部屋の中に誰かいる。たぶん、フョードルか、ヴォルコフ。もしかしたら、二人……」

「どうする」

「最初、私が一人行く。それで戻ってくる。あなた、ここで待つ。よいですか」

「だいじょうぶか」

「平気ですね。私のこと、みんな知ってるよ」

サラポーンが笑い、廊下に出ていった。

絨毯《じゅうたん》を踏む、ハイヒールのかすかな足音。その気配がやがて遠ざかっていき、ドアをノックする音が聞こえた。

サラポーンが、部屋に向かって何かを話し掛けている。ドアが開き、中に入ったのがわかった。

しばらく、待った。

一分……。

二分……。

またドアが開き、誰かが出てきた。走る足音。ハイヒールの音が、一人だけだ。サラポーンが壁を回り、階段に戻ってきた。

「マリア、います。男、フォードル一人だけ……」

息を切らして、いった。

「マリアは、どうしてる」

サラポーンは何かをいいにくそうに視線を動かし、話を逸らした。

「フォードル……ビールを持ってこいといいました。私、取りに行く……」

情況は悪くない。奴は、油断している。

「わかった。ビールを取りに行け。ついでに、ロープを探してこい。ガムテープでもいい」

「わかった。探してくる」

サラポーンがそういって、階下に下りていった。

それほど、待たされなかった。数分もしないうちに、ハイヒールで階段を駆け上がるサラポーンの足音が聞こえてきた。彼女の足音は、わかりやすくていい。サラポーンは左手にハイネケンのボトルを持ち、右手に荷造り用のガムテープを持っていた。

「これでいい?」

サラポーンが訊いた。

「上等だ。行こう」

神山はサラポーンと共に、廊下を奥まで進んだ。階下からは、激しいロックのリズムが流れてくる。途中でベルトからトカレフを抜き、両手で肘を曲げて顔の脇に構える。

ドアの前に、立った。神山が、目配《めくば》せで合図を送る。サラポーンがドアをノックし、英語で声を掛けた。

「私だよ。ビール持ってきたよ」

中から、男の声。サラポーンが、一歩下がる。ドアが開き、中からフョードルが現われた。神山は両手でトカレフを構え、男の目の前に銃口を向けた。

「フリーズ！」

低い声で、いった。瞬間、驚いた顔。だがいくら腕力に自信があっても、さすがはロシア人だ。安全装置のないトカレフTT―33がいかに危険な存在であるかを理解している。大人しく、両手を上げた。

「ここで、見張っててくれ」

神山が、サラポーンにいった。

「わかった。だいじょうぶ」

サラポーンから、ガムテープを受け取る。男に銃を突き付け、部屋に入った。赤い小さなランプが灯っているだけの、暗い部屋だった。

奥が、カーテンで仕切られていた。男と女の饐《す》えた臭いが籠っていた。

「跪け」

銃口で指図し、英語で命じた。男は顔に笑いを浮かべながら、だが、大人しく従った。

神山はゆっくりと男の背後に回り、トカレフの台尻を力まかせに後頭部に振り下ろした。

頭蓋骨が陥没《かんぼつ》する感触と共に、男の巨体が前のめりに倒れた。さすがに旧ソビエト連邦の鋼鉄でできた武器は頑丈だ。最近のプラスチック製の銃床の銃とはモノが違う。

神山はトカレフを床に置き、ガムテープで男の手足を縛り上げた。さらに、口に猿轡《さるぐつわ》をかます。その時、カーテンの向こうから女が呻くような声が聞こえてきた。

「マリア、おれだ。いまいく」

神山は部屋を横切り、カーテンを開けた。

そこに、マリアがいた。

15

神山はしばらく、それが誰だかわからなかった。

だが、確かにマリアだった。

マリアは全裸で汚れたマットレスに横たわり、両手をロープでベッドの枠に縛られていた。枕元には点滴のスタンドが立ち、無色透明の液体が入った袋から細い管《くだ》がマリアに繋がっている。管の先の針は、腕の静脈に刺さっていた。

死人のような目で、マリアが神山を見つめた。赤いランプの光の中で、涎《よだれ》を垂らしながらかすかに笑った。乳房や、白い腹の上に、悪戯描きのようなキリル文字や絵の入《い》れ墨《ずみ》が浮かんだ。

「あ……」

マリアが、小さな声を出した。

「だいじょうぶか。いま助けてやる……」

神山はマリアに歩み寄り、テープで留めてある静脈の針を抜いた。おそらく、覚醒剤だ。もしかしたら、チオペンタールなどの幻覚剤——自白剤として使われることもある——を混入しているかもしれない。リンゲルで覚醒剤や幻覚剤を希釈して、赤い光の中で二四時間体内に注射し続ける。

ソビエト連邦があった東西冷戦時代、旧KGBが西側のスパイを自白させるために使ったといわれる惨酷《ざんこく》な拷問《ごうもん》方法だ。これを使われると短期間に人間の精神が崩壊し、発狂する。そして脳と心臓の機能が停止し、死に至る。

神山はナイフを抜いて腕のロープを切り、マリアの体を助け起こした。体臭と、薬と、男の臭いが入り混ざった腐臭《ふしゅう》が鼻を突いた。肋骨の浮いた体は魂が抜け落ちたように軽く、亡霊のように弱々しかった。

だがマリアは体を支える神山を見つめ、涙を流した。そして消え入るように小さな声で、いった。

「……ありが……とう……。来て……くれると……思って……た……」

神山は、マリアの目を見つめて頷いた。だいじょうぶだ。お前はまだ、完全には壊れていない。必ず、生き返る。

「早く、ここを出よう」

神山はそういって、マリアの体を抱き寄せた。手を添えてそっと顔を上げ、マリアの唇を求めた。だがマリアは、神山から顔を背けた。

「……やめ……て……。私……は……汚れている……」

それでも神山は、マリアの髪を分けて額に口付けをした。その時、気が付いた。マリアの美しい顔に、その額に、やはりキリル文字が書きなぐられていた。

〈── ИВАНОВ ──〉

神山はそれを、手で拭った。だが、消えなかった。やはり、タトゥーだった。

「何て、書いてあるんだ」

神山が、訊いた。

マリアの目から、大粒の涙が溢《あふ》れ出した。そして震える声で、いった。

「……豚……」

糞……。

神山はマリアの頭を抱き寄せ、汚れた顔を撫でた。しばらくは、何もいえなかった。

沸々《ふつふつ》と、怒りが湧き上がってきた。

許さない。神山は、心に誓った。奴らを、皆殺しにしてやる。

「とにかく、ここを出るんだ」

マリアが、力なく頷く。

「……うん……」

「服は」

「……ない……」

辺りを探したが、マリアの服はなかった。仕方なく神山は窓に掛かっているカーテンを引き裂き、それをマリアの体に巻きつけた。自分のタクティカルジャケットを脱ぎ、それをマリアに着せた。

その時、背後に気配を感じた。

「ウオォォォ……」

獣《けもの》が吼《ほ》えるような声に、振り返った。仕切りのカーテンが開き、ガムテープを引き千切ったフォードルが血みどろの形相《ぎょうそう》で飛び掛かってきた。

銃を抜こうとしたが、遅かった。神山は体を飛ばされ、ねじ伏せられた。太い腕が首に巻きつき、全身を圧迫された。

まだ完治していない肋骨や傷が、激痛と共に悲鳴を上げた。息ができなかった。マリアは無表情な目で、呆然と見つめている。

だが、かろうじて右手は動いた。神山はベルトからトカレフを抜き、撃鉄を起こした。銃口を、相手の腹に押し当てた。引《ひ》き鉄《がね》を、引いた。

銃声！

右手を、強い反動が襲った。同時に男の体が吹き飛ぶように浮き上がり、重圧が消えた。

神山は、銃を持って起き上がった。フョードルは床に仰向《あおむ》けに横たわり、腰を押さえて痙攣していた。赤く暗い光の中で、何かに驚いたように神山を見つめていた。

まさか、本当に撃たれるとは思わなかった。自分の人生が、こんなことで終わるわけがない。そんな表情だった。

「……貸して……」

マリアが、呟くようにいった。

「何を」

「銃を貸して……」

いうと同時に、マリアが神山の手からトカレフを奪い取った。躊躇《ちゅうちょ》することなく、男の胸に銃弾を撃ち込んだ。フョードルは一度、体を大きく痙攣させた。そして動きを、完全に止めた。

「なぜ」

神山が訊いた。マリアは体を巻いたカーテンの布を捲り上げ、下腹部に彫られたキリル文字を指し示した。

「……ここに、何て書いてあるかわかる？〝便所〟よ……。私は、こいつらに……そう扱われたの……」

神山はマリアの手から、そっと銃を取った。

「いまの銃声を聞かれたかもしれない。急ごう」

神山は頭の中で、トカレフの銃弾の残りを数えた。最初に弾倉に入っていたのは、八発。いま二発使ったので、残り六発――。

何日もベッドに縛られていたためか、それとも薬のせいか。マリアはふらついていた。

神山はそのマリアの体を支えながら、部屋の出口に向かった。

静かに、ドアを開けた。外の様子を探る。だが、廊下で待っているはずのサラポーンの姿が見えない。

「……どうしたの……」

マリアが訊いた。

「サラポーン……店の〝ジャンナ〟という子を知ってるか」

「……知ってる……。タイからきた……とても優しい子……」

「おれをここまで手引きしてくれたのは、彼女だった。ここで見張っているようにいったんだが……」

銃声に驚いて、逃げたのかもしれない。神山は、マリアと二人で部屋を出た。だがその時、異様なものを見た。

色が掠《かす》れた赤い絨毯に、べっとりとどす黒い染みが付いていた。まだ、濡れている。血溜まりだ……。

血は、周囲の白い壁にも飛び散っていた。廊下を引きずり、点々と血痕《けっこん》を残し、隣の部屋のドアの下に消えていた。だが、廊下には誰もいない。

「この部屋は」

神山が訊いた。

「……空《あき》部屋……。使ってない……」

神山は壁に身を隠すように立ち、ドアをそっと引いた。部屋の中は暗い。しばらく待ち、銃を両手で保持して部屋の中に入った。だが、何も起こらなかった。

しばらく、待った。窓の外にホテルのネオンが光り、そのかすかな明るさに目が馴れてきた。八畳間が二つ繋がった、広い部屋だ。その手前の部屋の中央に、何かがあった。

マリアを部屋に入れて入口で待たせ、部屋に上がった。人が倒れていた。サラポーンだった。

サラポーンは意志の存在しない瞳を闇に見開き、咽《のど》を掻き切られていた。ドレスの胸をはだけ、固く小さな乳房を十字に切り裂かれていた。

神山は、自分の胸の傷に痛みを感じた。

糞……。

殺ったのは、あのチビのロシア人……ヴォルコフだ。

神山は、サラポーンの目蓋《まぶた》をそっと閉じた。

「……どうしたの……」

「サラポーンだ。死んでる」

「そう……」

マリアが、感情のない表情で頷く。

「とにかく、このホテルを出よう」

だが、その時、何かが起こった。

窓に、光が差し込む。ディーゼルエンジンの咆哮《ほうこう》と、タイヤの、悲鳴——。

轟音《ごうおん》！

何かが爆発したように、建物全体が揺れた。ロシア語の、叫び声。悲鳴。そして、銃声が鳴った——。

襲撃だ。

警察か？

まさか……。

神山は、部屋の中を走った。窓を開け、下を見た。

ホテルの入口にダンプカーが一台、飛び込んでいた。その後方にも乗用車が一台。ダンプカーの荷台と乗用車から、銃を持った男が次々と飛び降りてくる。

ロシア人だ。警察じゃない……。

「……何が、起きてるの……」

「わからない。とにかく、ここを脱出しよう」

神山はマリアの手を引き、部屋を出た。

16

廊下は静かだった。

だが階下からは、様々な音や声が聞こえてきた。

銃声——。

何かを叩き壊す音——。

男たちの怒号——。

女たちの悲鳴——。

まるで映画館で聞く、効果音のようだった。

神山は右手で銃を構え、左手でマリアを引いて廊下を進んだ。すべてのドアの前で立ち止まり、中を確認する。だが、人の気配はない。

階段まで、何事も起きなかった。ヴォルコフは、消えてしまった。神山は、よろめくマリアを支えて階段を下りた。三階から、二階へ。だが、途中の踊り場まで来た時に、階下から人の足音が駆け登ってきた。

神山は階段の上から階下を狙い、待った。ハイヒールらしき足音。女、だ——。

次の瞬間、二階のフロアーに半裸の女が二人、現われた。金髪のロシア人と、フィリピン系の女。どちらも、見覚えがある。ショータイムの、ダンサーだ。

神山に気付き、悲鳴を上げた。腰を抜かすようにその場に跪く。そして泣きながら、ロシア語で許しを請《こ》うように何かをいった。

「何といってるんだ」

マリアに訊いた。

「……殺さないで、って……」

「殺しはしない。三階の一番奥の部屋に隠れていろといってやれ。フョードルが死んでいることも伝えろ」

マリアが、ロシア語で話した。二人の女は顔を見合わせて驚き、だがすぐに立ち上がると、神山とマリアの脇をすり抜けて三階に駆け上がっていった。

神山は、二階に下りた。だが、一階からの騒ぎが一段と激しさを増している。一瞬、考えた。このまま一階に下りるのは、危険だ。

「こっちだ」

神山は、二階の廊下を奥に向かった。

「……待って……。そっちの階段は、ロビーに下りるの……。危ない……」

マリアが止めた。

「わかってる。いいから、来るんだ」

廊下を走った。途中で部屋のドアが開き、腰にバスタオルを巻いた客と裸のアジア系の女が顔を出した。神山が銃を向けると女が悲鳴を上げ、慌ててドアを閉めた。

さらに、奥に進む。間もなく、階段だ。だがその時、階下から人が駆け上がる足音が聞こえてきた。

一人ではない。おそらく、数人。しかも、男だ……。

「こっちだ」

神山はマリアの手を引き、反対に走った。元の階段の場所まで、戻る。だがこちらからも、人が上がってきた。

廊下の真中で、立ち止まった。リボルバーやトカレフで武装したロシア人の船員らしき男が、三人。すべて、知らない顔だ。

逆を向いた。こちらは、二人だ。だがそのうちの一人は、カラシニコフ——AK—47

—を構えていた。

両側から、男たちが歩いてくる。神山はトカレフを掲げ、両手を頭上に挙げた。万事休す、だ……。

だが、次の瞬間、廊下に低く太い男の声が響いた。

「マリア！」

奥の階段だ。男たちの後ろにもう一人、白い船員服を着た初老の男が立っていた。イワン・ガブリコフ……。

「パパ！」

マリアが叫んだ。神山を離れ、男に歩み寄る。男も手にしていたリボルバーをベルトに挿し、他の船員たちの前に出た。両手を広げ、こちらに歩いてきた。

マリアが男の腕の中に、飛び込んだ。ガブリコフが、マリアを抱き締める。マリアが父親の厚い胸に、顔を埋めた。

マリアが顔を上げ、父親の顔を見た。神山を指さし、何かを話している。やがてガブリコフが頷き、二人で神山の方に歩いてきた。

「カミヤマ……サン……」

ガブリコフが神山の前に立ち、片言の日本語でいった。濃い髭で被われた顔は、だが、穏やかだった。

「私のパパよ」マリアがいった。「銃を仕舞って」

神山が手を下ろし、トカレフをベルトに戻した。ガブリコフが右手を差し出し、厚く大きな掌《てのひら》で神山の手を包み込んだ。そして、今度は英語でいった。

「あなたは、私の友人だ。そして、娘を命懸《いのちが》けで助けてくれた恩人でもある。ありがとう」

ガブリコフが神山を握る手に、さらに力を込めた。

だが、平和は一瞬で吹き飛んだ。

銃声！

目の前の船員が一人、血飛沫《ちしぶき》を上げて倒れた。他の全員が、身を低くして応戦する。神山の目の前で、カラシニコフが連続して火を噴いた。

マリアが耳を押さえ、悲鳴を上げた。神山も銃を抜き、その上に覆い被さった。

敵は、両側の階段から上がってきた。手前に、大男のグラズノフ。奥に、チビのヴォルコフ。他に、何人かの日本人。全員が銃を手にしていた。廊下に、銃弾が飛び交った。神山も、応戦した。一発！　二発！　三発！

その時、ガブリコフがいった。

「二人で、逃げなさい！」

ガブリコフが、立ち上がった。廊下にあった椅子を窓に投げつけ、ガラスが砕けた。手を引いてマリアの体を持ち上げ、窓の外に放り投げた。

悲鳴、そして水に落ちる音。神山も迷わず窓枠を乗り越え、飛び降りた。

下は、露天風呂だった。体は濡れたが、どこも怪我はしていない。マリアを助け起こし、洗い場に上がった。

裸の男と女が、神山を見て震えていた。その向こうには、血溜まりの中に男が倒れていた。神山は歩み寄り、その男の顔を見た。ヴォルコフに神山を痛めつけさせた、あの日本人だった。

「お前が巴田野か」

神山が訊いた。だが男は、何も答えなかった。すでに死んでいた。

「行こう」

マリアの手を引いた。

「……どこに……行くの……」

「この先の海辺の防風林の中に、車を駐めてある」

後ろではまだ、散発的な銃撃戦が続いていた。神山はホテルの敷地を出て、闇の中に逃れた。途中で農道を越えたが、そこに倒れていたはずのボリスの姿が消えていた。

奴は、死ななかったのか。神山は、後悔した。あの時、完全に止《とど》めを刺さなかった自分の甘さが、サラポーンを殺してしまったのかもしれなかった。

闇の中で、畑の中を突っ切った。体が濡れていて、凍《こご》えるように寒い。神山の腕の中で、マリアが歯を鳴らして震えていた。

「……だめ……。もう……歩けない……」

「頑張るんだ。もう少しだ」

ここまで来れば、ホテルから神山たちの姿は見えない。

気が付くと、いつの間にか銃声は止んでいた。神山は立ち止まり、振り返った。

二階の窓に、誰かが立っていた。マリアの父親ではなかった。あのチビのロシア人だった。ヴォルコフはしばらく闇を見渡していたが、やがて姿を消した。

奴が、追ってくる……。

「急ごう」

だが、マリアが座り込んで動かない。

「……だめ……。本当に……だめ……」

仕方ない。神山は地面に膝を突き、マリアに背中を向けた。

「おぶってやる」

マリアが頷き、子供のようにしがみついてきた。足を抱え、立った。畑の深い土の中を、よろけながら車に向かった。遠くから、かすかな潮騒《しおさい》が聞こえてきた。

「……ありがとう……」

マリアが、小さな声でいった。

車に辿《たど》り着く直前に、背後で爆発音が聞こえた。一瞬、目の前の防風林の陰が赤い閃光《せんこう》に染まった。

神山はマリアを背負ったまま、振り返った。霧で霞む夜空に、火柱が立ち昇っていた。さらに爆発が起こり、一瞬にしてホテルは業火に包まれた。彼方から叫びと悲鳴が聞こえ、火と黒煙の中に逃げまどう人の影が見えた。

「……何があったの……」

マリアが火を見つめながらいった。

「誰かが、プロパンガスに火をつけた。それが爆発したんだ」

「……なぜ……」

「証拠を残さないためだ」

「……パパは……パパは……どうなったの……」

神山はその時、階段で出会ったロシア人とフィリピン系の二人の女の顔を思い描いた。自分が三階の部屋に隠れろといったあの二人は、どうなったのか。

車に乗り、エンジンを掛けた。走り出す前に、まずやることがあった。自分が寒いのは我慢できる。だが、麻薬と監禁で体力が弱っているマリアは歯を鳴らしながら震え続けていた。このままでは、凍死する。

神山は助手席のマリアを裸にし、乾いたタオルで体を拭いた。そして車に常備してある防寒用のスノーケルジャケットを着せ、シートベルトで体を固定した。マリアは壊れた人形のような目で、ただ黙って神山を見つめていた。

「行くぞ」

神山はマリアの頰を撫で、ギアをドライブに入れた。防風林を抜けて道に出ると、神社の手前を曲がって国道に向かった。右前方では『ホテル・イシャエヴ』が黒煙を上げ、業火が夜空を焦《こ》がしていた。

神山は、アクセルを踏んだ。警察や消防車が来る前に、一刻も早くこの場から脱出しなくてはならない。ホテルからも、何台かの車のライトの光が走り出てきた。

だが、その中の二台に見覚えがあった。神山の走る道と交差する農道の、先頭と二台目の車だ。あの白いキャデラックと、ランドクルーザーだ。

「摑まっていろ」

神山はさらに、アクセルを床まで踏み込んだ。スバルの二リットル水平対向ＤＯＨＣターボのエンジンが甲高い唸《うな》りを上げ、猛然と加速した。

ハイビームにしたライトの光軸に、二台の車が浮かび上がる。だが二台が農道から出てくる直前に、神山のスバル・フォレスターが鼻先を通過した。

その一瞬に、神山は見た。キャデラックの運転席に座っていたのは、グラズノフ。そしておそらく、後ろのランドクルーザーはヴォルコフだ――。

奴らにも、神山が見えたはずだ。そして神山を逃がせば、自分たちが破滅することもわかっているはずだ。思ったとおりだった。奴らは農道から出て神山の車の後ろに付くと、猛然と加速して追ってきた。

神山はバックミラーの中の光景を、冷静に見ていた。キャデラックとランドクルーザーは、けっして速い車ではない。逃げ切るのは簡単だ。

だが……。

背後から、銃声が聞こえた。銃弾が、車を掠めたような感覚があった。奴らは、やる気だ。面白い。それならここで、決着をつけようじゃないか。

神山は、あえてアクセルを緩めた。相手を引き付け、また加速する。集落を抜け、国道の手前を右折。奴らも、付いてくる。完全に、誘いに乗ってきた。

深夜の寝静まった中古車街を時速一五〇キロ以上で疾走《しっそう》しながら、神山はトカレフの弾数を数えた。最初に二発。二階の銃撃戦で三発。まだ三発は残っているはずだ。

だが、相手は銃が何丁で、弾を何発持っているかはわからない。銃で戦うのは、不利だ。それならば車で勝負をつけた方がいい。

神山はその時、〝ある場所〟を思い浮かべた。やはり戦いに臨む前に、現場の下調べは念を入れてやっておくべきだ。あの場所ならば、確実に一台は潰せる。

バックミラーを見ながら、神山は後ろの車との距離を調節した。三〇メートル以内に近付けば撃ってくるだろうし、離れすぎれば諦めてしまうかもしれない。

引きつけろ。そして、離すな。

間もなく道は、火力発電所の前にぶつかった。ブレーキを踏み込み、パドルシフトでギアを落とす。一度、左にカウンターを当て、四輪ドリフトでコーナーを右に曲がる。新潟市内とは逆の方向だ。

奴らは、付いてきた。大柄なキャデラックとランドクルーザーが、身をよじるように曲がってくる。計算どおりだ。

火力発電所の壁に沿って海に向かう。防風林を過ぎて、右折。ここからは荒れたダートだ。車が、大きく跳《は》ねる。マリアが顔を引き攣《つ》らせ、頭を抱えた。

だが、後ろの二台は付いてきている。バックミラーに映る砂埃《すなぼこり》の中に、二台の車のライトが揺れた。キャデラックが穴で大きくバウンドし、バンパーの下から火花が散った。

神山は、海岸の地形を記憶していた。左手に、小さな漁港を過ぎた。ここから先は、しばらくダートの道が続く。だが、もう間もなくだ。

あった。あの場所だ。

ハイビームの光の中に、道がふた手に分かれているのが見えた。左の道は海岸に沿って真っ直ぐ進み、右の道は防風林の手前の砂丘へと登っている。

相手を、引き付けた。砂埃で、視界を塞ぐ。

「摑まれ！」

叫ぶと同時に、ステアリングを右に切った。スバルが一気に、砂丘を駆け上がる。頂点のギャップで、飛んだ。

マリアが、悲鳴を上げた。車が砂丘に着地する。同時に後方から、轟音が聞こえた。

バックミラーを見た。キャデラックの白い巨体が、夜空に舞った。回転し、何度も叩き付けられながら砂丘を落ちていった。

防風林にぶつかり、炎上した。神山は走りながら、口元に笑いを浮かべた。あの事故では、グラズノフは助からない。

だが、背後の砂埃と黒煙の中を、もう一台の車が抜けてきた。ランドクルーザーだ。乗っている二人の男の顔も、はっきり見えた。運転しているのはやはり、チビのヴォルコフ。助手席にいるのは、ボリスだった。

神山は、砂丘を下った。防風林を抜け、元の神社の前の道に出た。右手に、『ホテル・イシャエヴ』が見えた。火の手は、先程よりもさらに激しくなっていた。周囲では何台もの消防車や救急車の赤色灯が回転していた。だが、すべては燃え尽きてしまうだろう。

後方から、銃声。弾が、車を掠める。助手席で、マリアが振り返る。

「……あの二人を……殺して……」

小さな声でいった。

神山は、無言でアクセルを踏んだ。奴らも、離れない。V8エンジンを唸らせ、付いてくる。

国道一一三号が、見えてきた。前方の信号は赤の点滅だ。深夜の国道を大型トラックが行き来している。だが、スピードは緩めない。

一度目は、抜けられた。それなら今度も、抜けられる。

国道は、目の前だ。右側からタンクローリー。左側からは、大型トレーラーが迫っていた。

「伏せろ！」

叫んだ。

同時に、アクセルを踏みつけた。交差点に、飛び込む。奴らの車も、止まらない。

両側から、ライトの光が迫る。警笛《けいてき》が、耳元で吼えた。ブレーキ音。左のトレーラーが蛇行《だこう》し、ロックしたタイヤから白煙が上がるのが見えた。

マリアが絶叫した。

だめだ。ぶつかる！

一瞬、体を構えた。だが、衝撃は襲ってこない。次の瞬間、後方で地を揺るがすような破壊音が炸裂《さくれつ》した。バックミラーの中で、大型トレーラーと激突したランドクルーザーが砕け散った。

神山は国道を渡り切った所で速度を落とした。重い息を吐き、マリアにいった。

「終わったよ……」

手を伸ばしてマリアの体を抱き寄せ、キリル文字を刻まれた額に口付けをした。

第四章　挽《ばん》歌《か》

1

事件のあった翌日、『越後新聞』の夕刊社会面に小さな記事が載った。

〈旅館で火事・ロシア人など数人が死亡
——北蒲原郡聖籠町×××で11月2日未明、旅館を全焼する火事があった。所轄の新発田警察署によると、この火事で宿泊していたロシア人の船員や従業員など数人が死亡。旅館は昭和50年代に建てられた古い建物で、最近はロシア人が経営していた。現在、出火の原因を調べている——〉

それだけだ。

記事には死んだ人数、犠牲者の正確な死因——焼死ではなく大半は銃弾を受けていたはずだ——など詳しいことには何も触れていない。『ホテル・イシャエヴ』はただ〝旅館〟となっているし、経営者のセルゲイ・イシャエヴの名前も、現場から大量の銃器や麻薬が発見されたとも書かれていない。昼から夕方にかけて地元テレビ局のニュースでも何度かこの事件が報道されたが、内容はほとんど同じだった。

だが『越後新聞』には、他にも関連する記事が載っていた。

〈深夜の聖籠町内で二件の死亡事故

――2日未明、北蒲原郡聖籠町×××の国道113号線で大型トレーラーと乗用車がぶつかる事故があり、乗用車に乗っていた2人が死亡した。新発田署では乗用車が赤信号を無視して交差点に進入したものとみて、大型トレーラーの運転手に事情を聞いている。また同町の海岸付近ではやはり乗用車の自損事故が発生。この事故でも2人が死亡した。新発田署では2件の事故で死亡した4人の身元を調べている――〉

こちらは死亡した人間の名前どころか、ロシア人であったことすら書かれていない。だが、二つの記事を重ね合わせることにより、いくつかわかったことがある。少なくともあの二台の車に乗っていたグラズノフ、ヴォルコフ、ボリスの三人は死んだ。キャデラックで死んだもう一人は、もしかしたらセルゲイ・イシャエヴであったのかもしれない。そうなると『ホテル・イシャエヴ』で死んだ〝数人のロシア人〟というのは、マリアの父親のイワン・ヴォロドヴィッチ・ガブリコフとその手下だった可能性が高い。

なぜガブリコフは、『ホテル・イシャエヴ』に向かったのか。サラポーンがいったとおり、何らかの〝取引〟だったのか。もし取引だとしたら、その対象は覚醒剤だったのか。

もしくは、マリア本人の身柄だったのか。

ガブリコフは最初、あのキャデラックに乗せられて一人であのホテルにやってきた。その後しばらくして、武装した数人の部下が突入してきた。これは、何を意味するのか。その辺りに今回の一連の事件の真相が見え隠れしている。

そして、奴らが探していた〝ブツ〟とは何だったのか……。

神山の胸にタバコの火を押し付け、泥靴で顔を踏みつけた日本人の男も死んだ。〝ブツ〟の存在を最初に知ったのも、あの男の言葉からだった。本当にあの男が、巴田野義則だったのか。そして誰が、なぜ、乙川麻利子を殺したのか……。

街に黄昏《たそがれ》が迫っていた。

神山は新光町の信濃川沿いの道の路肩にスバル・フォレスターを駐《と》め、夕焼けの色が暗く沈みはじめた空を見上げた。背後には、新潟県庁行政庁舎のまだ真新しい建物が聳《そび》えていた。その一角に、新潟県警が入っている。

「……私……もう、だいじょうぶ……。一人で行けるから……」

マリアが、弱々しい声でいった。青白い顔の口元が、穏やかに笑っている。

すべてを洗い流し、マリアはまたかつての美しさを取り戻していた。だがその美しさは以前よりも果無《はかな》く、ともすれば透明のように希薄で、時に幻のようにさえ見えた。やがて消え失《う》せていく、いまのこの黄昏のように。

「いったことを、覚えてるか」

神山が訊《き》いた。

「……わかってる……。私は……まだ……自分で考えることができる……。狂うのは……これからよ……」

神山は、いくつかのことをマリアにいった。新潟県警に入ったら、まず助けを求めること。ロシア人たちに監禁され、麻薬を打たれ続けていたと説明すること。両手首にくっきりと残っているロープで縛られていた痣《あざ》と、体じゅうに彫られた醜いキリル文字のタトゥーがそれを証明してくれるだろう。

「警察に入ったらまず最初に受付に行って、久住《くずみ》という刑事を呼んでもらうんだ。もう大河原弁護士の方から、話は通っているはずだ」

「……わかってる……」

マリアが、頷《うなず》く。

「自分でフョードルという男を撃ったことは、絶対に話すな。もし話してしまったら、正当防衛だといい張るんだ」

「……わかってるわ……。心配……しないで……」

マリアが、助手席から手を伸ばしてきた。引き寄せ、抱き締めると、唇を求めてきた。

マリアが、震えている。お互いにお互いを確かめ合い、温《ぬく》もりを感じながら、しばらくそうしていた。

「一人で、だいじょうぶか」

神山が、マリアの耳元でいった。

「……だいじょうぶよ……。子供じゃないんだから……」

「必ず、お前を迎えに行く」

「……わかってるわ……」

こうするしかなかった。マリアの体は、麻薬に蝕《むしば》まれている。間もなく、薬が切れるだろう。そうなれば、地獄の苦しみが待っている。神山には、マリアの命を助けることができない。

体を、そっと離した。しばらくお互いに、目を見つめ合った。

「負けるなよ」

マリアが頷き、いった。

「……じゃあ……行くね……」

ドアを開け、冷たい風の中にマリアが出て行った。しばらく歩き、振り返ると、マリアがなぜか悲しげに頬笑《ほほえ》んだ。

それが最後だった。マリアは二度と振り返ることなく、建物の陰に消えた。黄昏も、いつの間にか終わっていた。

神山はギアを入れ、マリアと逆の方向に走り去った。

自分はまだ、自首するわけにはいかない。

その前に、やることが残っている。

2

神山はその足で、北区の豊栄中部工業団地の『㈲羽賀自動車整備販売』に向かった。

ここを訪れるのは、事件に係《かか》わって以来三週間振りだ。だが、その間にいろいろなことがあった。もう何カ月も前のことのように、長い時間が過ぎたような気がした。

時間はすでに午後六時を過ぎ、日も落ちていた。だが県道に面した工場の二階の事務所には、まだ明かりが灯《とも》っていた。神山は敷地の中に車を駐め、外の階段を事務所へと上がった。

ドアをノックし、開ける。社長の羽賀直治が驚いたような顔で、ソファーから身を起こした。

「何だ……あんたか」

羽賀がそういって、あくびをした。居眠りをしていたらしい。

「また、ちょっと話を聞きたくてね」

「ああ……かまわんよ。ちょっと待ってくれ。いま、目を覚ますから」

羽賀がハイライトに火をつけ、前と同じように脇の冷蔵庫から缶コーヒーを二つ出した。神山はそのひとつを受け取り、ソファーの向かいに座った。

簡単な、消去法だ。『ホテル・イシャエヴ』のロシア人が死んでしまったいまとなっては、今回の一連の事件の鍵《かぎ》を握るのは巴田野義則——奴も死んでいるかもしれないが——だけだ。そして巴田野の顔を知っている者は、羽賀以外にはいない。

「五十嵐について、何かわかったのかね。そういえば昨夜だか今朝だか、聖籠町のホテル・イシャエヴが焼けたそうだな……」

「あのホテルを、知っているのか」

「この辺りの車屋で、あのホテルのことを知らない奴なんかいないさ。ロシア人がだいぶ死んだらしいじゃないか」

「実はその件もあって来たんだ。その前にもう一度、確認しておきたいことがあってね。五十嵐を最初に雇ったのは一〇年前だといったな。そして四年前の夏頃に、ここを辞めた……」

神山が、以前の手帳のメモを確認しながら訊いた。羽賀が指を折りながら数え、頷く。

「そうだよ。そんなもんだね」

羽賀の記憶を整理すると、五十嵐との係わりは次のようになる。

二〇〇〇年の秋頃に、ロシア人のイワノフ？という男の紹介で雇い入れ、六年後の二〇〇六年の夏に退社した。その翌年、二〇〇七年の一月に一度ここに立ち寄っている。そして一年九カ月後の二〇〇八年一〇月、五十嵐の高校の同級生の乙川麻利子が殺害された。以来、犯行の疑いを掛けられた五十嵐と会った者はいない。

「確認したいのは、ここなんだ。五十嵐が最後に立ち寄ったのは、会社を辞めた翌年の新年だといったな。つまり、二〇〇七年だ。本当に翌年だったのか。その次の年……二〇〇八年と間違えているんじゃないのか」

神山が、問い詰めた。羽賀がまた、指を折りながら数える。

「ああ……間違いねえよ。あいつが最後に来たのは、二〇〇七年の正月だ」

「なぜ、そういい切れるんだ」

「なぜって……。佳吾は、正月の三日の日に顔を出したんだよ。うちじゃあ毎年、仲間を集めてその日に新年会をやってたんでよ。ところが二〇〇七年の暮だったか、うちの婆っぱが卒中で亡くなってさ。それで次の年には喪中で新年会はやらなかったんだ。だから、間違いねえ。二〇〇七年だよ……」

神山は、溜息《ためいき》を吐き出した。単なる、思い過ごしだったのか。もし五十嵐がここを訪れたのが二〇〇八年の正月だとしたら、その九カ月後に起きた乙川麻利子殺害事件と何らかの関連があるのではないかと思ったのだが。だが、二〇〇七年の新年だとしたら、事件の一年九カ月も前だ。その可能性は低くなる……。

「わかった。それは置いておこう。もうひとつ、巴田野義則のことを訊きたい。実は巴田野が、例の焼けたホテル・イシャエヴに出入りしていたらしい」

神山は、巴田野が麻薬の売人であったことは口に出さなかった。

「あいつがあのホテルにか。ありそうなことだな……」

羽賀は、特に意外とは思わなかったらしい。

「おれは、巴田野を探していたんだ」

「なぜ、巴田野を」

「五十嵐を裏で操っていたのは、巴田野かもしれない。奴は五十嵐に、割のいいアルバイトを紹介していたらしい」

「アルバイト、か……」

羽賀はそういったきり、黙ってしまった。何か、思い当たることがありそうな様子だった。

「ところが巴田野という男のことは、いくら調べてもわからないんだ。知っている奴はいるし、会ったという奴もいる。しかし、おれの前には姿を現わさない。いったい、どんな奴だったんだ」

「前にいた営業マンが辞めたんで、その代わりに入ってきたんだよ。歩合でやってもらってたんだが……」

考えながら、言葉を選ぶように話す。

「どのくらい、ここにいたんだ」

「確か三カ月くらいじゃなかったかな。週に二〜三回顔を出しちゃ車を入れたり売ったりしてたんだが、五十嵐の奴はずい分と懐《なつ》いててよ……」

「裏で車を流してたんだろう。それでクビにしたんだったな」

「そんなことまで話したかね」羽賀が、胡麻塩《ごましお》頭を掻《か》く。「うちから持って行った車を、返さなかったことがあってね。理由を訊いても、ちゃんといわねえ。金も払わねえ。催促《さいそく》したら、別の車を持ってきやがった。そんなことが、二度ほどあったんでね……」

「それは、どんな車なんだ。高級車だったのか」

「いや、違うよ。ロシア人に売るんだから、一台五万円のポンコツさ。それでも売りやすい車と、そうでないのがあるからね。車なら何でもいいというもんじゃねえんだ」

よくわからない話だ。五万円の車を持ち出し、別の車を返却する。何か、意味があるのだろうか。

神山は、話を変えた。

「ところで巴田野というのは、どんな男だったんだ。年齢や、身長は……」

「そうだな。当時、すでに四〇は過ぎてたはずだ。背が高くて、痩《や》せた男だよ」

神山は、『ホテル・イシャエヴ』にいた三人の日本人の男を思い浮かべた。神山の車をZで追ってきた男は、まだ二十代の中頃だ。バーテンの男はそれより少し上に見えたが、それでも三〇そこそこだろう。神山をロシア人に痛めつけさせ、泥靴で顔を踏みつけた男は四十代だが、太っていたしそれほど背が高くはなかった。該当する男が、誰もいない。いったい巴田野義則とは、何者だったのか……。

結局、大したことはわからなかった。一時間ほどして、神山は事務所を出た。羽賀が、下まで送ってきた。

「へえ……今日はポルシェじゃないのか。これ、スバルの四駆だろう。四駆はロシア人に高く売れるぜ」

羽賀が、神山のフォレスターを見ていった。

「売らないよ。まだ、今年買ったばかりなんだ」

「だろうな。うちにも古い型の軽の四駆が一台あるんだが、売るわけにいかないんで困ってるんだ」

羽賀がそういって、工場の脇に並んでいる車の一台を指さした。軽自動車が一台、置いてあった。埃《ほこり》を被《かぶ》って、色はよくわからない。タイヤも腐り、四本とも空気が抜けていた。

「どうしてこんなになる前に、売っちまわなかったんだ」

神山が、歩きながら訊いた。

「鍵を持ってないんだよ。それに、車検証が入ってるかどうかもわからねえ。だいたい、おれの車じゃないんだ」

「誰の車なんだ」

「五十嵐のさ。売り物だから、しばらく預かってくれってよ……」

神山が、立ち止まった。

「五十嵐のだって。いったい、どういうことだ。いつ、預かったんだ」

「おいおい、そんな恐い顔をするなよ。だから預かったのは、奴が最後にここに来た正月さ。乗ってきて、酒を飲んで酔ったからって置いていっちまったのさ。そのまま、取りに来なかったんだよ……」

神山が、軽自動車に歩み寄った。白い、旧型のワゴンRだった。ドアノブを引き、リアゲートを揺すってみたが、鍵が掛かっていた。どこも開かない。

「鍵はないのか」

神山がいった。

「ないよ。最初にそういったじゃないか」

「わかった」

神山が、近くにあったバールを手に取った。

「やめてくれよ」

羽賀が止めた。だが神山はバールを振り上げ、運転席のガラスに叩きつけた。

ぐしゃ！

ガラスに大きな穴が空いた。神山は中に手を入れてロックを解除し、ドアを開けた。

車内に光が入らないように、ガラスにアルミ箔《はく》が張り巡らされていた。前後のシートの上には、何もない。神山は、ダッシュボードを開けた。中に、車検証が入っていた。名義の欄を見た。

〈──所有者の氏名又は名称
　　乙川麻利子──〉

「いったい、どうしたんだよ……」

羽賀が、不安そうに訊いた。

「所有者の名前を見てくれ」

神山が、車検証を羽賀に渡した。

「これは……乙川麻利子って……殺された女の名前じゃないか……」

そうだ。だが、この車は死んだ乙川麻利子のものではない。所有者の住所の欄が、乙川麻利子の住んでいた新潟市の新津ではなかった。北蒲原郡の聖籠町になっていた。登録年月日は、二〇〇六年九月九日。その頃に聖籠町に住んでいた乙川麻利子は、マリアだ……。

謎が急速に溶解していくような気がした。奴らがなぜ、乙川麻利子を殺したのか。この車が、原因だったのではなかったのか――。

「なあ……。どういうことなんだか、説明してくれよ……」

「その前に、手伝ってくれ。この車の中に、何かがあるはずなんだ。それを探すんだ」

「何かって、何がさ」

「探せばわかる」

だがその〝何か〟は、すぐに見つかった。軽自動車の室内は狭い。神山と羽賀が二人でリアシートを持ち上げると、下に贋《にせ》のルイ・ヴィトンのショルダーバッグが入っていた。中を開けると、白い粉の入ったビニール袋が六つ、出てきた。

六キロの、覚醒剤だ。末端価格をキロ当たり一億円で計算すると、約六億円。何人もの人間が殺されるのには、十分な金額だ。

奴らが探していた〝ブツ〟とは、これだったのか……。

3

「もう一度、おれに騙《だま》されてみないか」

電話口に出た新潟西部署の金安浩明に、神山がいった。

——よくおれの所に電話をしてこれたな。いい度胸《どきょう》してるじゃないか——。

以前と同じように、金安がくぐもった声で答えた。

「前はこちらに、ちょっとした手違いがあってね。無駄足をさせちまってすまなかったな。今度は、本当なんだ。いまでも〝ブツ〟を探してるんだろう」

金安は、しばらく電話口で黙っていた。だが、やがて、探りを入れるように訊いた。

——ところでその〝ブツ〟というのは、何なんだ。五十嵐佳吾が隠したとかいっていたな。もっと、わかりやすく説明してくれないか——。

神山は、目の前のバッグを見ながら答えた。

「中国製のルイ・ヴィトンの贋物のバッグがひとつ。その中に一キロの白い粉が詰まったビニール袋が六つ入っている。中身はどう見ても、砂糖や小麦粉ではないようだ。もし興味がないなら、県警の方に拾得物として届けようか。一応、西部署の金安刑事に渡してくれと伝言しておいてやってもいい」

また、しばらくの間が空いた。だが金安が、意を決したようにいった。

――いや、興味はあるさ。〝仕事〟なんでね。私が直接、受け取ろう。それで、どこに行けばいいんだ――。

金安は、乗ってきた。一度でも騙された奴は、何度でも騙される。馬鹿な奴だ。

「今夜、深夜〇時に、この前と同じ阿賀野川御前橋梁《きょうりょう》の旧トンネルまで来てくれないか。おれは、〝ブツ〟を持って一人で行く。あんたも、一人で来てくれ。もし連れがいたら、おれは〝ブツ〟を持って引き返す。そのまま県警に向かう」

――わかった。一人で行こう。約束するよ――。

神山は、電話を切った。

iPhoneをポケットに入れ、『ヘイサム・カーセールス』の古いバスの事務所に入った。

「電話はすんだの？」

ヘイサムが訊いた。

「ああ、終わったよ。それで、ひとつ頼みがあるんだけどな」

「頼みって……やだよ。また何か危ないことするんでしょう。ホテル・イシャエヴを火事にしたの、あなただってわかってるんだよ。私には奥さんと子供が……」

「君に迷惑は掛けない。ただ、貸してもらいたいものがある」

神山がそういって、バスの手摺《てすり》に掛かっている奇妙な金具と鎖を指さした。周囲にはロシア人たちが車の代金の代わりに置いていったガラクタや奇妙な土産物が、山のように積まれていた。

「あんなもの、あなたどうしますか。また、いけないこと考えてるでしょう。いいよ、あげるよ。持って行って。それで、もうここには来ないでください。今度ここに来たら私、警察を呼ぶよ」

ヘイサムが早口でまくし立てた。どうやら、神山は嫌われたらしい。

「すまないな。いろいろと、迷惑を掛けた……」

神山は手摺から金具と鎖を外すと、それを持って事務所を出た。

車に乗り、阿賀町に向かった。

阿賀野川御前橋梁が見える頃にはすでに日は暮れていたが、時間はまだ早かった。神山は以前と同じように対岸の林道の中にフォレスターを駐め、荷台から重い金具と鎖を降ろした。リュックと金具を肩に担《かつ》ぎ、林道から国道四九号線の橋に出て、広い阿賀野川を渡った。

国道のパーキングスペースには、まだ何も車は駐まっていなかった。神山はＬＥＤのヘッドランプのスイッチを入れ、旧トンネルに続く急な坂を上った。

午後七時――。

神山は、トンネルに入った。足元を、LEDライトで照らす。古いレールは取り外され、腐った枕木だけが脇に積まれて処々に残っていた。

何かの気配に気付き、上を向いた。LEDの光軸の中に、奇妙な風景が浮かび上がる。丸く高い天井から無数のコウモリが吊り下がり、ひそひそと何かを囁《ささや》き合うように神山を見つめていた。

そうだ。今夜は、お前たちが観客だ。これから何が起こるのか、面白いショーを見せてやる。一五〇メートルほど奥に進むと、内壁が崩落した場所に行き当たった。落ちているコンクリートと煉瓦《れんが》の塊に、前に神山が赤ペンキで書いた×印が残っていた。

金安は、二年前にその×印の下に五十嵐が〝ブツ〟を埋めたという神山の話を本気で信じたらしい。その周辺に、入念に掘り返された跡があった。近くには、スコップが投げ捨てられていた。

神山は、そのスコップを手にした。少し曲がっていたが、まだ使えないことはない。リュックと金具を降ろし、神山は×印の下に浅い穴を掘った。

今度は、本当だ。神山は穴の中に重い金具を仕掛け、鎖を近くの鉄筋の梯子《はしご》に固定した。金具と鎖の上に、薄く土を被せて隠す。そしてリュックの中から六キロの覚醒剤が入った贋のルイ・ヴィトンのバッグを出し、それをコンクリートの塊の×印の上に置いた。

あとは、待つだけだ。神山は壁と天井が落盤した瓦礫《がれき》の裏に回り、適当なコンクリートの塊の上に腰を降ろした。白河の寒村で少年時代を過ごした神山は、寒さには馴《な》れていた。だがトンネルの中は洞窟《どうくつ》と同じで暖かく、むしろ心地好《よ》かった。

時間はまだ、夜の八時にもなっていない。指定した午前〇時までは、四時間以上もある。だが、奴も不安なはずだ。様子を探るために、少しは早く現われるはずだ。それほど待たされることはないだろう。

神山はリュックの中からキャンプ用のガスコンロとパーコレーターを取り出し、キリマンジャロを淹《い》れた。

ゆっくりとコーヒーを飲み終え、ヘッドランプを消した。闇の中で、待った。静かで、なぜか幸福な気分だった。

いろいろなことを考えた。

乙川麻利子は、なぜ殺されたのか――。

誰が殺したのか――。

五十嵐佳吾は、どこに消えたのか――。

そして一連の事件の真相は――。

だが、間もなく、すべては明らかになるだろう。

腕のGショックのデジタルの光が、時を刻み続けた。九時を過ぎ、一〇時を過ぎ、間もなく一時になろうとした時だった。遠くから、亡霊のような、誰かの足音が聞こえてきた。

奴だ……。

バラスを踏む足音が、古いトンネルの煉瓦の内壁に響いた。奴は、一人だ。それまで寝静まっていたコウモリの群れが、また囁き合うように騒《ざわ》めき始めた。入口の方から光が差し込み、辺りがぼんやりと明るくなった。

足音が、近付いてくる。少しずつ、大きくなってくる。目の前の壁が、懐中電灯光の中に浮かび上がる。神山は、息を殺して待った。奴は、もうすぐそこにいる……。

足音が、止まった。

溜息。光が、動く。また、足音……。

次の瞬間、金具の強いバネが弾《はじ》ける金属音が響いた。

「ぎゃあああ……」

地獄の底から聞こえてくるような悲鳴。奴は、罠に掛かった――。

神山はヘッドランプのスイッチを入れ、ゆっくりと立ち上がった。光に目が馴れるのを待ち、瓦礫の陰から外に出た。目の前に金安浩明が蹲《うずくま》り、恐怖と苦悶《くもん》に歪《ゆが》む顔で神山を見上げていた。だがその手には、六キロの覚醒剤の入った贋のルイ・ヴィトンのバッグをしっかりと抱え込んでいた。

「こ……この野郎……。殺してやる……」

金安が、震える手でM37リボルバーを構えた。だがその右足首には、鋼鉄の巨大なトラバサミが深く喰い込んでいた。ロシア製のヒグマ用のトラバサミは、人間の力では絶対に外れない。

「殺したければ、撃てよ」神山がいった。「おれが死ねば、このトンネルにいる人間はあんた一人だけだ。ここは携帯も通じないし、いくら叫んでも声は外に聞こえない。誰も助けには来ない。あんたも、おれの死体が腐っていくのを見ながら、ここで死ぬことになる。自分の足を切り落とせるナイフを持っているなら別だがね」

「くそぉぉぉ……」

金安は脂汗《あぶらあせ》を額に浮かべながら、銃を持つ手を地に突いた。ロシア製のトラバサミは、世界一強力だ。すでに刃は肉に深く喰い込み、足首の骨は砕けているだろう。

「気分はどうだ」

神山が歩み寄り、金安の手の中の銃を蹴《け》り飛ばした。それでも金安は、六億円分の覚醒剤が入ったバッグだけは放そうとしない。やはり、女房とのセックスがうまくいってないのだろう。

「……た……助けてくれ……。誰かを……呼んでくれ……」

金安は、荒い息をしていた。自分の足の状態を見て、パニックになっている。

「助けてやるよ。出血多量で死ぬ前に、誰かを呼んでやる。しかし、おれの質問に正直に答えてからだ」

「何だ……。何でも答える……。だから、何とかしてくれ……」

金安は、半分泣き声になっていた。あまりじらすのも、可哀相だ。神山は、本筋から訊いた。

「乙川麻利子を殺したのは、あんただな」

簡単なことだ。乙川麻利子は新潟北警察署の管内の東港で殺されたが、その遺体と車は金安のいる西部警察署管内の四ツ郷屋浜で発見された。つまり、捜査本部は西部警察署内に置かれる。自分の係わった事件を自分で捜査できるならば、これほど都合のいいことはない。

だが、金安は白を切った。

「おれは……知らねえよ……」

此《こ》の期《ご》に及んで、往生際《おうじょうぎわ》の悪い奴だ。

「話したくないならいいんだ。おれは帰るよ。じゃあな」

神山は踵《きびす》を返し、トンネルの外に向かって歩きはじめた。

「待て……待ってくれ……」

「元気でな。その覚醒剤は、あんたにやるよ。死ぬまで、たっぷり楽しめるぜ。そのうち誰かがあんたの死体を発見してくれるだろう」

「やめろ。行かないでくれ。何でも話すから。頼むよ……」

金安が、本当に泣き出した。仕方がない。神山は元の場所に戻り、また同じことを訊いた。

「乙川麻利子を殺したのは、あんたなんだろう」

訊きながら神山は、iPhoneのボイスメモのスイッチを入れた。

「違う……。本当に、おれじゃないんだ。殺《や》ったのは、二人のロシア人だ……。頼むよ……」

ロシア人、か。

「グラズノフと、ガブリコフか」

あの二人ならば、確かに女を一人嬲《なぶ》り殺しにするくらいは簡単にやるだろう。だが金安は、首を横に振った。

「違う……。一人は、ヴォルコフだ……。もう一人は、フョードルという若いロシア人だ……」

どうやら金安は、本当のことを話しているらしい。

「しかし、その場にお前もいたはずだ。そして、お前が指図をした。女の死体と車を、四ツ郷屋浜まで運ばせた」

「そうだ……。おれがやらせたんだよ……。だから早く、誰かを呼んでくれ……」

金安は必死に、右足の脹脛《ふくらはぎ》の動脈を押さえている。それでも左手で、バッグを握っていた。哀《あわ》れな男だ。

「なぜ、乙川麻利子を殺させたんだ。その六キロの覚醒剤が原因だな」

「そうだ……。五十嵐があの女に預けて、持ち逃げしたと思ったんだよ……」

だが、〝乙川麻利子〟という女はもう一人、存在した。

「ところが、人違いだった。そうだな」

「そうだよ……。人違いだったんだ……。だから、早くしてくれ……」

「まだだ。五十嵐佳吾はどうしたんだ。あの男も、殺されたのか」

「そうだ……。ロシア人たちが、〝ブツ〟の在《あ》り処《か》を吐かせるために拷問したんだ……。そうしたら、死んじまった……。日本海に、沈んでるよ……。なあ、もういいだろう。頼むよ……」

だが、まだだ。

「なぜ、人違いが起きたんだ」

「〝ブツ〟を持ち逃げしたのは、五十嵐なんだよ……。イワン・ガブリコフというロシア人の船長に命じられてやったらしい……。それで五十嵐をとっ捕まえて痛めつけたら、乙川麻利子という女の軽自動車の中に隠してあるといったんだ……。なあ、痛えよ……。血がどんどん流れ出てるんだ……」

どうせあのロシア人たちのことだ。五十嵐にも、点滴で覚醒剤を流し込む拷問をやったのだろう。五十嵐は、嘘《うそ》をついていたわけではなかった。おそらく朦朧《もうろう》とする意識の中で、本当のことを話していたのだ。

だが、〝乙川麻利子〟が別人だとわかった時には、すでに五十嵐は死んでいた。二年前、もう一人の乙川麻利子——マリア——は、覚醒剤の使用で栃木の女子刑務所に入っていた。

「それでマリアを拷問にかけたのか」

「そうだ……。あの女の方から、ホテルに舞い戻ってきたんだよ……。しかしあの女は、〝ブツ〟のことは何も知らなかった……」

これで、一連の事件の大筋が読めてきた。

イワン・ガブリコフは、自分の娘が六キロの覚醒剤の身代りに囚《とら》われていることを知った。それであのホテルに乗り込んだ。最初は交渉したが、何かの理由で決裂し、銃撃戦になったということか。

「シンジケートの黒幕は、ロシア総領事館のセルゲイ・イシャエヴだな」

神山が訊いた。

「そうだ……あの男だ……。しかし、あの男も死んだ……」

新聞には載っていなかったが、やはりイシャエヴは死んだのか。

「お前の役割は」

「捜査情報を流したり、〝ブツ〟の取引の便宜《べんぎ》を図《はか》った……。それだけだ……。なあ、本当にもういいだろう。血が止まらないんだ。足が、だめになっちまうよ……」

どうせこの男の右足は、もう使い物にはならない。いま病院に運んでも、切断するだけだ。

「最後に、もうひとつ訊きたい」

「何だよ……。まだあるのかよ……」

「正直に答えたら、いいことを教えてやるよ。〝巴田野義則〟というのは、お前だな」

「そうだ……。おれだよ……。なぜわかったんだ……」

やはり、そうか。これも単純な消去法だ。今回の一連の事件に係わった何人もの人間の中に、年齢が四〇を過ぎた長身の日本人の男は金安しかいない。

これで、ほとんどすべての謎は解《と》けた。

「約束だ。お前が一番知りたいことを教えてやるよ。その六キロの〝ブツ〟がどこにあったかわかるか」

何人もの男が二年間も探し求め、人生を狂わした〝ブツ〟だ。

「わからねえ……。どこにあったんだ……」

「あんたが中古車のブローカーの振りをして顔を出していた、北区の羽賀自動車だよ。乙川麻利子名義の古い軽自動車が、何年か前から置いてあった。五十嵐はその車の鍵を持っていて、倉庫代わりに使っていたんだろうな」

「まさか……」

神山はリュックを背負い、右手を軽く上げた。

「じゃあな。おれは、もう行くよ」

金安に背を向け、歩きだした。

「ちょっと待て。どこに行くんだ。おれを、一人にしないでくれ……」

「ここからじゃあ携帯が繋《つな》がらないんだ。外に出たら、助けを呼んでやるよ」

振り返らずに手を振り、トンネルの出口に向かった。

「待て……。行くな……。おれを、置いていかないでくれ。頼む……頼むよ……」

トンネルの中を、いつまでも金安の悲痛な声だけが追いかけてきた。

天井ではコウモリたちが、なぜか楽しそうに騒いでいた。

4

翌日、神山は新潟県警に自首をした。

まず大河原弁護士に連絡を入れ、マリアと同じように久住という刑事に出頭した。

だが、受付に行って名前と用件を告げると、奇妙なことが起きた。当然その場で逮捕され、手錠《てじょう》を掛けられて留置場か取調室に直行するものだと思っていた。ところが婦警に案内されたのは、そのどちらでもなく静かな会議室だった。しかも全国の警察お決まりの粗茶ではなく、ブレンドだがなかなか悪くないコーヒーが出てきた。

これは、夢だ。もしかしたら昨夜のトンネルの中で何か霊に憑依《ひょうい》されて、そいつに騙されているに違いない。そう思っているところに、久住という刑事と大河原弁護士が入ってきた。

久住は、正確には刑事などではなかった。本名、久住秀孝《ひでたか》。新潟県警の警務部長——事実上の実務トップだった。

大河原に紹介され、神山が唖然としているところに、もう一人ダークスーツの男が入ってきた。この男は新潟地方検察庁の企画調査課長、明田川保幸《あけたがわやすゆき》と名乗った。

いったいここの警察は、どうなっているんだ……。

神山は、大河原を睨《にら》んだ。だが大河原は、ただ笑っているだけだ。まったく、喰えない爺《じじい》だ。

最初に口を開いたのは、久住だった。

「神山さんとおっしゃいましたね。まずは、お疲れ様でした。その上、うちの金安の件でもお世話を掛けまして、重ねてお礼を申し上げます。ありがとうございました」

これで、余計にわからなくなった。

「どういうことなんだ。説明してくれ」

神山が、大河原にいった。

「金安は、命だけは助かったよ。君が救急車を呼んでくれたおかげでね。右足を切断したんでしばらくは入院するが、今後はあのトンネルよりも暗くて冷たい場所に入ることになりそうだな」

大河原が、そういって笑った。まったく神山が訊いたことに対する答えにはなっていない。

「私が説明しましょう」久住がいった。「実は我々は、もう何年も前から管内に大きな問題を抱えていたんです。ここではあえて詳しくは申し上げませんが、うちの西部警察署の金安とホテル・イシャエヴが絡んだ一件、といえば御理解いただけますでしょうか……」

「まあ、ロシアとの外交問題にも係わる厄介な話でね」

大河原が、口を挟んだ。

「そうなんです。神山さんも知ってのとおり、ロシアの総領事館まで絡んでいたので迂闊《うかつ》に手を出せなかった。そこで大河原先生に相談したところ、神山さんに協力していただけることになりましてね……」

そんなことは聞いていない。県警に、協力した覚えもない。どうやら完全に、一杯喰わされたらしい。

つまり、こういうことだ。神山が乙川麻利子殺害事件の犯人捜しに雇われ、五十嵐の消息からマリアに出会い、最後に『ホテル・イシャエヴ』まで辿《たど》りついて銃撃戦に巻き込まれたのは、すべてここにいる奴らの思惑どおりだった。神山は、何も知らずに命懸けで戦ったピエロだった——。

神山はまた、大河原を睨んだ。だが大河原は、まるで好々爺然《こうこうや》としてコーヒーをすすっている。

「それで、おれはどうなるんだ」

神山が訊いた。

「どうなる……と、おっしゃいますと？」

久住が穏やかな表情でいった。

「〝問題〟が解決したのは、いいことだ。あんたらが喜んでいるのはわかる。しかし、おれは、あのホテルで……」

「いや、そこまで」明田川が初めて、低い声で神山を制した。「つまり、こういうことです。あの火事のあった夜、神山さんはたまたまホテル・イシャエヴにいらっしゃった。不幸にも何人かのロシア人の船員や東南アジアの女性が亡くなったが、神山さんは運良く助かった。我々は、そう解釈しています」

「ちょっと待ってくれ。あのホテルで何が行なわれていたのかわかってるのか。それに火事の跡には……」

だが、また明田川が制した。

「神山さん、あなたはまだ、よくわかっていらっしゃらないようだ。確かにあのホテルで、誰かが麻薬のようなものをやっていたというようなことはあったのかもしれない。しかし、あの火事だ。すべて、証拠は燃えてしまった。神山さんが何を見たのかは知らないが、もう何も残っていないんですよ」

嘘だ。

確かにあのホテルに覚醒剤があったとしても、燃えてしまったかもしれない。だが、あのホテルでは銃撃戦があった。死んだ男たちの体の中には、銃弾が残っていたはずだ。それに何丁もの拳銃やカラシニコフは、どのような猛火の中でも焼け残る。

この男たちの目的が、やっとわかってきた。つまり、ある種の裏取引をしようといっているのだ。もし神山が自首し、刑事裁判にでもなれば、かえって不都合なことになる。〝元〟警察官の金安一人ならば司法取引で圧力を掛けて口を噤《つぐ》ませておけるが、相手が一般市民——私立探偵だって一般市民だ——の神山ではそれも不可能だ。そうなればロシア総領事館絡みの覚醒剤スキャンダルがすべて暴き出され、外交問題にまで発展しかねない。

解決策は、ひとつだけだ。神山が、すべてを忘れる。あのホテルで覚醒剤の取引などは行なわれていなかったし、女たちに強制的に売春をやらせていた事実もない。まして銃撃戦など起こるはずもないし、あのホテルの所有者が誰だったかも知らない。そうすれば、すべてが丸く収まる。そういうことだ。

「神山君、ここはひとつ利口になりなさい。君はまだ、人生が長いんだから」

大河原が、無責任にいった。

「ひとつだけ、教えてくれ」神山が、三人を見渡した。「マリアは……乙川麻利子は、いまどこにいるんだ」

神山が訊くと、久住が大河原に眴《めくば》せを送った。そして明田川とも顔を見合わせ、お互いに頷いた。

「彼女は、我々が、〝保護〟しています。心配はいりません」

久住がいった。

「もし会いたくなったら、ここに行けばいい」

大河原が手帳に何かをメモし、その頁《ページ》を破って神山に渡した。

神山は県警本部を出て車に戻り、エンジンを掛けた。時間はまだ早い。だが空には暗い冬雲がたれこめ、北風が啼《な》いていた。

自分がどこに向かうのか、一瞬わからなくなった。長いこと泊まっていた古町のビジネスホテルも、今朝、引き払っていた。帰る所は、白河しかなかった。

だが、走り出そうとした時に、大切なことを思い出した。ダッシュボードを開けた。中に、黒く鈍い光を放つトカレフTT―33が入っていた。

自首する時に、この車と共に証拠品として警察に提出するつもりだったのだが。話が妙な方向に逸《そ》れてしまったので、すっかり忘れていた。

いまさら、提出するわけにもいかない。警察としても、処分に困るだろう。

まあいい。まだ弾は、三発残っている。持っていれば、いずれ何かに使えるかもしれない。

神山はダッシュボードを閉じ、車のギアを入れた。

5

白河に戻り、神山はまず薫の実家に寄った。

もう一カ月近くもの間、犬のカイを預かってもらっていた。

カイは神山の車のエンジンの音を覚えていて、まだ家が見える前に遠くから吠える声が聞こえてきた。

門の前で、車を停めた。広い庭に入っていくと、奥の物置の屋根の下でカイが首の鎖を引いて立ち上がり、尾を千切れるほどに振っていた。神山が、歩み寄る。カイは鼻から甘えるような声を出し、神山の腕の中に飛び込んできた。

「あら、神山君。お帰りなさい」

縁側のサッシが開いて、薫の母親の良子《りょうこ》が顔を出した。声が、薫とよく似ている。

「長いこと、カイがお世話になりました。助かりました」

神山が、カイの頭を撫《な》でながらいった。

「いいのよ。うちも皆、犬が好きだから。それより、お上がりなさい。もうすぐ御飯もできるから」

「いや、それは……」

「だめよ。疲れてるんでしょう。今日、カイが朝から落ち着きがなかったから、神山君が帰ってくるのがわかってたのよ。お父さんもいるし、薫も来てるから。さあ、早く上がりなさい」

どうやら、断わるわけにはいかないようだ。

高校時代から、そうだった。薫の母親には家の中でタバコを吸ったのを見つかったこともあるし、親父さんのスーパーカブを持ち出して田んぼに落ちて壊してしまい、怒られたこともあった。四〇になったいまでも、上下関係がはっきりと刻み込まれたままになっている。

家に上がると、薫と親父さんも待ち構えていた。親父さんは地元の小さな会社の役員をやっていたが、昨年引退して最近は少しばかりの畑で作物を作っている。穏やかな人だが、神山が壊したバイクのことはいまも覚えていて、会うと必ずその話を持ち出して笑う。薫は自分の両親と神山とのやり取りを、まるで古女房のような顔で楽しそうに見守っている。

薫たち親子三人と囲む家庭的な食卓は、神山にとってこの上もなく居心地が悪く、だが一方で無性に穏やかな時間でもあった。自分が誰で、何をしているのか。遠くから第三者の目で見つめているような感覚でもあった。だが、その温かい空間に包み込まれたほんの短い時間で、疲れきった体と荒《すさ》みきった心が急速に癒《いや》されていった。

数日が、何事もなく過ぎた。神山は日常に戻り、素行調査や浮気調査の仕事を何本かこなしながら、この一カ月の穴埋めにできるだけカイと共に時間を過ごすように努《つと》めた。だがその間に乙川義之に事件の最終報告書を送り、五十嵐佳吾の母の喜久子に手紙を一通、書いた。

神山はその手紙の中で、五十嵐佳吾がすでに二年前に死んだこと。その死体は日本海に沈んでいること。殺した男三人の内、二人は事故で死亡し、残る一人も片足と人生を失ったことを伝えた。

それから四日後、五十嵐喜久子から丁寧な礼状が届いた。涙の跡が残る便箋《びんせん》には、次のような一文があった。

〈――ありがとうございました。これで私も、これからの人生を一人で納得して生きていくことができます――〉

　五十嵐の母親からの手紙の後で、今度は乙川義之から連絡があった。電話を掛けてきたのは、義之を自宅で看病していた姉だった。弟がどうしても、神山と直接会って話を聞きたがっているという。

　一一月一七日の水曜日、神山はすでに紅葉も終わった甲子峠と会津を抜けて、若松街道で乙川義之の住む新津へと向かった。会津から西の日本海側は、晩秋を過ぎると雲が厚い暗い日が多くなる。この日も、そんな一日だった。

　乙川義之は、奥の和室で病床に臥せていた。姉によると、ここ一週間ほどで急に病状が悪化したという。いまは口を酸素吸入器で被《おお》われ、満足に話すことも自力で起き上がることもできなくなっていた。だが、神山の顔を見ると、嬉しそうに何度も小さく頷いた。

「……話して……もらえ……ますか……」

　酸素吸入器の透明なプラスチックのカップの中から、掠《かす》れた小さな声が聞こえてきた。

「何を、お話ししましょうか」

神山が訊いた。

「……できれば……娘を殺した奴らが……どのように……死んだのかを……」

乙川は、神山を見つめていた。

「わかりました。あくまでも、ここだけのお話ですよ」

神山は、乙川にだけは報告書にも書けないすべてのことを話した。娘の麻利子を殺したフョードルという男は、神山が自分の手で射殺した。もう一人のヴォルコフという男は、神山を車で追ってきた途中で大型トレーラーと激突し、即死した。それ以外の仲間のロシア人も、すべて車の事故で死亡した。

唯一、生き残っているのは、一味に情報を流していた金安という新潟西部警察署の刑事だけだ。だが金安も神山の罠にはまって右足を失い、いまは収監されている。もし乙川麻利子と五十嵐佳吾の殺人の共犯、もしくは殺人教唆《きょうさ》で訴追されれば、おそらく無期懲役になるだろう。

乙川は時折、納得するように小さく頷きながら、無言で話を聞いていた。そして神山の話が終わると、満足そうにいった。

「ありがとう……。本当に……ありがとう……。いまの……話は……墓場まで……持っていきます……。どうせ……もうすぐ……ですから……」

乙川は、静かに目を閉じた。その目から涙が滲《にじ》み出し、痩せた目尻から頬へと伝った。

マリアは千葉県内の『ダルク（DARC）』――民間の薬物依存症リハビリ施設――の中庭のベンチに座り、白い冬雲の流れる青空をぼんやりと見上げていた。

神山がマリアと新潟県警の前で別れてから、すでに三週間が過ぎようとしていた。最初の二週間は『新潟県立精神医療センター』に入院し、覚醒剤の禁断症状に伴う精神治療と、心臓やその他臓器の機能低下に関する治療を受けていた。精神病院を退院し、このリハビリ施設に移って六日目。だが、治療が終わったわけではない。まだ、特に精神面では、かなりの後遺症が残っている。

神山は、この三週間に起きたことをひとつずつ、隣に座るマリアに話して聞かせた。だがマリアは自分でハサミで刈ってしまった頭と額のキリル文字のタトゥーをニット帽で隠し、神山が買ってきた厚手のダウンパーカに身を包んで殻《から》の中に閉じ籠《こも》っていた。話を聞いているのかどうかは、わからなかった。

「ねえ、面白いのよ……」マリアが突然、神山の話とは無関係なことを口走りはじめた。

「私ね、ここに来てからお友達ができたの。その人は、〝コルピー〟っていって、とても仲がいいの……」

コルピー……。

この施設には、何十人もの薬物依存症者が共同で生活している。お互いにグループセラピーやレクリエーションを通し、同じ目的を持つ仲間として助け合いながら生きている。そういった仲間の誰かの愛称だろうか。

「コルピーって、どんな人なんだい」

神山が訊いた。

「人……」マリアが不思議そうに首を傾《かし》げる。「コルピーは、人間じゃないわ。でも私がここに来てから、ずっと一緒にいてくれるの」

「ずっと、一緒に？」

「そうよ。ずっと……。部屋にいる時にも、御飯を食べている時にも、お風呂に入っている時にも、寝てる時にも……。目を覚ますと、いつも目の前にコルピーがいる。いまも、私の横に座ってるわ……」

神山は、マリアの反対側のベンチを見た。もちろん、誰もいない。

「よかったな。仲のいい友達ができて」

「うん。よかった。でも、コルピーが他の人にも見えたら、もっと楽しいんだけれど……」

マリアは純真な少女のように、嬉しそうに笑っている。けっして、嘘をついているわけではない。彼女には本当に、コルピーが見えているのだ。

一度でも覚醒剤の依存症になった者は、簡単には抜けられない。たとえ初期の禁断症状の地獄を乗り越えたとしても、体や心に深い傷が残る。依存症を完全に克服するためには、最低でも数カ月。もしくは、数年。いやマリアのように重症の場合には、一生完治しない可能性もある。そしてもし、再び覚醒剤に出会うことがあれば、また地獄の底へところがり落ちていく。

「なあ、マリア」

神山が、いった。

「なあに……」

マリアが、空を見上げたまま答える。

「君の、パパのことだ」

「パパ……。パパがどうしたの……」

マリアが初めて、正面から神山の顔を見た。心から何かの幻が消え、代わりに何かの現実が目を覚ましたのがわかった。

「あれから、君のパパの消息を少し調べてみたんだ……」

神山は白河に戻ってから、アリー・ヘイサムに一度だけ電話を入れた。それまでのことを謝りたかったことと、自分が警察に出頭して問題がすべて解決したことを報告したかったからだ。ヘイサムは、もう怒ってはいなかった。最後は気まずい別れ方をしたので、むしろ神山からの電話を喜んでくれたようだった。

その電話の中で、神山はもうひとつだけヘイサムに頼み事をした。あの事件の後、マリアの父親が船長を務めていたロシア船籍の材木運搬船『SIKOTE ALIN』はどうなったのか。ヘイサムはその場で東港の港湾事務所のホームページにアクセスし、調べてくれた。

「すると、面白いことがわかったんだ。シホテ・アリーニは予定を少し早めて、一一月三日の午前五時に新潟東港を出港していたんだ。ホテル・イシャエヴが火事になった、丸一日後だ。その後も予定を変更して富山には寄らず、ロシアに向かった。そして五日の夕刻に、母港のナホトカに帰港しているんだ」

マリアが不思議そうに、首を傾げる。

「いったい……どういうことなの……」

神山が、頷く。

「おれが知りたかったのは、その帰路の航海の船長の名前だよ。誰だったと思う」

「わからない……。誰だったの……」

「記録に残っている船長の名前は、イワン・ヴォロドヴィッチ・ガブリコフ……。つまり、君のお父さんだ」

「まさか……」マリアが大きな目を見開き、初冬の冷たい風を胸に吸い込むように背を伸ばした。「それじゃあパパは、まだ生きているかもしれないのね……」

「そうだ、マリア。君はまたいつの日か、パパに会えるかもしれないんだ」

「パパが、生きている……」

マリアは、高い空を見上げた。その澄んだ瞳の中に、白い雲が流れていた。彼女はいま、遠いロシアの空を見ているのかもしれなかった。

「不思議だわ……。いま、コルピーが消えたの……」

マリアが、呟《つぶや》くようにいった。

長いこと、いろいろなことを話した。だが、マリアは一瞬目を覚まし、次の瞬間にはまた自分の殻の中へ、コルピーのいる世界へと戻っていった。そしてやがて、眠るように心を閉ざしてしまった。コルピーが本当に消えていなくなるのは、いつのことなのか。いずれ、その時が訪れるのか。それとも、永遠《とわ》に訪れることはないのか。それは神山にも、マリアにもわからなかった。

駐車場に行くと、助手席でカイが待っていた。

「さて、行くか……」

神山はカイの頭を撫で、エンジンを掛けた。

オーディオのスイッチが入った。

エリック・クラプトンのドブロの音色をバックに、マーシー・レヴィが歌う「イノセント・タイムズ」が流れてきた。

解説――シリーズ屈指の純正ハードボイルド・アクション

コラムニスト　香山二三郎《かやまふみろう》

ハードボイルドといえば、ソフト帽にトレンチコート姿の私立探偵。映画『マルタの鷹』（一九四一）や『三つ数えろ』（一九四六）で名優ハンフリー・ボガートが扮した探偵像が定着し、今日に至るまで引用されているわけだが、むろん今どきの日本にそんな恰好《かっこう》で仕事についている探偵がいるとは思えない。興信所のような組織に所属していれば、探偵とてネクタイの着用を義務付けられるかもしれないけど、個人経営なら普段はノーネクタイなのではないか。

本書の主人公、神山健介《かみやまけんすけ》も服装は至ってラフだ。依頼人によっては「あまり安物では田舎《いなか》の探偵として足元を見られそうだし、高級すぎればそれはそれで警戒される」とのことで、ときにはブルックス・ブラザーズのネービージャケットにラルフローレンのネクタイを締めたりすることはある。しかし普段着はというと、シャツの上にフライトジャケットを着込み、下はジーンズ、頭にはソフト帽ならぬ黒いニット帽というざっくばらんさ。

以前は都内大手興信所の調査員だったが、元々山育ちで伯父《おじ》の影響もあってアウトドア生活に親しみ、DIY生活にも馴れている。ボクシング経験があり、車の整備、運転にも長《た》けているとなれば、やはり都会のやわな探偵とはそもそもひと味違うというべきか。

本書『秋霧の街』は月刊『小説NON』（祥伝社）二〇一一年六月号から一二年三月号まで連載されたのち、加筆訂正のうえ一二年五月に祥伝社から刊行された。「私立探偵神山健介」シリーズの第四作に当たる。

その内容に入る前に、これまでの作品について触れておこう。

シリーズ第一作『渇いた夏』は二〇〇七年夏、神山の伯父・達夫《たつお》が自殺し、彼はその遺産を継ぐことに。それをきっかけに六年間勤めた興信所を辞め、福島県白河《しらかわ》市に隣接した西郷《にしごう》村の伯父の家で探偵事務所を開くが、伯父の死には不審な点があった。伯父のいきつけの料理屋や白河西署の刑事から事情を聞いて疑惑を募《つの》らせた彼は調査を始めるが、そのいっぽうで池野弘子《いけのひろこ》という女性から最初の依頼が入る。六年前、郡山《こおりやま》で同居していた妹の直美《なおみ》が、勤め先のスナックで知り合い深い仲になった男に殺された——その相手、谷津《やつ》誠一郎《せいいちろう》を探してほしいというのだ。谷津は神山の高校時代の友人だったが、二〇年前にある事件を起こし行方《ゆくえ》をくらましていた……。

神山は一〇代の四年間を西郷村で過ごしていた。東京からの転居はいわば帰郷である。彼はかつての同級生たちと旧交を温めながら、伯父の死と池野直美殺しの真相を追及していくが、それは同時に神山自身の過去、複雑な家庭の秘密をあらわにすることでもあった。探偵キャラクターとしてはタフガイ系だが、物話は地方の家庭内悲劇をとらえた正統派の私立探偵ハードボイルドというべきだろう。

第二作『早春の化石』は一転して伝奇色の強い作品になっている。依頼人は東京の雑誌モデルのケイ・中嶋《なかじま》こと中嶋佳子《けいこ》。彼女には双子の姉・洋子《ようこ》がいたが、二年前に大塚義夫《おおつかよしお》というストーカーに狙われ失踪《しっそう》、その大塚も伊豆《いず》で自殺していた。佳子の話では、大塚は他人になりすましていたらしく、その謎めいた素性《すじょう》を洗ってほしいという。手がかりは東京・白河間を往復した高速道路の領収書と、栃木県の那須《なす》にある北《きた》温泉にいったことがあるらしいということだけ。そして依頼のもうひとつは姉の遺体の捜索。姉の認定死亡が下りないと遺産相続が受けられないというのだが、それより何より、佳子には姉の声が聞こえるというのだ!

依頼人はホテル代にも困るほど困窮《こんきゅう》していて、神山の家に泊めてほしいという。さしものタフガイ探偵も依頼を受けざるを得なくなるが、ふたりの捜索にはなかなか着地点が見えてこない。神社の札文字に第二次世界大戦前の満州《まんしゅう》から続く名家の闇まで絡めた話作りは驚嘆に値するが、幅広い作風を誇る著者のこと、あるいはこれくらいの着想はお手のものなのかもしれない。

第三作『冬蛾《とうが》』になるとさらに異色さを増す。こちらは何と奥会津《おくあいづ》の山村を舞台に横溝《よこみぞ》正史《せいし》の岡山ものを髣髴《ほうふつ》させるような惨劇が繰り広げられるのだ。初冬のある日、神山のもとに奥会津の山村・七《なな》ツ尾《お》に住む阿佐有里子《あさゆりこ》という女性が弁護士連れで訪れる。一年前、村の住人・葛原直蔵《くずはらなおぞう》が猟に出たまま帰らず、やがて遺体で発見された。事件に他殺の疑いが出、同じ時に山にいた有里子の夫・勘司《かんじ》に疑惑がかけられ、彼は出奔《しゅっぽん》。神山にはその真相を探ってほしいというのだ。やがて神山は雪深い七ツ尾村を訪れるが、住民たちは閉鎖的なうえ、老女の謎めいた昔語り、武者の幽霊等、次々に不可解な出来事が……。

〝雪の山荘もの〟自体、今日も珍《めずら》しくはないが、因習深い山村となると話は別で、会津の民俗学的な蘊蓄《うんちく》も盛り込んだ秘境小説趣向は嬉しい限り。もっとも後半はおどろおどろしいムードのみならず社会派ミステリー系のテーマも浮かび上がってきて、ハードボイルドらしさを取り戻すのだった。

してみるとこのシリーズ、正統的ハードボイルドに始まったものの、その後はいかにも「奇想」系のハードボイルドに転じてしまうような印象を抱かれよう。

本書『秋霧の街』は違う。今度は銃弾さえ飛び交《か》う純正のハードボイルド・アクションだ。さすがは大藪春彦《おおやぶはるひこ》賞受賞作家！　ということで、物語は新潟の弁護士の紹介で、一〇月のある日、神山が新津《にいつ》に向かうところから始まる。依頼人の乙川義之《おとがわよしゆき》は末期癌《がん》の元教師で、二年前に愛娘の麻利子《まりこ》を失っていた。暴行を受け殺害されたのだ。事件前に連絡を取り合っていた高校の同級生・五十嵐佳吾《いがらしけいご》が指名手配されたが、今なお逃走中。だが乙川はかつての教え子だった五十嵐が犯人とは思えないという。五十嵐には自殺説も飛び交っていたが、自殺するタイプでもなかったと。娘が殺された理由だけでも知りたいと願う乙川。その夜、神山の携帯にオトガワマリコと名乗る女から電話が入るが……。紹介者の大河原《おおがわら》弁護士によれば、この仕事は地元の調査員すべてに断られたが、それというのも「この仕事が〝危険〟だからだろう」という。事件の捜査主任だった新潟西部署の金安《かねやす》警部もけんもほろろの対応ぶりだったが、現場を歩いた神山は事件への疑惑を募らせる。神山の現場検証や関係者への聞き込みが続く序盤はおとなしいが、やがて馴染《なじ》みのショットバーでマリコという女と知り合う辺りから次第《しだい》に動き始める。

第一章の終わりで明かされる衝撃の事実とそこから浮かび上がってくる敵の姿。麻利子の殺害現場である新潟東港周辺ではロシアを始め、中国、東南アジア諸国相手の中古車売買が流行《はや》っていた。容疑者の五十嵐もその一角にある自動車工場で働いていたが、東港に隣接する聖籠《せいろう》町はロシア人が跋扈《ばっこ》する町で、犯罪多発地帯。そこに足を踏み入れていく神山はまさに命知らずだが、それが裏目に出てやがて窮地に陥《おちい》る。タフなヒーローが痛めつけられていったん退場するのは、黒澤明《くろさわあきら》の監督の名画『用心棒』等でもお馴染みの演出だが、彼が恐怖をこらえて巻き返しを図《はか》る終盤の闘いが読みどころだ。

今回はいわば出張篇であるが、むろんこれまでにも見せ場になっていたカーチェイス・シーンも用意されている。前二巻とは打って変わった展開に、読者もハラハラドキドキしたうえで改めて全巻ひもときたくなること請け合《う》い。

さてその「私立探偵 神山健介」シリーズだが、ご承知のように第五作『漂流者たち』がすでに刊行されている（二〇一三年八月刊）。こちらは東日本大震災後のいわき市で、同僚の議員秘書を殺して大金を手に逃走した男の車が発見されたことから、神山が捜索を依頼される。春夏秋冬と揃ったところで、本当は著者もシリーズを一段落させたかったのかもしれないが、震災がそれを許さなかったということか。復興の進展とともに、本シリーズも著者自身思いも寄らぬ方向へと舵《かじ》を切っていく可能性があり、その展開から目が離せない。

（この作品は平成二十四年五月、小社より四六判『秋霧の街』として刊行されたものです）

秋霧の街

一〇〇字書評

切り取り線

購買動機（新聞、雑誌名を記入するか、あるいは○をつけてください）	
□（　　　　　　　　）の広告を見て	
□（　　　　　　　　）の書評を見て	
□ 知人のすすめで	□ タイトルに惹かれて
□ カバーが良かったから	□ 内容が面白そうだから
□ 好きな作家だから	□ 好きな分野の本だから

・最近、最も感銘を受けた作品名をお書き下さい

・あなたのお好きな作家名をお書き下さい

・その他、ご要望がありましたらお書き下さい

住所	〒				
氏名		職業		年齢	
Eメール	※携帯には配信できません	新刊情報等のメール配信を 希望する・しない			

この本の感想を、編集部までお寄せいただけたらありがたく存じます。今後の企画の参考にさせていただきます。Eメールでも結構です。

いただいた「一〇〇字書評」は、新聞・雑誌等に紹介させていただくことがあります。その場合はお礼として特製図書カードを差し上げます。

前ページの原稿用紙に書評をお書きの上、切り取り、左記までお送り下さい。宛先の住所は不要です。

なお、ご記入いただいたお名前、ご住所等は、書評紹介の事前了解、謝礼のお届けのためだけに利用し、そのほかの目的のために利用することはありません。

〒一〇一－八七〇一
祥伝社文庫編集長　坂口芳和
電話　〇三（三二六五）二〇八〇

祥伝社ホームページの「ブックレビュー」からも、書き込めます。

http://www.shodensha.co.jp/bookreview/

祥伝社文庫

秋霧《あきぎり》の街《まち》　私立探偵《しりつたんてい》　神山健介《かみやまけんすけ》

平成26年10月20日　初版第1刷発行

著　者　柴田哲孝《しばたてつたか》
発行者　竹内和芳
発行所　祥伝社《しょうでんしゃ》
東京都千代田区神田神保町3-3
〒101-8701
電話　03（3265）2081（販売部）
電話　03（3265）2080（編集部）
電話　03（3265）3622（業務部）
http://www.shodensha.co.jp/

印刷所　堀内印刷
製本所　積信堂
カバーフォーマットデザイン　芥 陽子

 ISBN978-4-396-34072-8 C0193

祥伝社文庫　今月の新刊

三浦しをん
木暮荘物語
ぼろアパートを舞台に贈る、"愛"と"つながり"の物語。

原田マハ
でーれーガールズ
30年ぶりに再会した親友二人の、でーれー熱い友情物語。

花村萬月
アイドルワイルド！
人ならぬ美しさを備えた男の、愛を弄び、狂気を抉る衝撃作！

柴田哲孝
秋霧の街　私立探偵　神山健介
神山の前に現われた謎の女、その背後に蠢く港町の闇とは。

南　英男
毒殺　警視庁迷宮捜査班
怪しき警察関係者。強引な捜査と逮捕が殺しに繋がった？

睦月影郎
蜜《みつ》しぐれ
甘くとろける、淫らな恩返し？助けた美女は、巫女だった！

喜安幸夫
隠密家族　日坂《にっさか》決戦
東海道に迫る忍び集団の攻勢。参勤交代の若君をどう護る？